ANA LENA
RIVERA

LO QUE
CALLAN
LOS
MUERTOS

S

MAEVA | NOIR

ISBN: 978-84-17108-77-9

Depósito legal: M-510-2019

Diseño de cubierta: Mauricio Restrepo sobre imágenes de Getty Images © Sofia Bagdasarian / EyeEm y de LucVi / Alamy Foto de stock
Fotografía de la autora: Aurelio Martínez
Preimpresión: Gráficas 4, S.A.
Impresión y encuadernación: Huertas, S.A.
Impreso en España / Printed in Spain

Si tienes un club de lectura o quieres organizar uno, en nuestra web encontrarás guías de lectura de algunos de nuestros libros. www.maeva.es/guias-lectura

Este libro se ha elaborado con papel procedente de bosques gestionados de forma sostenible y de fuentes controladas, certificado por el sello de FSC (Forest Stewardship Council), una prestigiosa asociación internacional sin ánimo de lucro, avalada por WWF/ADENA, GREENPEACE y otros grupos conservacionistas. Código de licencia: FSC-C007782. www.fsc.org

MAEVA desea contribuir al esfuerzo colectivo y permanente de proteger y preservar el medio ambiente y nuestros bosques con el compromiso de producir nuestros libros con materiales responsables.

El día 21 de noviembre de 2017 en el Palacio Provincial de A Coruña, se reúne el jurado del XXIX Premio de Narrativa Torrente Ballester en lengua castellana, presidido por María Goretti Sanmartin Rei, vicepresidenta de la Diputación de A Coruña y diputada presidenta de la Comisión de Cultura y Normalización Lingüística, y compuesto por los siguientes vocales: Xuan Bello Fernández, June Fernández Casete, Vicente Luis Mora Suárez-Varela, Ramón Rozas Domínguez y Belén Gopegui Durán. Actúa como secretaria del jurado Mercedes Fernández-Albalat Ruiz, jefa del Servicio de Acción Social, Cultura y Deportes, y está presente Marcos Sánchez González, coordinador del Premio Torrente Ballester.

El jurado acordó otorgar el premio *ex aequo* a las obras: *Lo que callan los muertos*, de Ana Lena Rivera Muñiz y *El ángulo de la Bruma*, de Fátima Martín Rodríguez.

ESCENARIOS DE LA NOVELA

OVIEDO

Monte NARANCO

El Asilo

Iglesia de San Miguel de Lillo

Iglesia de Santa María del Naranco

Dirección Gijón

Dirección Gijón

Dirección El Berrón

Dirección Mieres

Dirección Ayones

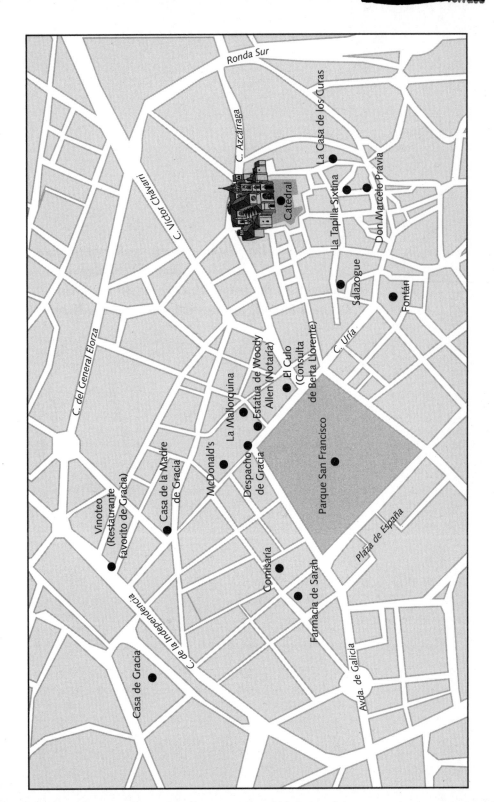

A Álex Plaza, que me regaló esta novela
cuando vino al mundo.
A David Plaza, que me llena de pasión por la vida.
A Teresa Rengel, cuyo recuerdo me inspira cada día.

La gran mansión había aguantado viento, lluvia y duros inviernos.
Una noche, una pequeña tormenta la despedazó.
No quedó nada, solo tierra húmeda.
Hablaron de mal de ojo, de brujería, de venganza divina.
Nadie comprendió que la gran casa nunca había estado atada a la tierra.

1

—¿Gracia San Sebastián? —preguntó una voz masculina de suave acento extranjero.

—Sí, soy yo.

—Me llamo Azim Martínez, del consulado español en Egipto.

—Dígame —respondí con el corazón latiendo más deprisa.

Mi madre llevaba cinco días recorriendo Egipto de vacaciones con unas amigas que, como ella, habían superado la edad de jubilarse. Dada la situación en la zona, mi hermana y yo no la habíamos animado a hacer el viaje, pero ella se había empeñado en ir. «Si no voy ahora —nos dijo muy seria—, es posible que no pueda ir nunca y yo no quiero morirme sin ver las pirámides. Papá murió sin conocerlas y a mí no me va a pasar lo mismo.»

—Se trata de su madre. Ha tenido un accidente. —La voz de mi interlocutor me devolvió al presente.

—¿Cómo está?

—Está herida, consciente y estable. La han ingresado en el Centro Médico Internacional de El Cairo. Para obtener más detalles le voy a facilitar el contacto de los doctores que la atienden. No hablan español. A su madre le hemos asignado un intérprete que está con ella en todo momento. El equipo médico habla inglés y francés. ¿Necesita que la ayudemos con el idioma?

No era necesario. Jorge y yo acabábamos de volver a España después de vivir diez años en Estados Unidos.

Mi madre era una mezcla entre Phileas Fogg y señora de provincias anticuada. Tan pronto bajaba en abrigo de piel y tacones a comprar al Mercadona como se apuntaba a cualquier aventura que le resultara emocionante. Su único miedo era que le sucediera algo malo a nuestra familia. Según ella, llega una edad en la que no se teme nada más.

Avisé a mi hermana, Bárbara, y conseguimos hablar con uno de los cirujanos en cuanto ella se identificó como cardióloga. Entre médicos, la conversación fue muy fácil: mi madre estaba en observación por si tenía conmoción cerebral y había que ponerle una prótesis en el hombro antes de trasladarla a España. Estaba en un buen hospital y no era una operación de riesgo, salvo por los setenta y dos veranos que su hombro llevaba en este mundo.

En cuanto colgamos, sonó mi teléfono. Número desconocido.

—¿Gracia? ¿Gracia? ¿Eres tú? Soy Marita. No nos funcionan los móviles aquí —oí decir a voz en grito a una de las compañeras de viaje de mi madre, llorosa y asustada.

—Marita, ¿qué ha ocurrido? ¿Estáis con mi madre?

—Estamos en un hospital de El Cairo, te llamo desde el teléfono de la recepción. Adela está en observación y no nos dejan verla. Es un hospital buenísimo, pero no entendemos a nadie. Aquí no hablan español. A ella le han puesto un traductor. Encantadores los del consulado. ¡Y qué lujo hay en este hospital! Parece de película. ¡Qué disgusto, Gracia, qué disgusto!

—¿Vosotras estáis todas bien?

—Sí, nosotras sí. Yo no me subí a semejante cacharro, me daba miedo. Regina sí, pero cada una iba en el suyo, solo derrapó tu madre. Más de cuatro metros dando tumbos, Gracia, cuatro metros.

—¿Cacharro? ¿Qué cacharro? ¿Qué es lo que ha pasado? —la interrogué, dándome cuenta de que no habíamos preguntado cómo había ocurrido el accidente. Había supuesto que había sido en el autobús que las llevaba de un lado al otro del país.

—El *quad* ese del demonio, que ya les dije yo que no lo veía seguro. A mí no me dejaban subir sola porque no tengo carnet de conducir. Y tu madre, Gracia, dice que sí que lo tiene, pero ¿de qué le sirve? No lo ha usado en cuarenta años.

—¿Un *quad*? ¿Se ha subido a un *quad* en Egipto?

—Es que era una excursión opcional del circuito y como hacía tanto calor en El Cairo y ya habíamos ido al *kanakili* ese, el mercado, y nos habíamos gastado mucho dinero... —Marita empezó a darme unas explicaciones que yo no quería oír.

—¿Vosotras no ibais a ver pirámides y a relajaros en un idílico crucero por el Nilo? ¿A quién se le ocurre subirse a un *quad*? Parecéis niñas. —Me salió una regañina tan absurda como improductiva—. ¿Cómo está?

—Dicen que tiene el hombro muy mal y que la van a operar aquí. Ay, Gracia, ¡tan lejos! El hospital es muy lujoso, muy bonito, todo de mármol. Y los médicos, encantadores. No les entendemos, pero son muy amables —insistió nerviosa Marita.

Un año después, martes a mediodía, recordaba aquel susto mientras intentaba concentrarme en el nuevo caso de fraude que la Seguridad Social me había encargado investigar. Me estaba preguntando por el secreto de la larga vida y la asombrosa agilidad mental y tecnológica de don Marcelo Pravia, ciento doce años según su fecha de nacimiento y pensión de jubilación domiciliada en ING desde los noventa y nueve, cuando sonó mi móvil. Era mi madre. Segunda llamada de la mañana. A veces se le olvidaba que ya me había llamado, así que había puesto el teléfono en silencio. En mi vida anterior, mi madre nunca me llamaba durante mi horario laboral, bastante más extenso. En cambio, en mi nueva ocupación, no me tomaba tan en serio. Teníamos un código: si era algo relativo a su salud, dejaba un mensaje en el buzón y yo la llamaba en menos de cinco minutos. Solo si era por salud o si se quemaba la casa. Por nada más. Si hubiera cogido el móvil cada vez que alguien me llamaba «para charlar» no habría resuelto un solo expediente.

Después de descubrir que don Marcelo no solo parecía tener los ciento doce años cumplidos y haberse sumado a la banca por internet cuando estaba cerca de los cien, sino que no había sido atendido por ningún médico de la sanidad pública en los últimos treinta y cuatro, entendí por qué me habían traspasado el caso. No había estado en ningún centro hospitalario, ni siquiera había ido a consulta con el médico de cabecera o a un rutinario análisis de sangre. El primer anciano al que la seguridad social española no le había extendido una receta en más de tres décadas. Todo indicaba que algún hijo o familiar aprovechado llevaba unos cuantos años cobrando una pensión de jubilación de forma fraudulenta. O iba a darle un buen disgusto al estafador o le iba a conseguir a don Marcelo una página entera de reconocimiento en el periódico local. Fuera lo que fuera, y la lógica decía que sería lo primero, resultaba un caso curioso.

Cuando revisé el móvil ya había oscurecido y tenía cuatro llamadas perdidas de mi madre, dos de mi hermana y varios *whatsapps* que me dejaron confundida.

«¿Ya has hablado con mamá? Qué fuerte lo de la Impugnada, el pobre Evaristo tiene un ataque de nervios.» Este era el primero de mi hermana.

«Nena, por favor, llámame. Yo estoy bien y no se ha quemado la casa, pero tengo algo muy gordo que contarte.» Mi madre.

«Nena, voy a acompañar a Evaristo a su apartamento, que está el hombre muy nervioso y el caldo y la tila no lo han calmado mucho. Me llevo el móvil por si me llamas.» Otra vez mi madre.

«Gracia, llama a mamá. La Impugnada se ha tirado por la ventana del patio.» Mi hermana ampliando detalles.

«Evaristo está en *shock*. Mamá lo está atiborrando de caldo de pollo. Le he sugerido un copazo, pero mamá no ha querido darle el Carlos III de papá porque dice que debe de estar caducado. Le he dicho que el coñac no caduca, aunque yo creo que lo que pasa es que no quiere abrir la botella. *Emoticonos guiñando el ojo.* A lo mejor lo que necesita Evaristo son unos zapatos fucsias. *Emoticonos sonriendo.*» Esta era mi hermana yéndose por las ramas.

Y así seguí la lista hasta los más recientes:

«¿Estás currando o te has cogido la tarde libre y estás en pleno arrebato pasional?» Mi hermana, impaciente, poniéndose sarcástica.

«Nena, cielo, ¿estás bien? Me empiezo a preocupar.» Mi madre poniéndose madre.

Con la información que me habían dado no era capaz de hilar la historia de forma consistente: la Impugnada era como llamaban en el edificio donde vivía mi madre a una vecina que usaba el verbo impugnar para todo aquello con lo que no estaba de acuerdo. «Eso lo impugno yo» era su frase preferida. Nunca supimos quién empezó a llamarla así, pero terminó siendo conocida con ese mote por todos los vecinos. Por lo demás, era una señora muy cabal, seria, tozuda e inteligente y el sustento económico y emocional de una familia compuesta por una hermana, Carmina, una señora encantadora, medio ida, que no valía para nada, y un sobrino, Ernesto, huérfano y cuarentón largo, que no había pegado un palo al agua en su vida. La Impugnada había sido maestra en uno de los colegios del centro de la ciudad y había llegado a ser la jefa de estudios. También decían las vecinas y Evaristo, el portero del edificio, que Carmina y la Impugnada tenían un hermano soltero, vividor, muy guapo y encantador, que cada cierto tiempo las visitaba para pedirles dinero. Las hermanas, quizá por esas cosas que suceden en las familias que nadie de fuera alcanza a entender, solían dárselo. Yo no lo conocía.

La Impugnada, algunos años más joven que mi madre, fue su guía en el mundo moderno tras la muerte de mi padre. De su mano aprendió a utilizar WhatsApp, se hizo amiga nuestra y de medio mundo en Facebook y se convirtió en usuaria diaria de las páginas de sabervivir.es y hola.com. Incluso comenzó a seguir a la casa real en Twitter.

Evaristo era el portero de la comunidad y vivía en una de las buhardillas, propiedad común de los vecinos. En teoría, la compartía con su mujer, aunque ella, desde hacía muchos años, siempre estaba en «el pueblo». En la práctica, Evaristo vivía solo con su perrita Lima, una caniche blanca y esponjosa a la que cada sábado acicalaba con mimo en la peluquería canina. Llevaba más de cuarenta años trabajando en la finca. Se rumoreaba que le gustaba ponerse altísimos zapatos de tacón de charol fucsia, aunque no había pruebas de tal cosa.

Incluso siendo conocedora de todo aquello, los *whatsapps* de mi madre y de mi hermana seguían siendo muy desconcertantes. Me hubiera gustado que mi hermana me hiciera un resumen previo, pero ya estaría en el hospital. Durante su jornada laboral Bárbara no vivía para otra cosa. Y al llegar a casa tampoco porque se dedicaba a su blog sobre bienestar mental como medio de prevención de la enfermedad cardíaca y a su grupo de trabajo sobre un prototipo de chip preventivo de los problemas cardiovasculares que querían presentar al premio anual de la sociedad médica. Era un aparatito subcutáneo que se implantaba en el paciente de riesgo y detectaba cuándo se iba a producir un fallo en el sistema cardiovascular. Aunque sonaba a ciencia ficción, ya lo tenían listo para probar en pacientes reales. Siempre había pensado que, con el tiempo, mi hermana recibiría el Nobel de Medicina. Rubia, gracias a la rama celta de la familia, resultaba atractiva las contadas veces que se molestaba en arreglarse o, al menos, en quitarse las gafas y soltar la sempiterna coleta que recogía un pelo liso que no siempre llevaba limpio. Su única afición conocida era el fútbol. Era hincha apasionada del Racing de Santander desde que, con trece años, un jovencísimo cántabro le había dado su primer beso en unas vacaciones de verano. Cada vez que había partido se transformaba. Lástima que perdieran tanto. No ganaba para disgustos.

Mientras reflexionaba sobre los mensajes que me habían enviado, sonó mi móvil.

—Hola, mamá, ¿qué...?

—Nena, ¡menos mal! —me interrumpió—. ¡Qué preocupada me tenías! ¿Estás bien?

—Sí, mamá. Estaba trabajando y puse el móvil en silencio.

—No entiendo para qué dejaste el trabajo tan bueno que tenías en el banco americano ese en el que estabas. Querías llevar otra vida, pero ahora trabajas lo mismo, ganas mucho menos y nadie sabe a qué te dedicas. Antes tampoco estaba muy claro, pero ganabas mucho dinero y salías en los periódicos hablando de cosas muy complicadas, como la gente importante y...

—¡Mamá! ¿Quieres dejar mi vida en paz y contarme qué sucede?

—¡Ay, nena! Sofía, la del sexto, que se tiró al patio y no lo entiendo, no me lo puedo creer. —Oí sus sollozos al otro lado del teléfono. Mi madre estaba afectada y yo confusa.

—¿Quién es Sofía? ¿No fue la Impugnada la que se tiró?

—Claro, Sofía es la Impugnada —aclaró mi madre.

—No sabía que se llamaba Sofía.

—¿Cómo pensabas que se llamaba? Parece mentira que no sepas cómo se llama una vecina de toda la vida.

—Nunca la habéis llamado por su nombre. ¿Por qué ya no la llamas la Impugnada?

—Hija, no sé, como está muerta, me da no sé qué —lloriqueó mi madre.

—Mamá, nos estamos desviando del tema, ¿qué ha pasado?

—Que la encontró Evaristo y no sabes cómo le impresionó al pobre hombre. Estaba blanco como la harina, como si se fuera a desmayar. La policía vino muy rápido, pero el forense y el juez tardaron casi tres horas. A Evaristo no le dejaban irse hasta que no levantaran el cadáver, así que nos quedamos también las vecinas porque no íbamos a dejarle allí solo con el cuerpo de Sofía y la policía. Pero lo peor fue cuando llegó Carmina, que...

—Mamá, cuéntamelo ordenado, que no te sigo. Entonces, la Impugnada se tiró al patio, ¿se suicidó? Se me hace rarísimo en esa señora. Y la encontró Evaristo.

—Claro, el pobre hombre salió a limpiar el patio como todas las mañanas. Lo raro es que nadie oyó el golpe y, desde un sexto piso, tuvo que hacer mucho ruido. Yo había salido a la frutería a comprar unos tomates, que iba a hacer una ensalada campera porque venía a comer tu hermana, cuando me di cuenta de que no tenía tomates porque los que había en la nevera se habían puesto blandos y los usé ayer para hacer salsa, así que bajé a la frutería y me encontré con Mari Luz, la madre de Lucía, ¿te acuerdas? Que iba al mismo colegio que tú, pero no a tu curso porque es dos años más pequeña, y nos fuimos a tomar un café, así que no me pilló en casa. Ni a mí ni a ninguna vecina. Fue sobre las doce de la mañana. ¿No te parece una hora muy peculiar para suicidarse?

—No sé, no sabría decirte —respondí abrumada por el volumen de información—. ¿A qué te refieres con «peculiar»?

—Bueno, hija, es la hora o de hacer la compra o de preparar la comida. Parece que una decisión tan terrible es más propia de una mala noche. En la cama, a solas y en silencio, es más difícil luchar contra la tristeza. Yo me acuerdo mucho de tu padre cuando me acuesto. La cama me parece muy grande y le echo mucho de menos. A las doce del mediodía, con tanta luz, lo veo extraño. —Lógica aplastante de mi madre.

—Si algún día me suicido, prometo tenerlo en cuenta.

16

—Nena, no digas tonterías, ¿eh? Que luego empiezo a pensar en ello y no puedo dormir. Bueno, todas supusimos que había sido un accidente, que había salido a limpiar los cristales o la persiana por fuera y había trastabillado, pero dicen que no, que se suicidó, porque se prendió un cartel en la falda con unos imperdibles que ponía: «Evaristo, tápame rápido para que mi hermana no me vea muerta». Ya sabes cómo era ella de organizada; siempre lo tenía todo planificado. Sofía era el alma de esa familia. No sé qué van a hacer sin ella, porque Carmina y Ernesto no son malos, pero son un par de inútiles que vivían al amparo de Sofía.

—¿A quién te refieres con todas? ¿Quiénes estabais allí?

—Pues Lupe la del tercero, Concha la del quinto, Julia la de la peluquería, Mara, la nueva del sexto D, donde vivían Juan y Cristina antes de jubilarse e irse al pueblo, esos que eran profesores los dos...

—Vale, vale, ya me hago una idea. Sigue.

—¿Te puedes creer que los policías no nos dejaron taparla hasta que no lo autorizara el forense? Así que llegó Carmina, la hermana, y la vio allí tirada. No veas cómo se puso. ¡La pobre! Menos mal que antes había llegado el sobrino, Ernesto. Me dio lástima. Se quedó pálido, lloroso. El golpe es doble porque a ver cómo viven ellos dos ahora, aunque yo creo que en ese momento Ernesto no estaba pensando en eso. Se le veía muy triste.

—¿Qué ocurrió después?

—Llegó Carmina y se puso a gritar, fuera de sí. Parecía que se iba a volver loca. O más loca de lo que ya está. Los pobres policías, que eran jovencísimos, por cierto, altos y guapos, muy guapos, no eran capaces de tranquilizarla. Y el sobrino, muy cariñoso, estaba intentando apaciguarla, pero no lo conseguía, así que Laia, la vecina del sexto del otro patio, la catalana, subió a su casa y bajó una caja de Orfidales, que le había dado el médico porque desde el divorcio del hijo no duerme nada. ¿Te conté que la nieta no era su nieta? Vaya lagarta la nuera, que ahora que la niña tiene cinco años, se lo dice y se larga con el padre de la criatura. Para colmo, el hijo de Laia está obligado a pagarle una pensión porque ¿sabías tú que una vez que el niño cumple un año tienes que pagar pensión, aunque te hagas las pruebas del ADN esas y no seas el padre?

—Sí. Lo de la ley lo sabía. Y no, no me habías contado nada de la nieta de Laia.

—¡No me digas que te parece justa esa ley!

—Se protege el interés del niño. ¿Qué más da eso ahora? Luego me cuentas lo del hijo de Laia. Sigue con lo de la Impugnada. Estabas con que Laia había ido a por los Orfidales —respondí mientras intentaba ordenar las ideas.

—¡Ah, sí! Al final conseguimos que Carmina tomara dos pastillas, aunque no sirvieron de nada. Ella lo único que quería era ir a abrazar a su hermana, pero los policías guapos no la dejaron acercarse porque lo llamaron ¡el escenario del crimen! ¿Qué crimen, Gracia? ¿Quién va a matar a Sofía? No me digas que no es inhumano. Imagínate cómo se sentiría Carmina viendo a la hermana allí tirada. Sofía estaba boca arriba, ¿no es raro? No sé cómo se cayó así, parece difícil tirarse de espaldas. Ah, y escucha lo más increíble ¿te parece normal que alguien se caiga desde un sexto piso y no derrame ni una gota de sangre? Era como un decorado de una obra de teatro, boca arriba, con los ojos abiertos y las piernas tan dobladas que parecían de goma. Se había vestido y maquillado. Estaba muy guapa. No se tiró con la ropa de estar en casa. Parece que lo tenía bien pensado. Con lo de misa que era esta mujer. No iba todos los días como la hermana, pero los domingos no faltaba nunca, ni a la del gallo ni a las vigilias de Semana Santa. No sé, hija, que no lo entiendo, ¿tú crees que se volvió loca? Una mujer tan cabal, tan seria, tan moderna y ¡tan lista! Si no es por ella, yo no sabría ni siquiera buscar en la agenda del móvil y mucho menos usar internet. Era muy buena y muy eficiente. Solo pensar lo bien que se portaba con el sobrino y con el hermano tarambana, que no hacían más que darle sablazos, ya da una idea de lo buena que era. Yo te juro, hija, que no puedo entender lo que le pasó por la cabeza para querer matarse.

—Es difícil comprenderlo. Es la última persona de tu comunidad que habría imaginado suicidándose. Tienes razón que le pega mucho más a la hermana. ¿Además del papel pegado a la falda no dejó nada?

—Pues no sé si dejaría algo en casa porque Ernesto, el sobrino, llamó al médico para que atendiera a Carmina y, en cuanto llegó, le inyectó un sedante allí mismo en el patio y consiguieron subirla a casa. Ya no les he vuelto a ver. A Sofía la llevaron al Anatómico Forense para hacerle la autopsia. Me dijo Mari, la del cuarto derecha, que hasta dentro de veinticuatro horas no tendrán ningún resultado. Hasta mañana, como pronto, no estará en el tanatorio. Vinieron periodistas, pero la policía no les dejó hacer fotos, ¡menos mal! No sabes bien lo guapos que eran los policías.

—Vale, mamá, ya me lo has dicho, al menos te alegraste la vista.

—No digas tonterías. Yo lo decía por vosotras. Por ti no, por tu hermana, que tú ya estás casada. Aunque yo preferiría que no se casara con un policía porque es un trabajo muy peligroso y dicen que cobran muy poco. ¿Cómo pueden cobrar poco estos chavales si se juegan la vida todos los días? También te digo que me vale con cualquiera que sea bueno, formal, cariñoso y que me dé nietos. Gracia, hija, necesitamos superar lo que le ha ocurrido a esta familia —dijo con un sollozo.

Mi madre aprovechaba para sacar el único tema del que yo no podía hablar. Todavía no era capaz de asumir en voz alta la muerte de Martin. Era como admitir que jamás volvería a ver a mi niño. No estaba preparada. Aunque habían pasado más de dos años, aún esperaba despertarme un día y que todo hubiera sido una horrible pesadilla.

—¿Te acuerdas de cuando se suicidó la abuela de Héctor, el amigo de Bárbara? —continué la conversación, ignorando a mi madre y tapando con palabras mis sentimientos—. Nos sobrecogió a todos, pero como aquella mujer llevaba tantos años con depresión y altibajos, no le extrañó a nadie. La Impugnada, en cambio, no me cuadra en ese perfil. Parecía estar bien, con la situación bajo control. Tenía la responsabilidad de cuidar de Carmina, del sobrino, incluso del hermano. Decía alguien que «nadie se suicida en tiempos de guerra». La abuela de Héctor estaba sola, no tenía nada por lo que luchar, pero ¿la Impugnada? Es difícil conocer bien a las personas. ¿Tú estás bien? ¿Quieres que vaya a verte un rato?

—Estoy bien, hija, no te preocupes. No hace falta que vengas. Me voy a la timba con Charo y Regina y ahí ya me despejo un poco.

La timba era como llamábamos a las reuniones de mi madre con sus amigas, todas viudas, que jugaban unos días al parchís, otros al chinchón y otros al cinquillo. A veces, cuando eran cuatro, jugaban al tute y apostaban con una bolsa de pesetas de las que llevaban la cara de Franco. Algún día esa bolsa valdría mucho dinero en un mercadillo de numismática.

Después de hablar con mi madre me sentí inquieta. No por la muerte de la Impugnada. Lo sentía por ella, pero solo era una vecina más del edificio en el que crecí. Ni siquiera me había resultado simpática hasta hacía unos años, que le agradecí mucho cómo se portó con mi madre. Se hicieron amigas cuando mi padre murió y mi madre se quedó sola. Por aquella época, yo vivía en Nueva York y Bárbara estaba de becaria en un proyecto de investigación en Londres. Lo que me inquietaba era descifrar cuál era el proceso mental de una persona, en apariencia equilibrada, de moral conservadora, con una familia peculiar, pero bien avenida, para terminar con su vida de una forma tan impactante.

No tenía una firme opinión sobre el suicidio más allá de la libertad de cada uno para decidir su destino, pero el afán por entender me llevó a intentar empatizar con alguien que sufriera un dolor tan insoportable que no le compensara aguantar, por maravilloso que fuera lo que pudiera traerle la vida en el futuro. Por desgracia, mis recuerdos me ayudaron a experimentarlo con intensidad. Me dejé llevar por mis infiernos, de los que cada día seguía esforzándome por huir. Podía sentir la atracción por la liberación que me ofrecía el vacío infinito, pero arrojarme a él requería un agotamiento y una desesperación de los que yo carecía. Cuando a esta escena le ponía la cara de la Impugnada saltando por la ventana en busca de la muerte, la hipótesis de que hubiera sido un acto consciente y voluntario se me antojaba inverosímil.

Sofía, la Impugnada, era muy recta en el cumplimiento de los convencionalismos sociales y de firmes convicciones religiosas. No era una mujer rebelde, inadaptada o de pensamiento creativo, sino más bien de las que pensaba que la depresión se curaba teniendo algo que hacer. Era inteligente y estaba puesta al día en los avances del mundo, pero también era muy tradicional, como cualquier señora mayor de educación clásica y católica.

Sentí mucha curiosidad por conocer el informe de la autopsia. Vería si Bárbara podía hacer un par de llamadas al Anatómico Forense y conseguir alguna información de sus colegas. Uno de sus amigos de la universidad trabajaba allí.

Esa noche soñé con Evaristo, con su mono azul de portero, encaramado en unos tacones imposibles de charol rosa fucsia, y haciendo un estriptis para Ernesto, el sobrino de la Impugnada.

Me desperté agitada con esa imagen volviendo a mi pensamiento una y otra vez.

2

Eran las diez de la mañana cuando llamé al timbre de la dirección oficial de don Marcelo. Me encontraba frente a un portalón de la zona antigua de la ciudad, que olía a moho y a meados de la noche anterior. Aquella casa de porte señorial, que tendría unos doscientos años, estaba en el centro de la movida nocturna. La mayoría de los palacetes de la zona acogían garitos como La Santa Sebe, el BB+, el BarVeider o el Nottingham Prisa. Calles adoquinadas, peatonales y con escasos vecinos, eran el lugar perfecto para hacer las delicias de la gente joven. La zona recibía turistas durante el día, que fotografiaban los antiguos palacios y las casas más humildes en perfecto estado de conservación —era el precio que ponía el ayuntamiento a los comerciantes de la zona por permitir la transformación del casco antiguo en centro de suministro alcohólico local— y, en cuanto atardecía, se distribuían por los callejones los adolescentes y los veinteañeros universitarios. En las horas de la madrugada, las calles un poco menos bulliciosas, pegadas a la zona de restaurantes, eran para los que ya no cumplíamos los treinta.

La casa de don Marcelo era sencilla, austera, de las pocas que quedaban sin modernizar y sin escudo familiar, pero distinguida. Estaba en la zona de marcha quinceañera y destacaba como una pieza fuera de lugar entre el M-AsturBar y La Tapilla Sixtina. Este último estaba abierto.

La Tapilla Sixtina era un bar antiguo, de los que durante la segunda mitad del siglo xx servían chatos a los vecinos del barrio. Reconvertido para adaptarse a las circunstancias, proporcionaba alcohol barato y nutrición nocturna a los chavales más jóvenes y, durante el día era el único proveedor de tapas y raciones de la calle.

Cuando entré, había una pareja de ingleses sentados en la barra. Ya entrados en la cincuentena, con bermudas, chubasquero, zapatillas de deporte y calcetines altos, estudiaban un mapa de la ciudad mientras devoraban un plato de pinchos variados. ¡Qué buena pinta tenía el de tortilla! Con el paso del tiempo, mi cuerpo había moldeado unas caderas que habrían hecho las delicias de los hombres en los años cincuenta. Desistí de calcular las calorías. El olor que salía de la cocina era demasiado delicioso para no doblegar mi voluntad. Me encontré tomando una Coca Cola Zero y un generoso pincho caliente de tortilla de patata, crujiente por fuera y jugosa por dentro.

Una vez engullido mi pecado mañanero puse mi mejor sonrisa y le pregunté al camarero, de escasos veinte años:

—¿Me podrías ayudar? Necesito hablar con el vecino de al lado y he estado llamando, pero no responde nadie. El portón está muy cerrado, no sé si me habré equivocado de dirección. ¿Sabes si vive alguien? Porque esta es la calle Mon, ¿verdad? —Fingí dudar.

—Es la calle Mon sí, pero no puedo ayudarte. Yo no conozco la zona, no soy del barrio, solo vengo a currar y me piro. Si quieres, se lo pregunto al jefe—me respondió y desapareció por una puerta detrás de la barra.

Un señor de unos cincuenta años, con calva incipiente y cara de malas pulgas, salió tras la puerta por la que había desaparecido el camarero.

—¿Es usted la que pregunta por la casa de al lado? —me espetó con evidente mala leche.

—Sí. Muchas gracias por salir a atenderme.

—¿Por qué quiere saberlo? —me interrumpió mientras me miraba con sus desagradables ojos de rata.

«Vaya —pensé—, esto no empieza bien.»

Mi sonrisa, que pretendía ser encantadora, no había tenido mucho éxito a la vista del resultado.

—Venía a hacer un encargo y me han dado esta dirección, pero he llamado y no había nadie. No sé si me he equivocado porque está muy cerrado, como si no se abriera desde hace tiempo, y se me ha ocurrido preguntar aquí. —Otra sonrisa amable de regalo que tuvo el mismo efecto que la primera. Ninguno.

—¿Qué clase de encargo? —Ni una palabra de más pensaba decir aquel señor que cada vez me caía peor.

—Soy agente inmobiliario —improvisé—, experta en locales comerciales. Estoy buscando un edificio de este estilo para abrir un centro de actividades juveniles. Me dieron la referencia de esta casa. Sería un local perfecto. La zona ya está muy frecuentada por jóvenes y el centro ampliaría la oferta de ocio saludable —solté mi falso cebo. Más clientes, más tiempo en la zona, más negocio para él.

Por un momento dudó. Me pareció ver brillar sus ojos al fulgor del potencial dinero mientras oía mis explicaciones. Al final, no picó. Suavizó sus formas, pero se cerró como una ostra.

—Lo siento mucho. No le puedo facilitar ningún tipo de información. Yo cambiaría la zona de búsqueda. Ese tipo de negocio que usted dice tendría mucha más aceptación en la zona universitaria. No pierda el tiempo aquí y busque por las zonas modernas. Hágame caso. —Y, dicho eso, se dio la vuelta sin decirme ni adiós.

Di un último sorbo a mi Coca-Cola y salí del local. Una vez fuera, disfruté de un calor reconfortante. El hombre del bar era de esas personas que te roban dos o tres décimas de temperatura corporal.

Callejeé un poco más buscando a alguien que pudiera serme útil. Desistí después de un rato sin encontrar ni otro local abierto ni un vecino al que preguntar.

Don Marcelo se iba a hacer de rogar. Cavilaba mientras caminaba por las estrechas y adoquinadas calles peatonales hacia mi despacho, con muchas preguntas por resolver. ¿De quién sería la casa? Si era su familia la que llevaba tantos años cobrando de forma fraudulenta la pensión, parecía lógico que ya la hubieran vendido. ¿Por qué estaba vacía en una zona revalorizada desde hacía muchos años y muy bien cotizada incluso en plena crisis? Consultaría en el catastro. Lo que más me sorprendía era la cantidad de tiempo que podía haberse mantenido el fraude. Ciento doce años registrados. ¿A qué edad habría muerto don Marcelo? ¿A los ochenta, noventa, noventa y cinco? Veinte años de fraude suponiéndole una vida más longeva que la media. Aquella casa no pagaría la devolución de la pensión cobrada durante ese tiempo, los intereses y las sanciones de la Seguridad Social. Iban a ser varios millones de euros en total. Me parecía demasiado tiempo para que el defraudador fuera uno de sus hijos. ¿Qué edad podrían tener? ¿Un nieto? ¿Un fraude hereditario? En cualquier caso, sería una tragedia para esa familia cuando se descubriera. Había muchas posibilidades de que alguno terminara en la cárcel. Por otro lado, no era justo que hubiera desempleados sin derecho a paro, pensionistas que cobraban cuatrocientos euros, familias enteras de refugiados con ayudas de trescientos euros y tantos otros dramas humanos que los fondos de las arcas públicas no alcanzaban a solucionar. Don Marcelo cobraba la pensión máxima, unos dos mil quinientos euros brutos al mes. Según los registros había sido militar, piloto de aviación, y había combatido en la guerra del lado de los ganadores.

La experiencia me decía que las familias que cometían estos fraudes no solían ser las más necesitadas. Al contrario, eran abogados, funcionarios con conocimientos suficientes para perpetrarlos, personal de los bancos y, en general, gente con una situación económica desahogada a quien le venía bien un dinero extra para esos caprichos que provocaban la envidia de los vecinos. El todoterreno, el viaje a las islas exóticas o los veranos de los niños en el extranjero resultaban más cómodos de pagar. Esa era la razón por la que había decidido dedicarme a destapar fraudes, para que el dinero se destinara a quien más lo necesitaba, si ningún aprovechado sin escrúpulos metía la mano antes de que llegara a su destino. Confiaba en que hubiera otros haciendo su trabajo en el siguiente eslabón de la cadena para que el dinero llegara a las familias que lo necesitaban. Había empleado muchos años de mi vida dando forma legal a productos financieros que rozaban tanto la ilegalidad, que hacerlos pasar por buenos era uno de los trabajos mejor pagados del FiDi, el Distrito Financiero de Nueva York. Era un trabajo muy rentable del que era difícil sentirse orgullosa. Después de eso, había decidido utilizar mi habilidad para retorcer la ley trabajando del lado de los buenos.

Preocupada por cómo habría pasado la noche mi madre, la llamé.

—Hola, mamá, ¿cómo has dormido?

—Regular, hija, regular, toda la noche soñando unas cosas más raras... Me desperté sudando dos o tres veces. Te tengo que dejar porque acaba de venir Regina a buscarme, que hemos quedado con Mari para ir a ver cómo está Evaristo y si Ernesto y Carmina necesitan algo.

—Vale, mamá, llámame luego y me cuentas.

Aprovechando que estaba por la zona, me acerqué a la Casa de los Curas. Era un gran edificio de belleza simple, blanco, con las ventanas bordeadas de piedra local, de un color entre arenoso y gris y cinco plantas de altura, que ocupaba sin llamar la atención una manzana entera. Incluso la puerta, de forja sólida, se escondía a los ojos de quien no la buscara.

Llamé al timbre antes de darme cuenta de que estaba abierto. Crucé el patio blanco salpicado de macetas de todos los tamaños, unas de cerámica negra, otras de barro rojizo, otras pintadas de colores, que acogían plantas elegidas de forma anárquica, y reconocí el amor de sor Florencia por los seres verdes, más pasional que artístico.

Sor Florencia debía de tener un millón de años y seguía trabajando. Nadie intentaría separarla de la portería de la Casa de los Curas salvo que quisiera matarla. En mis primeros recuerdos, cuando mi madre me llevaba a visitarla o cuando venía a merendar a casa con nosotras, ya era una señora muy mayor, al menos para mis ojos infantiles. Sor Florencia contaba cosas de su niñez en Zamora. Me quedaba horas escuchándola hablar de los bombardeos de la guerra, del hambre de la posguerra y de cuando sus padres la metieron en el convento ante la imposibilidad de dar de comer a los ocho hermanos. Los mayores podían trabajar la tierra; los dos pequeños irían, uno al seminario y, la otra, ella, al convento. La enviaron a vivir con las monjas dominicas cuando tenía nueve años y allí empezó una vida que ella describía como maravillosa. Al principio, contaba, había sido duro verse separada de la familia. Las monjas se dieron cuenta enseguida de que la parte religiosa le gustaba —aunque sus padres fueran, como ella los definía, rojos de pura cepa—, pero las matemáticas y la geografía no eran su fuerte. En poco tiempo se convirtió en la alegría del convento. Le enseñaron a bordar, a cocinar y a cuidar niños, ancianos y enfermos. Después de varios destinos, la enviaron al norte para ayudar en la Casa de los Curas y con ellos se quedó. Primero cuidaba de los más ancianos y de los que ya no se valían por sí mismos, cocinaba y estaba allí donde se la necesitaba. Con los años, sustituyó a la hermana de la portería cuando esta se jubiló.

La Casa de los Curas era una especie de residencia de ancianos donde podían ir los sacerdotes después de jubilarse, cuando ya no querían o no podían vivir solos. Algunos de los curas estaban muy delicados. Otros aún estaban activos, solo tenían los achaques típicos de la edad y, como la casa estaba en el centro de la ciudad, salían a pasear, a misa e incluso a tomar algún chato que otro a los sitios de tapeo del casco viejo. Por dentro era un sitio sobrio, muy limpio, amplio y agradable.

Allí, cuidando de la buena marcha del hogar, eran felices sor Florencia y otras cuatro dominicas más jóvenes que ella, aunque esto último no era difícil.

Cuando me asomé a la garita de la portería, me la encontré vacía y llena de minúsculas macetitas con esquejes. Después de comprobar que sor Florencia no estaba por la zona de la entrada, eché a andar por el pasillo principal a ver si la encontraba, aunque era probable que estuviera en la cocina atormentando a la cocinera para que el padre Anselmo o el padre José, aunque fueran diabéticos y estuvieran aquejados del corazón, no penaran comiendo comida insípida. Me proponía salvar al personal de cocina, que estaría intentando averiguar cómo pretendía sor Florencia que resultara sabrosa una comida sin sal y sin grasa, cuando apareció ella, con la mirada dirigida al inmaculado terrazo setentero que cubría el suelo. Iba a una velocidad increíble para sus años y murmurando al vacío.

—De nada, no se enteran de nada, mira que ponerle manzana en el desayuno al padre Adolfo, con lo mal que le sienta la fruta ácida. ¡Qué mañana lleva el pobre!

—¡Sor Florencia! ¡Qué alegría verla! —dije en voz alta porque, si bien su ánimo y sus pasos se resistían a la edad, no así el oído ni la vista.

—Hola. ¡Uy, hola! Espera, que me pongo las gafas, que no sé quién eres.

Se puso las gafas que llevaba colgadas de una cadena dorada encima de su bata blanca mientras yo me fijaba en los eternos zuecos de farmacia azul marino en sus pies y las medias de compresión de color carne hasta las rodillas. Esa era sor Florencia. Me observó unos instantes antes de caer en la cuenta.

—Gracia, chiquilla, que casi no te reconozco. He perdido mucha vista en los últimos años. ¿Cuánto hace que no vienes a verme? ¿Qué tal tu madre? ¿Estáis todos bien? ¿Y tu hermana? Esa zorrona no viene nunca—me soltó y no pude reprimir una carcajada.

Desde lo más antiguo de los tiempos, sor Florencia empleaba las palabras *zorrona* y *zorrón* para referirse a la gente joven a la que apreciaba y, para sor Florencia, era joven todo aquel que no hubiera llegado a la jubilación. Nunca nadie le había querido explicar lo que significaba la palabra en lenguaje coloquial.

—Estamos todos bien, hermana. Bárbara trabajando veinticuatro horas al día y se le hacen pocas. Como siga así van a inventar un premio solo para ella —empecé la puesta al día.

—Y bien merecido que será. A ver para quién si no. Y tú también, que sois más listas y más trabajadoras que nadie. Desde niñas. —A sor Florencia le podía el corazón con nosotras.

—Gracias por el piropo, hermana, aunque en realidad la lista era ella, yo era más bien del montón. Va a ser difícil que me premien dedicándome a destapar fraudes a la Administración Pública.

—Ya sé que me lo explicaste, hija, pero yo no sé muy bien qué es lo que haces. Hace unas semanas vino a verme tu madre y me trajo casadielles de esas que hace ella, ¡qué ricas, nena! A las hermanas nuevas les encantaron. ¿Sabes que hay dos nuevas? Con la cantidad de años que llevábamos aquí las cinco y en tres meses nos quedamos sin dos. Sor Úrsula se puso muy mala en Semana Santa. Está terminal, en paliativos, y quiso volver a casa, a Granada, con la hermana y los sobrinos. A morir. Y Sor María vuelve a misiones. Fíjate que regresó de allí hace ya ocho años. Estuvo mucho tiempo en el Congo y ahora dice que la llama de nuevo el Señor para ir con los más pobres y que quiere estar allí hasta que le aguante el cuerpo. El mes pasado fuimos a despedirla al aeropuerto. Bueno —dijo cambiando de tema—, ¿y mamá?, que no la veo desde las casadielles. ¿De lo de Egipto ya está bien?

—Sí, ahora, gracias a la prótesis, sabe cuándo va a llover antes que nadie. Se encuentra muy bien, aunque está un poco conmocionada y tristona —empecé a contar.

—¿Y eso, nena? —me dijo con voz preocupada.

—¿Usted sabe quién era Sofía? Una señora mayor, vecina de mi madre.

—No caigo —respondió después de reflexionar un momento.

—La que le enseñó a usar internet, Facebook y el *e-mail*. Vive con su hermana, Carmina, que ayuda en la parroquia de San Juan el Real —empecé a explicar.

—¿La Impugnada? —preguntó sor Florencia demostrando de nuevo su envidiable memoria—. Sí, claro que sé quién es. Coincidí con ella varias veces en casa de tu madre, después de la muerte de tu padre. A Carmina, la hermana, la conocemos toda la comunidad religiosa porque se pasa el día metida en la iglesia. Esa mujer tiene la cabeza entre pájaros y flores. Viven con un sobrino que no tiene oficio ni beneficio, pero que, según dice la gente, no es mal chico.

—¡Esa es!

Sor Florencia no sabía nada del suicidio de La Impugnada.

—Pues vamos a sentarnos, hermana, que le cuento lo que ha ocurrido —le dije agarrándola del brazo.

—Ven, vamos allí, a la salita donde suelo ver la tele. Así no nos interrumpen los curas. Algunos ya están tan mayores que me dan mucho la lata.

Me guio hasta un pequeño cuarto y me invitó a entrar. Era una habitación, no más grande que un despacho, con una ventana cubierta por unos visillos beis y, como mobiliario, dos sillones estampados en tonos verdes, con apariencia de cómodos.

Delante de ellos, una mesa camilla con faldón a juego y tapete de ganchillo. Para completar el conjunto, en la pared de enfrente, un aparador de pino sencillo y, sobre él una tele de pantalla plana a la que le calculé cincuenta pulgadas y un *router* de fibra óptica.

Creo que la fascinación me hizo mantener la vista un poco más de la cuenta sobre la envidiable electrónica de la sala, porque sor Florencia se explicó.

—Sí, hija, hemos puesto fibra porque con el teléfono y el internet nos sale estupendo de precio. Hemos contratado Netflix, cada uno tiene un usuario para la tele de su habitación. Lo único malo es que ahora no baja nadie al salón común. Es que, hija mía, en la tele normal no echan más que porquerías —me dijo casi disculpándose.

Sonreí. En el lenguaje de Sor Florencia, porquería significaba cualquier cosa que les pareciera, según su beata moral, poco aceptable. Las chicas hacían porquerías con los chicos, los programas de la televisión eran porquerías y los jóvenes decían porquerías.

—Claro, hermana, yo también lo tengo, es mucho más cómodo. Hay que estar con los tiempos que vivimos —la tranquilicé.

—¡Pues eso digo yo! Bueno, cuéntame eso que me ibas a contar de tu madre y la Impugnada —me pidió cuando ya estábamos sentadas en los acogedores sillones.

—La Impugnada se tiró ayer por la ventana de la cocina... —y continué con los detalles del incidente.

Sor Flo, como yo la llamaba siempre de niña y muchas veces de mayor, se quedó callada y reflexiva, casi inmóvil, con los ojos cerrados y los dedos entrelazados. Por un momento no supe si se había quedado dormida mientras yo hablaba o si estaba rezando por el alma de Sofía. Tardó unos segundos en abrir los ojos.

—Gracia, eso no tiene ningún sentido. Si me dijeras que se suicidó Carmina, la hermana, me impresionaría, aunque lo creo poco probable porque para suicidarse hay que tener valor y Carmina dudo que lo tenga. En cambio, con lo de la Impugnada me he llevado un gran chasco —me dijo con desasosiego.

—Pues ya ve, hermana. ¿Por qué lo dice si no la conoce apenas?

—Porque tu madre me habló muchas veces de ella y ¿sabes, Gracia? —me miró muy seria—. Nadie se suicida si se siente necesitado.

—Yo he pensado lo mismo, hermana, pero parece que no pudo ser de otra manera. No ha habido robo ni violencia y, para despejar todas las dudas, está la nota que llevaba en la falda.

—Yo solo digo que lo que nos mata no siempre es la vida, a veces es lo que nos impide vivirla. Y algo ha impedido vivir a esa mujer, Dios la tenga en su gloria.

No tenía claro si entendía bien a sor Florencia, aunque vislumbraba lo que quería decir. Volví a sentir que algo estaba fuera de lugar en la muerte de la Impugnada. Buscamos en la *app* del periódico a ver si decían algo de la autopsia. Tan solo venía una pequeña reseña en la sección de sucesos locales:

«S.A.F. apareció muerta en el patio de su domicilio del distrito centro en un presunto acto de suicidio. El cuerpo se encuentra en el Instituto Anatómico Forense pendiente del resultado de la autopsia.»

La prensa evitaba difundir noticias de suicidios para evitar el efecto llamada.

—Hermana, yo venía a verla por otra cosa. Quería preguntarle algo, a usted que conoce a media ciudad viva y a casi toda la muerta en los últimos cincuenta años —dije en tono de broma intentando borrar el estupor que había dejado en su dulce y arrugada cara la noticia del suicidio de la Impugnada—. Estoy investigando a un hombre que se llama Marcelo Pravia. Según los registros tiene ciento doce años y vive en la calle Mon, 53.

Acabo de estar en esa dirección y parece un inmueble abandonado.

—¿Ciento doce? ¡Qué raro! Le conocería todo el mundo. No sé a qué casa te refieres. ¿Cómo es el 53? ¿Qué hay alrededor? —me preguntó, intentando ubicarse.

—Es una casa de piedra amarilla, sin escudo, sencilla y a la vez elegante, con la fachada sucia, de dos plantas, un portón de madera abajo y arriba dos balconcitos de hierro forjado. No tiene más adornos, pero el conjunto es noble y sólido. El portón está mohoso y cerrado con una cadena y un candado bastante oxidado. Está unas casas más abajo de la antigua cerería, donde venden los cirios para la catedral e imágenes de los santos, ¿sabe cuál le digo? —intenté darle más datos.

—La tienda sí y esa parte de la calle también, la casa no sé. ¿No será la que está al lado de La Tapilla Sixtina? —preguntó sor Flo para mi sorpresa.

—Sí, hermana, esa es. No pensé que conociera usted la Tapilla Sixtina.

—Pues claro que la conozco, los dueños son vecinos del barrio desde hace generaciones. Es un sitio de los de toda la vida, pero no se llamó siempre La Tapilla Sixtina. Hasta hace unos años se llamaba Casa Lucas, por Lucas Ramilo, el que la fundó. Luego la heredó el hijo, Pepe Ramilo, y ahora está el nieto, Lucas Ramilo. Se llama igual que su abuelo. Es un hombre al que el negocio familiar le está resultando una cárcel. Él no quería quedarse con el bar; se fue a Barcelona a trabajar y estuvo allí unos años, se casó y tuvo hijos. No le debió de ir bien y volvió para acá. Al morir la madre, el padre dejó el bar en sus manos y él le cambió el nombre. Dicen que le va bien. Aunque, hija, te digo yo que ese hombre está amargado. Me voy por los cerros de Úbeda, Gracia, si es que estoy mayor —se disculpó mientras yo pensaba que poca gente de treinta tenía la prodigiosa cabeza de sor Florencia y eso que, en el convento, la tomaron casi por tonta–. La casa de al lado –continuó sor Flo– cambió varias veces de inquilinos. Hace años vivía un matrimonio de ancianos. No eran de aquí, vinieron ya de mayores, eran gente acomodada. Contaban por el barrio que tuvieron dos hijos, que se habían muerto los dos y ellos cambiaron de ciudad para huir de los recuerdos. Como si eso fuera posible. ¿Qué te voy a contar a ti, hija mía? Bien sabes tú lo que es eso –dijo mientras me tomaba la mano con cariño–. Alguna vez oí, no recuerdo a quién, ¡esta memoria mía!, que uno de los hijos se había suicidado, pero consiguieron que la versión oficial fuera que se le había disparado el arma del padre por accidente para que lo enterraran en camposanto. Era la época de la dictadura. En aquellos tiempos la sociedad era mucho menos permisiva que ahora. Yo los conocí cuando ya estaba Suárez de presidente, al inicio de la democracia, lo de los hijos fue antes. Tampoco me viene a la cabeza cómo se llamaban. Siempre iban juntos a todos los sitios, a misa a San Isidoro, a comprar al Fontán y a dar un paseo por estas calles. Yo los veía pasar caminando muchas tardes. Ella siempre de negro y él siempre serio. Primero murió ella, ¡Chelo!, me acaba de venir a la cabeza, se llamaba Chelo. Y él creo que volvió para su tierra. Ahí le perdí la pista. Esto fue hace por lo menos treinta años. No recuerdo cómo se llamaba, pero no era Marcelo. Hace muchos años... Si me acuerdo, te aviso –concluyó Sor Florencia, que me dio toda aquella información como si fuese cosa de nada.

Era más de las dos cuando nos despedimos. Salí de allí apuntando en mi agenda mental llevarle un enorme montón de casadielles. Se las había ganado.

3

El ser enorme y aterrador que me perseguía se precipitaba hacia mí mucho más rápido de lo que mis piernas eran capaces de correr. Me acercaba al final de un estrecho túnel de piedra negra, donde me esperaba un precipicio oscuro y profundo. No había otro camino, no tenía escapatoria. La angustia me invadió el pecho y el miedo se hizo dueño de mi respiración. Sentí que pateaba el aire y, sin suelo que me sujetara, empecé a caer hacia el abismo. Cuando un pequeño haz de luz me dejó ver los cadáveres de cientos de bebés muertos, inertes, que me esperaban en el fondo, mi corazón, desbocado por el pánico, se quedó quieto. Grité deseando morir antes de terminar mi caída hacia el horror. Una sirena estridente empezó a sonar a lo lejos. «¡Dios mío! –pensé–, es un sueño, despiértame, despiértame, no me dejes con ellos, no me abandones aquí.» El terrorífico escenario empezó a desvanecerse mientras mi teléfono móvil se iba haciendo presente en mi mesilla. Noté que Jorge se daba la vuelta en la cama mientras mascullaba: «Si es tu hermana, dile que la mato». Aún poseída por el pavor de mi pesadilla, leí en la pantalla de mi teléfono «Bárbara móvil».

–Dice Jorge que le va a costar perdonarte este asalto a su sueño, pero yo te agradezco infinito que hayas llamado. Gracias por salvarme del espanto. Tengo que cenar menos. Siempre que me paso con la cena tengo pesadillas –dije quitando hierro a mi angustia. Compartir mis demonios solo los haría más fuertes–. ¿Sabes qué hora es?

–Las siete cero cinco, tragona. Dile a Jorge que yo también le quiero. Me voy a acostar, llevo catorce horas seguidas sin sentarme ni un momento.

–Dulces sueños. ¿Todo bien? –A esas horas y con la sensación de horror, que aún no me había abandonado del todo, no estaba dispuesta a hablar del trabajo de nadie.

–Nada bien. Ha habido un hostión terrible en la autopista –explicó mi hermana–. Tres coches, ocho personas, tres muertos. Uno era un compañero de aquí del hospital, de Trauma. Bazo, hígado y riñón reventados. Atendió a los heridos en el momento, se quedó hasta que la ambulancia se los llevó a todos y empezó a encontrarse mal. Ha estado bromeando hasta el final, aunque era consciente de lo que ocurría y sabedor de que no podíamos hacer nada. Me acabo de chutar un Valium. Necesito descansar.

–Lo siento muchísimo. ¿Quieres que vaya luego a verte? –Ya estaba despierta y la dureza de la realidad había logrado disipar el miedo de los sueños.

–No, gracias, prefiero dormir. Cuando me despierte te llamo. Mañana, bueno, ya hoy, no voy a trabajar. Pero no te llamaba por eso, es que tengo novedades de la Impugnada y no quería contártelo por WhatsApp. En términos llanos, el resultado de la autopsia es «muerte por trompazo monumental». No hay signos de violencia ni nada que indique que la tiraran a la fuerza. Cayó casi en posición vertical, se rompió casi todos los huesos de los pies y de las piernas. ¿Sabes lo que significa eso?

–No, ¿qué significa?

–Que intentó minimizar el impacto. Es muy normal en estos casos. En el tiempo que pasa entre que se tiran y dan contra el suelo, el instinto de supervivencia los lleva a intentar salvarse. Suicidio de libro. Trágico, pero nada fuera de lugar. La Impugnada

se suicidó. Te dejo, que empieza a hacer efecto el Valium.
—Y, sin más despedida, colgó.

Jorge se había vuelto a dormir, dándome la espalda, y roncaba ligeramente, emitiendo un sonido rítmico y estable, como un metrónomo. Sentí el calor y la suavidad de las sábanas. No tenía ganas de levantarme, pero me había desvelado. Nuestra habitación estaba entre luces y sombras, efecto del sol que, aún tímido a aquellas horas, entraba por las rendijas abiertas de la persiana. Me gustaba dormir así, dejando que el amanecer diera un poco de calidez hogareña a las frías paredes azules de nuestro cuarto.

Miré a Jorge, me recreé con su ancha y definida espalda desnuda y sus rizos castaños recién cortados. Me apeteció mucho despertarle. Faltaba casi una hora para que sonara el despertador. Se me ocurría una forma de pasar el rato con él mucho mejor que oírle roncar. Armonioso, relajado, potente. Como era él. Empecé a acariciarle la espalda a ritmo muy lento, a besuquearle el cuello y a morderle sus preciosas orejitas, casi desproporcionadas teniendo en cuenta el gran tamaño del resto de su cuerpo.

—¿Qué pasa ahora? —gruñó perezoso.

—Que tengo un gran calentón y estoy deseando que te despiertes.

Jorge no era un tío de florituras. Y yo tampoco.

—Estoy cansado, es muy temprano —respondió arrebujándose con las sábanas.

Había que utilizar la artillería pesada.

Le describí una escena que no era apta para todos los públicos.

Se dio la vuelta, ya bien despierto y, mientras se desprendía apresurado de la poca ropa con la que dormía, su olor caliente me excitó tanto que me retorcí de ganas debajo de él. Un segundo se me hacía eterno para sentirle dentro.

Sacaba mi lado más animal. Al menos, el sexo funcionaba entre nosotros. Desde la muerte de nuestro hijo, era lo que nos mantenía unidos. El dolor enquistado y no compartido lo hacía más salvaje y pasional. Éramos dos animales heridos buscando un placer que duraba el tiempo justo para hacernos olvidar y después nos devolvía, cruel y despiadado, a la realidad de nuestra pérdida.

Así fue esa mañana. Como tantas otras. No compartíamos nuestra amargura de otra manera. Sentí cómo crecía mi enfado hacia él por alejarse, por dejarme sola, por fallarme, por pensar que ocultando nuestro sufrimiento íbamos a librarnos de él. Me levanté y aparté del pensamiento mi disgusto con Jorge. Nuestro matrimonio era lo único que quedaba en pie de todos mis sueños cumplidos y no podía permitirme perderlo.

Poco después, engullíamos tostadas en el salón. Las mías con mucha mantequilla, las suyas con mucha mermelada. Aproveché para compartir con él mis dudas sobre el suicidio de la Impugnada.

—Quizá alguien la vio asomada a la ventana y, aprovechando la ocasión, la empujó —dije.

—¿Quién tenía llave de la casa? Si descartamos a la hermana y a Evaristo, nos queda el sobrino. ¿Tiene algún motivo para empujar a su tía por la ventana?

—En apariencia pierde con su muerte mucho más de lo que gana.

—Si no hay motivo, no tiene sentido el crimen. No es tan fácil tirar a alguien por una ventana. Tendría que haber estado muy asomada o encima de una escalera con los pies a la altura del alféizar de la ventana. Necesitarías levantarla mientras se resiste, grita, patalea y se sujeta. Eso habría dejado señales de violencia en el cuerpo. Por no hablar de que, si ha sido algo improvisado, ¿cómo diablos le han prendido la nota a la falda? —sentenció Jorge, con su habitual sentido común y los conocimientos adquiridos tras muchos episodios de CSI.

—Sé que tienes razón. Es que hay algo que no me cuadra y confío en mi intuición más que en las apariencias. Y eso, sin infravalorar el hecho de que una amiga de mi madre se ha suicidado y ella ni siquiera se dio cuenta de que se encontraba mal. No queda nada para que sus reflexiones la lleven a sentirse culpable.

–La Impugnada no era tan amiga de tu madre como para que se sienta culpable de no haber estado ahí para ayudarla. Empezaron a tratarse hace pocos años, no tenemos ni idea de qué ocurría en la vida de esa mujer. Hay muchas cosas horribles en el mundo, no podemos ocuparnos de todas. Si quieres, para animarla –propuso–, el fin de semana vamos a comer con ella y jugamos a ser Sherlock Holmes, aunque creo que nos vamos a parecer más al inspector Gadget.

Después de desayunar me puse un traje de chaqueta y unos zapatos cómodos para ir al juzgado a declarar sobre mi último caso cerrado.

La mañana allí fue larga y tediosa. Salí pasada la una y fui a ver a mi madre. Salvo que hubiera salido con alguna de sus amigas, la encontraría en casa.

Cuando llegué al portal, busqué a Evaristo, pero no lo vi. A esas horas estaría en el descanso de la comida o haciendo recados para alguna vecina, tarea con la que se sacaba un dinerillo extra. Apreté el botón para llamar al ascensor, el mismo que tanto me ilusionaba pulsar en la infancia. Nada más entrar en casa de mi madre, me reconfortó el olor a horno caliente, a pan casero, amasado en aquella fría piedra de granito que a tantas delicias había contribuido a lo largo de los años. Jugué a las adivinanzas con mi olfato. Estaba preparando empanada o bollos preñaos. Me paré en la puerta e inspiré. Noté otro aroma. Un guiso con salsa española, carne guisada o rabo de toro. Entré en la cocina. No había nadie. Tania, la chica interna que vivía con mi madre, tenía restringido el acceso a la vitrocerámica. La cocina era el reino de mi madre. En el horno, encontré una enorme empanada y tres bollitos preñaos, preparados con el objetivo de aprovechar la masa sobrante. La olla exprés, a fuego muy lento, era la que desprendía el intenso aroma a guiso, pero no revelaba su contenido exacto.

Cotilleé en la nevera y me encontré una bandeja de horno tapada con film transparente donde reposaba un enorme pargo, ya sin ojos, con la carne cortada y, en las hendiduras, rodajas de limón para aromatizar su piel. Listo para meter al horno en cuanto saliera la empanada. ¿Estaría mi madre preparando algún tipo de comilona o solo estaba deprimida? La segunda opción era la más probable, dados los sucesos de los últimos días, así que busqué la tarta escondida en el armario, en el lugar de siempre, y allí estaba: una preciosa tarta de nueces glaseada con melocotón, en su periodo de reposo para adquirir el sabor perfecto en veinticuatro horas. Avancé por el pasillo hacia el salón y lo encontré vacío. Ni Tania ni mi madre. Continué hacia la zona de las habitaciones suponiendo que estaría en su cuartito privado, anexo a su dormitorio, donde se escondía a leer, a coser y a ver los programas de cotilleos cuando aún vivía mi padre. El cuartito, como lo llamábamos, era la habitación más pequeña de la casa, con una gran ventana, perfecta para cualquier actividad relajante que requiriera poco espacio. El ángulo que formaba la ventana daba al cuarto una amplia visión de la calle bulliciosa, repleta de gente a cualquier hora del día. Sus muebles favoritos eran un juego de dos sillones mecedora, unas piezas únicas de edad indeterminada. Tapizados y arreglados varias veces desde que yo era niña, en aquel momento los cubría una tela azul estampada con aguas doradas. Cuando éramos pequeñas, eran nuestras butacas preferidas. Bárbara y yo nos peleábamos por sentarnos en la que mi madre dejaba libre. En una esquina, hacia la cara oeste de la ventana, la máquina de coser con la que bordaba nuestros vestidos cuando éramos niñas. Completaba el cuarto el libro que mi madre estuviera leyendo en ese momento y una tele Thomson de treinta y dos pulgadas, con culo gordo y decodificador TDT.

Allí la encontré, sentada en uno de los sillones, mirando por la ventana. Mala señal.

–Hola, mamá –saludé.

–Hola, cariño, qué alegría. No te esperaba. ¿Te quedas a comer?

Mi madre estaba acostumbrada a que entráramos en su casa sin llamar. Lo hacíamos nosotras, las vecinas que tenían llaves, Evaristo... Pensé que, si hubiera entrado una banda de ladrones, mientras lo hubieran hecho por la puerta y con llave, no solo no se habría asustado, sino que les habría invitado a un caldito y a unas tapas. «¿Le ocurriría lo mismo a La Impugnada?», me pregunté.

–Si quieres, me quedo contigo. Creo que vas a necesitar ayuda para terminarte el festín que estás cocinando. ¿Esperas a alguien? –pregunté entre risas a ver si conseguía animarla un poco. Parecía tristona.

–Bah, nena, luego todo se come. Había rabo de toro de oferta y como a ti y a Jorge os gusta tanto, lo compré por si os apetecía. Además, ayer estaban los pargos tan frescos que me apeteció preparar uno al horno.

–¿Y la empanada?

–¡Ah! Por si venía tu hermana, que le gusta mucho y se la zampa de media en media. Y si no, la comemos en la timba, que siempre picoteamos algo –dijo sin darle importancia.

–¿La tarta también es para la timba? –pregunté con ironía.

–Hija, qué cotilla estás. ¿Cómo has encontrado la tarta? Pues una tarta, Gracia, no es tan inusual. Por cierto, vas vestida muy rancia, pareces más mayor. Ese traje te hace sosa –saltó, ya a la defensiva.

–Sí, lo sé, vengo de un peritaje en el juzgado y, ya sabes, sobriedad, discreción y aspecto profesional. Suelto mi testimonio y listo –expliqué sin ofenderme lo más mínimo.

–¿Cómo te fue?

–Bien, como siempre. Pero vamos a lo importante. ¿Cómo te encuentras? ¿Deprimida? ¿No has salido a la calle?

–No me apetecía. Tenía comida de sobra y Tania ha bajado a comprar el pan. Estas –continuó, refiriéndose a sus colegas de timba–, no iban a salir a pasear y, como me puse a preparar la empanada, no iba a dejar el horno solo, y... –siguió divagando un buen rato.

No me quedaron dudas de que estaba alicaída. Me quedé a comer con ella y la puse al día de las últimas noticias sobre la muerte de Sofía. Cayó casi todo el pargo, que se hizo en veinte minutos con el horno todavía caliente de la empanada, bien acompañado por una ensalada verde, un par de bollitos preñaos y un trozo de tarta cada una.

Me enteré de que Evaristo se estaba recuperando del *shock*, aunque continuaba muy afectado. Mi madre pensaba que, en el fondo, se lo estaba pasando pipa –fue su expresión literal– siendo el centro de atención de vecinas y curiosos. Todo el mundo le preguntaba por su estado y por los detalles escabrosos del suceso. Su pequeña buhardilla parecía aquellos días la despensa de un hotel, con tanta aportación culinaria de las bienintecionadas vecinas. Bizcochos, tartas, frutas cultivadas en las «casas del pueblo», chorizos caseros e incluso un buen guiso de legumbres, ¡no fuera que Evaristo se pusiera malo de la impresión! Tenía que reponer fuerzas. En cuanto enterraran a la Impugnada –antes no, por respeto al cuerpo presente– empezarían a hacer lo mismo con Carmina y Ernesto, pero a mayor escala. Al fin y al cabo, ellos eran los verdaderos dolientes de la tragedia.

En Asturias, las penas se arreglaban comiendo y los duelos se sobrellevaban vía indigestión. Cuando un vecino se ponía enfermo, le inundaban con caldos caseros y pescados blancos para que se recuperara pronto. Cuando se moría alguien, alimentaban a la familia con comidas potentes y a la vez poco ostentosas, en señal de duelo. Bizcochos, pollos de corral asados, arroz con leche o un buen pote con su verdura y su compango. Cuando nacía un bebé, tartas y más tartas para «endulzar» la lactancia, que trastocaban todos los planes de vuelta al peso anterior al embarazo de la recién parida.

Después de comer, me quedé a ver el telediario a todo volumen en el cuartito mientras, en el sillón mecedora de al lado, mi madre roncaba como un oso durante la hibernación. Ella negaba que se quedara dormida delante de la tele y que roncara. Tuve la tentación de grabarla con el móvil, pero no quería que se llevara un disgusto. Cuando salí de su casa eran casi las cinco de la tarde y me fui directa a la farmacia de mi amiga Sarah. Sarah llevaba en España más de veinte años. Vino al país, a Oviedo y a mi colegio con catorce años, un marcadísimo acento argentino y un desparpajo natural que me conquistó desde el primer día.

Saludé a Pilar y a Carol, las empleadas de Sarah por las tardes, y pasé por detrás del mostrador a la trastienda.

La trastienda no era *tras* ni *tienda*. Era la primera planta del edificio donde estaba el local, a la que se accedía por unas escaleras situadas en el almacén.

Allí, en el primer piso, Sarah tenía montado un apartamento con su propia entrada independiente. Lo usaba, entre otras cosas, para sus romances pasajeros. Además de un dormitorio de diseño y un moderno baño con iluminación en la ducha, la trastienda se componía de un despacho donde sus hijos, los mellizos, hacían los deberes, una cocina mínima, que daba para poco más que precocinados y sándwiches de Nutella, y un salón con una espaciosa *chaise longue* negra a juego con una enorme televisión donde jugar en alta resolución con la Wii U y la PlayStation 4.

Me encontré a Sarah en plena partida del FIFA 19 con los niños. Descanso previo a las cuentas de *mates* y los deberes de *science*.

—Gracia, ¡qué alegría verte por aquí! ¿Dónde te has metido este último mes?

—¡Hola, Gracia! —gritaron casi al unísono mis *zipizapes* favoritos, uno rubio como decía en la ficha del donante de esperma; el otro moreno, de rasgos judíos como su madre.

—Álex le está dando una paliza a mamá. Las chicas jugáis fatal al fútbol —afirmó Hugo.

—¿Has visto lo que tengo que aguantar? Seis años y con prejuicios hacia las mujeres, ¿dónde lo habrá aprendido? —se quejó mi amiga.

Una vez terminaron de merendar y se pusieron a hacer sus deberes con Debbie, la *au pair* norteamericana, Sarah y yo nos acomodamos en el sofá y le conté los acontecimientos de la última semana.

—Sarah, ¿hay alguna droga que no deje rastro en la autopsia y que te permita tirar por la ventana a una señora de casi setenta años, uno sesenta de estatura y unos sesenta y cinco kilos? —pregunté sin más preámbulo.

—No lo sé. No soy experta en drogas para cometer asesinatos. Si me preguntaras por remedios para la gripe, la gastroenteritis o la dermatitis, lo tendría más claro. ¿Piensas que esa señora pudo ser asesinada?

—No lo sé. Quizá estoy un poco paranoica. No dejo de pensar que algo está fuera de lugar en esta historia.

—¿Me dejas que investigue lo de las drogas y te cuento en unos días? De todas formas, ¿por qué te interesa tanto? Sé que es una vecina y la conoces de toda la vida, pero la realidad es que no la conoces de nada. No sé si me entiendes. Las personas tenemos muchas capas y muchas caras. Ni siquiera nosotros mismos nos conocemos tanto como para predecir cómo vamos a reaccionar en situaciones límites.

«¡Qué curioso! —pensé—, esto se parece bastante a lo que me ha dicho Jorge.»

—Ahí está el tema, Sarah, que en este caso no hay situación límite ni detonante para el suicidio.

—¿Un desengaño amoroso? A estas edades son peores que los quinceañeros.

—¿Lo dices en serio? —pregunté casi molesta.

—No, pero nunca se sabe. ¿Cansancio de vivir? ¿Demencia senil? ¿Una enfermedad a al que no quiso enfrentarse? Según lo cuentas, si esta señora no se ha suicidado, no sé cómo la han podido matar. Venga, no me mires con esa cara, que te prometo que averiguo lo de las drogas y tú prométeme que te olvidas de esto unos días. No descuides a Jorge, ¿eh? Que tu chico es un bombón. —Sarah me quiso hacer reír.

—¡Eh! ¡Ni te acerques! —le seguí el juego.

No le había hablado de lo que ocurría entre Jorge y yo. Hacerlo me parecía dejar de luchar por él, por lo nuestro, aceptar que nunca volveríamos a compartir todo lo que sentíamos, lo maravilloso y lo aterrador.

A Sarah, el matrimonio, el compromiso, la fidelidad y esa íntima y poco glamurosa calidez familiar que da la convivencia le suponían lo mismo que a un león pasar de la sabana africana a una jaula en un zoológico.

—¿Te apetece que vayamos a tomar una copa al casco antiguo esta noche? —propuse—. Tengo un caso entre manos y me gustaría pasarme por allí. Pensión de jubilación que huele a años de fraude. Ciento doce años, ni más ni menos, tiene el pensionista y lleva sin visitar al médico más de treinta. De paso, sacamos a Bárbara de casa, que esta noche no curra y está de bajón.

—Claro. ¿Qué le pasa a Bárbara?

—Una noche dura. Un compañero ha tenido un accidente de coche y lo ha visto morir en el hospital. Le vendrá bien salir un rato y echarse unas risas. Eso sí, tenemos que empezar la ronda en la zona de quinceañeros, pero será solo un momento.

—¿Quinceañeros? —preguntó Sarah frunciendo el ceño—. ¿Piensas ir así vestida? Te van a confundir con la profesora de matemáticas.

Dejando a Sarah en plena carcajada gracias a mi atuendo, me fui a casa a revisar toda la información que tenía sobre don Marcelo y a ponerme algo más apropiado y mucho más incómodo.

Al abrir el ordenador, vi un correo de registradores.org. Nota simple de la c/Mon, 53. Los titulares de la casa eran José Ramón Ramilo Álvarez y Herederos de Consuelo Álvarez Pastor. Chocante dato. Mi cerebro, sólido y no demasiado rápido, se quedó procesando información unos segundos. ¿Ramilo? ¿Como el del bar? No era un apellido muy común. El resultado distaba de ser el que esperaba. Ni rastro de Marcelo Pravia, pero aquello no dejaba de ser interesante. Consuelo tenía que ser Chelo, la mujer de la que me había hablado Sor Florencia. ¿Quiénes serían sus herederos? Había encontrado hacía poco una web donde venían todos los apellidos del mundo ordenados por la cantidad de personas que los llevaban. La había guardado en favoritos por si podía serme útil en algún momento.

Ramilo ocupaba el lugar 40.405 de apellidos, ordenados de más a menos comunes, y en España solo lo llevaban 880 personas. Demasiada casualidad para que no fueran familia.

Consuelo Álvarez y José Ramón Ramilo Álvarez. ¿Dos Álvarez? ¿Coincidencia? Vuelta a la web. El apellido ocupaba el lugar 220 de los más repetidos en el mundo y había 288.183 personas con este apellido en España. Demasiada gente apellidada Álvarez para sacar conclusiones. Era plausible que fuera casualidad. No era un dato fiable para investigar. En cambio, había muchas posibilidades de que Ramilo fuera un familiar del Lucas de La Tapilla Sixtina. A fin de cuentas, eran casas contiguas. Era la primera pista que tenía. A regañadientes, tuve que dejar la investigación para más tarde. Era la hora de ir al encuentro de Sarah y de mi hermana.

La noche era templada y había varias pandillas de adolescentes en la calle de la Tapilla Sixtina. Compartían minis de cerveza en grandes vasos de plástico transparente y de algo parecido a la leche de pantera, el cóctel creado por Chicote para los legionarios, que tan de moda había estado en mi juventud. Reparé en tres chicas con largas melenas, tacones altos y faldas cortas compartiendo un cigarrillo, sentadas en el portal de la casa de don Marcelo. Me invadió una especie de complicidad al devolverme los recuerdos de esa misma escena, que repetíamos cada tarde del fin de semana un par de décadas atrás.

Confiando en que ellas sintieran un poquito de esa conexión, me acerqué.

—Hola, chicas. ¿Me podríais ayudar? —dije con una sonrisa dejada que pretendía imitar la desidia que provocan los diecisiete años que les calculaba.

Me miraron expectantes, sin decir nada.

—Hemos quedado en un bar con unos amigos que conocimos el otro día —expliqué mirando a Bárbara y a Sarah, recalcando la palabra amigos con una sonrisa tontorrona—. Pero no somos de aquí y, como soy un desastre, no me acuerdo del nombre del local —continué con voz engolada y mi mejor imitación del acento madrileño—. Solo apunté la dirección, calle Mon 53, pero esto no parece un bar ni de lejos.

—¡Qué va, tía! —me respondió una de ellas, después de dejar pasar unos segundos de silencio y de buscar con la mirada la aprobación de sus amigas—. Esto es una casa deshabitada. Venimos mogollón por aquí y no hemos visto nunca a nadie.

—¡Qué desastre! Vaya despiste tengo. Por un momento pensé que igual era uno de esos locales que se alquilan para fiestas y que por fuera parecen una casa normal —expliqué, intentando sacar más información.

—No, no, ¿qué dices? —Otra vez la misma chica—. Si esto está súper viejo. Lo usa el de La Tapilla de almacén —dijo señalando al bar que yo ya conocía.

—Ah, ¿es la misma casa? —fingí confusión—. Igual es ese el bar.

—No, qué va. Tiene una puerta que comunica con él. En la planta baja, guardan los barriles y otras cosas. La de arriba lleva deshabitada mucho tiempo. Con muebles y todo. Yo creo que, o te has apuntado mal la calle o, si es esta, tiene que ser en los primeros números, abajo del todo, que es donde está la gente may... —y ahí se calló de golpe.

Adivinando la continuación de la frase, me consolé pensando que, a su edad, cualquiera que pasara de los treinta, a mí también me habría parecido un vejestorio. Les di las gracias y recorrí los escasos cinco metros que me separaban de mi pequeño grupo, mientras me preguntaba por qué conocía la chica el interior de la casa de don Marcelo.

—Ya está —empecé a poner al día a mis pacientes compañeras—. Diferente información de lo que esperaba, si es que esperaba alguna, pero cuando menos sorprendente. La rubia conoce la casa por dentro. ¿Os importa que nos tomemos una caña aquí? Tengo una corazonada. Creo que los camareros la usan de picadero cuando no está el dueño. Eso confirmaría que la casa está deshabitada y que no vive en ella la persona que estoy investigando. Dejadme que lo compruebe y luego nos vamos de tapas a La Genuina.

Antes de entrar en la Tapilla Sixtina, me cercioré de que en la barra solo estaban el camarero que ya conocía y otros dos igual de jóvenes. Para mi alivio, no había rastro de Lucas Ramilo, el dueño, al que ya le ponía nombre gracias a sor Flo.

Mientras Sarah se acercaba a distraer al camarero que me conocía, yo me fui al otro extremo de la barra.

—Hola. Me dice tu novia que si les puedes poner un mini de cerveza, que tienen sed —le dije.

—¿Mi novia? ¿No será la de este? —me dijo señalando al compañero.

—¡Ah! Pues igual sí. La rubita tan guapa —le dije.

—Es la de este. Cómo pimpla la tía. A mi chica no le gusta la cerveza. Menos mal que no está el dueño —me respondió sin preguntarme siquiera quién era yo.

—Y yo quiero tres cañas —añadí.

—Te pongo las cañas y les llevo el mini.

Mientras esperaba, localicé la puerta que comunicaba las dos casas. Era tan visible que no entendía cómo no la había visto la mañana anterior.

4

El sábado, después de un perezoso y abundante desayuno de esos que Jorge y yo solo nos permitíamos los fines de semana, decidimos aprovechar la fantástica mañana, fría y soleada. Dimos un larguísimo paseo por la montaña para placer y regocijo de *Gecko*, el pastor de los Pirineos de mi hermana, al que nos encargábamos de agotar una vez por semana. Cerca del mediodía, nos presentamos en casa de mi madre con el propósito de jugar a los detectives. Ella nos recibió con una cara muy distinta a la que tenía en mi última visita y con un olor igual de delicioso. Jorge empezó a salivar en el ascensor siguiendo el rastro del rabo de toro.

El día anterior habían celebrado el funeral de la Impugnada. Gracias a las horas que Carmina había dedicado a la parroquia, les concedieron el privilegio de oficiar la ceremonia en la catedral. Asistió tanta gente que no había asientos para todos y muchos tuvieron que escuchar la misa de pie. La Impugnada conocía a varias generaciones por su trabajo de maestra. Su muerte también atrajo a conocidos de conocidos que acudían a la llamada del morbo. Después de que la noticia saliera en el periódico, toda la ciudad comentaba el detalle de la nota prendida en la falda. Mi madre había llorado como una plañidera a sueldo, pero al día siguiente parecía recuperada y feliz de tenernos a todos allí. Estábamos Jorge y yo, *Gecko*, Bárbara y, para mi sorpresa, Álex y Hugo, mis pequeños ahijados, a los que mi hermana había recogido para permitir a Sarah, su madre, acudir a una comida íntima con alguien llamado «Bah, qué importa cómo se llame. Si termina siendo algo serio, ya os contaré».

Bárbara, que no tenía ningunas ganas de hacer de inspector Gadget con nosotros, había prometido a los niños que los llevaría a ver una peli para mayores de siete y estaban emocionadísimos. Me extrañó que mi hermana se ofreciera a cuidar de los *zipizapes* para que su madre se fuera de ligue. No me cuadraba. Aunque Bárbara y Sarah se llevaran más o menos bien, lo hacían sin estridencias. Ellas no eran amigas y Bárbara era de esas personas con vocación de ayudar a los demás cuando tienen problemas graves, pero no de las que se ofrecen a ayudar para que el otro salga a pasar el rato. Además, a mi hermana, los niños, en general, no le hacían ni fu ni fa. De hecho, le hacían más fa que fu.

El caso es que allí estaban mis simpáticos ahijados poniendo una inmensa sonrisa en la cara de mi madre que, embobada con ellos, les atiborraba de patatas recién fritas y pequeños filetes de solomillo empanados. Los niños se los estaban zampando a dos carrillos.

—¡Hola, hijos! Estoy dando de comer a los niños para que luego no se aburran en la mesa y nos dejen almorzar tranquilos —dijo mi madre a modo de saludo.

—Los niños ya no se aburren en la mesa como antes —le explicó Jorge mientras le plantaba un beso en la rubísima coronilla conseguida con un magnífico tinte cubrecanas—. Les das el móvil y pueden estar horas entretenidos mientras los adultos comemos.

—¡Bah! Así ellos juegan mientras nosotros comemos, que no les conviene escuchar los líos de los mayores. Si nuestro niño viviera, ya comería en la mesa también. Qué pena, hijos. Qué cruel es la vida. Ay, Gracia, lo siento, ya sé que no quieres que hablemos de Martín, pero no puedo evitarlo –se disculpó mi madre mientras yo intentaba respirar hondo.

–Mamá, cállate, por favor –intervino Bárbara en mi auxilio. Yo no podía hablar de la muerte de mi hijo. Aún no estaba preparada–. ¿Qué comemos? ¿En qué te ayudamos?

–Tengo sopa de albóndigas, rabo de toro, unos boquerones fritos, que estaban fresquísimos y unos huevos que me trajo Regina del pueblo, de gallinas de casa que solo comen maíz. Los he hecho rellenos de pimiento y bacalao. Buenísimos.

Mientras mi madre enumeraba la lista de platos, sentí un enfado infundado hacia ella, que justifiqué con la excusa de que seguía llamando Martín a mi hijo, en lugar de Martin –quisimos un nombre para nuestro hijo que sonara bien en inglés y en español ya que, cuando él nació, no sabíamos si nos quedaríamos en Nueva York o si algún día volveríamos a España–. La realidad era que solo proyectaba en ella la ira que sentía contra el universo por haberme arrebatado a mi niño.

–¿Sopa de qué? –preguntó Jorge, inmune al resto del festín recitado y sabiendo que a eso faltaba añadirle las patatas fritas, el consistente pan de maíz que estaba viendo asomar por debajo del paño que lo tapaba y el trozo de tarta de lo que tocara, que no rechazaríamos.

–Sopa de albóndigas, hijo, que me dio la receta Tania, que parece que es típica en... ¿De qué país es Tania, que nunca me acuerdo?

–De Moldavia, mamá, de Moldavia. ¡Ya está bien que no sepas de dónde es la persona que vive contigo! –respondí alzando la voz.

–Hija, ¡no seas borde! ¿Por qué me hablas así?

Mi hermana me dirigió una mirada de advertencia y atemperó la conversación.

–Callaos las dos, por favor, y vamos a disfrutar la comida. Jorge, ya verás qué buena está la sopa, la he probado y es exquisita –interrumpió Bárbara volviendo a un tema tan banal como seguro.

—Como todo lo que cocinas, Adela —cameló Jorge a su suegra—. Ya habría querido yo comidas así de ricas en casa, que Daría trabajaba mucho, pero cocinaba fatal. Y mi madre aún peor, así que estaba encantada con ella porque, con nueve hijos, dos abuelos y un montón de bichos, era difícil encontrar a nadie dispuesto a trabajar en nuestra casa. Daría aguantó ni más ni menos que cuarenta años con la familia. Bueno, y cuéntanos, ¿cómo estuvieron Ernesto y Carmina en el funeral?

—Ernesto estaba abatido y muy callado, como siempre. Ese chaval no es muy espabilado. —Para mi madre todo el que tuviera menos de sesenta años era un chaval—. Siempre está como parado, no reacciona ante nada. Carmina, al principio del funeral, estaba ida. Parecía la reina de Inglaterra saludando desde el coche. La gente iba a darle el pésame y ella sonreía sin decir nada. Al rato, llegó el hermano tarambana y ella se puso como una niña el día de Reyes. «¡Qué alegría, Antonio, qué alegría!», decía. Estábamos en medio del funeral y se oyó su voz por toda la catedral. El tal Antonio apareció ya mediada la misa. ¿Tú te crees que se puede gritar eso en el funeral de la hermana, por mucho que se alegrara de ver a su hermano? El tipo es un señor elegantísimo. Yo le había visto hace ya mucho tiempo. No me acordaba, pero al verle le reconocí. ¡Qué buen porte tiene! Aparenta unos cincuenta años, aunque yo calculo, por lo que me contó alguna vez Sofía, que tendrá más de sesenta. Es el pequeño de los tres. El pelo canoso. Mucho pelo, ni rastro de perderlo. Un abrigo azul marino impecable. Traje azul también, que le quedaba como un guante. Delgado. Recto. Una pose impresionante. La ropa que llevaba costaba un dineral, os lo digo yo. ¡Vaya con el tarambana! Y Carmina, desde que él llegó, feliz como unas castañuelas. Ernesto y su tío, en cambio, estuvieron muy fríos entre ellos. Casi no se hablaron. Me dio la impresión de que Ernesto estaba un poco avergonzado de cómo se estaba portando la tía. O incluso molesto. Yo estaba boquiabierta. Y el resto de la iglesia igual. Hay que tener en cuenta que es un momento muy trágico, pero eso no justifica perder así los papeles.

Cuando mi madre cuenta las cosas luego hay que hacer un repaso para ordenarlas. Se necesita un tiempo para procesar la información que es capaz de producir en escasísimos segundos a una velocidad impropia de su edad.

—¿Ernesto no es hijo del tarambana? —preguntó Bárbara—. ¿De quién es hijo? Yo pensaba que era del hermano vivalavirgen. De tal palo tal astilla, uno juerguista y el otro vago.

—Pues no lo tengo muy claro, nena. Cuando vivía papá, yo no tenía relación con la Impugnada y después, cuando nos hicimos amigas, aunque yo le preguntaba, ella contaba muy poco y a mí me daba vergüenza insistir. Por lo que yo entendí, Ernesto es hijo de una hermana muerta en el parto. Otra hermana. Me acuerdo bien de que me contaron que la madre murió cuando él nació. El padre no sé quién es. Sofía y Carmina no son de aquí. Su familia es de algún lugar de Castilla por las anécdotas que me contaba de cuando eran niñas. Así que de su vida anterior solo se sabe lo que ellas cuentan.

Lo que a mí me quedó claro en aquella conversación fue que la Impugnada podría haber sido agente de la CIA porque, si era capaz de resistir un interrogatorio de mi madre sin satisfacer su curiosidad durante varios años, debía de tener una voluntad de hierro. Habría dejado mal a la Thatcher en sus tiempos. ¿Qué más no sabríamos de ella?

Una vez terminada la comilona, cuando dio la hora que se consideraba prudencial para las visitas entre vecinas, mi madre llamó a Carmina para decirle que subíamos a verla. Pusimos cara de solemnidad y envolvimos con cuidado nuestra aportación al duelo de la familia: un bizcocho glaseado y una enorme empanada de lomo con pimientos, caliente todavía.

El ascensor, joven en las entrañas, conservaba la apariencia original, con su jaula metálica y las puertas de madera. El rellano de la sexta planta, de mármol blanco y verde, era igual que en el resto de los pisos, pero reconocible y diferenciable del de las otras plantas. Es un efecto curioso de los edificios de viviendas. No importa que hasta los felpudos sean iguales. Cada rellano huele diferente. Huele como las familias que viven en él.

Nos acercamos a la puerta de Carmina y, antes de que nos diera tiempo a llamar al timbre, Ernesto la abrió con gesto adusto. La cara regordeta congestionada, el ceño fruncido, la frente perlada de sudor y un cigarrillo apagado en la mano, listo para encenderlo nada más llegar a la calle. Al vernos se quedó paralizado, como si despertara a otra realidad. Cuando consiguió reaccionar, nos preguntó si íbamos a ver a su tía Carmina. Sin esperar respuesta, nos dejó entrar, subió al ascensor y se fue.

Avanzamos por el pasillo, empapelado en un tono amarillo suave con ramilletes de flores moradas y lleno de pequeños cuadritos con motivos campestres. Era un pasillo ancho, como el del resto de las viviendas; en cambio, en esa casa, resultaba estrecho. La consola de bronce y piedra verde, el taquillón de madera con sobre de mármol blanco y las minúsculas estanterías de madera cargadas de figuritas de todo tipo hacían que pareciera una agobiante tienda de baratijas antiguas. El pato de cerámica de Sargadelos, la niña de primera comunión en porcelana, la paloma de Lladró, los cisnes de cristal de Murano, la campana dorada y cien objetos más decoraban todos los rincones de la casa, como manifestación orgullosa de la personalidad infantil de Carmina.

Era como si la casa llevara puesto un disfraz de carnaval. Tenía la sensación de que, si me movía demasiado rápido, todo se iba a venir abajo.

La discusión que llegaba a nuestros oídos nos hizo avanzar haciendo más ruido del necesario para advertirles de nuestra llegada. En el salón estaban Carmina y su hermano

Antonio. Antonio, enfadado, fumando con ansias un purito estrecho y largo, se dirigía a su hermana en voz más alta de lo razonable:

—No, Carmina, las cosas no son así. No le voy a aguantar tonterías. Esto nos ha costado mucho y no vamos a echarlo a perder ahora. Haremos las cosas como yo digo.

Cohibidos por escuchar una conversación ajena en semejantes términos, dijimos hola en voz alta y Antonio se dio la vuelta. Su gesto cruel se transformó en un pegajoso refinamiento. Me desagradó al instante.

Como mi madre había descrito, era elegante, erguido, buen porte, bien tratado por la edad y por las inyecciones para rellenar arrugas puestas con destreza en los surcos adecuados, con ropa de marca elegida con gusto y unos modales tan correctos como empalagosos. Me fijé que el diván, de tela dorada y madera de caoba que hacía las veces de sofá, estaba cubierto de carpetas y papeles.

—¡Adela! Qué bien que hayas venido ¿Estos son los niños? Hace mucho que no los veía —dijo Carmina dirigiéndose a mi madre. Los niños éramos Jorge y yo—. ¡Qué alegría! Ernesto acaba de salir a dar un paseo. Para despejarse. Estamos con el papeleo de Sofía y le ha afectado un poco.

Antonio interrumpió sus explicaciones de inmediato.

—Ya la recuerdo —dijo dirigiéndose a mi madre—. Usted estaba ayer en el funeral. Disculpe, con la impresión y la pena por Sofía, no me acuerdo de todo el mundo.

—Os traíamos un bizcocho y una empanada para que comáis algo en estos días tan difíciles —explicó mi madre.

—¡Qué amables! —la cortó Antonio mientras Carmina empezaba a lloriquear y a sorber como una niña—. Nos vendrá muy bien. Mi pobre hermana Carmina ahora necesita todos nuestros cuidados. Ya ven cómo está de afectada. Toda una vida juntas. No sé cómo agradecerles la amabilidad. Para mí, ellos son lo más importante del mundo. El que cuida de mi familia, cuida de mí.

Espero coincidir con ustedes más veces. En este momento Carmina se iba a acostar. Está con sedantes. Otro día me encantará verlos de nuevo. Me voy a quedar un tiempo por aquí –dijo con clara intención de acompañarnos a la puerta.

–Antonio, por favor, ¿qué dices? Quiero que se queden, les he invitado a tomar el café con nosotros. Son nuestros vecinos, Adela era muy amiga de Sofía y yo la quiero mucho... –protestó Carmina.

Antonio no dio su brazo a torcer. Su inflexible comportamiento estaba fuera de lugar. Carmina se puso muy nerviosa así que, con la firme promesa de volver en mejor ocasión, salimos de allí.

Creo que no había visto a mi madre tan enfadada desde aquel día en el que yo tendría trece años y Bárbara once y un señor, de unos cincuenta años, –lo que llamábamos en aquella época un viejo verde–, nos piropeó por la calle sin darse cuenta de que mi madre venía detrás de nosotras. Lo estuvo persiguiendo indignada, paraguas en mano, hasta que le faltó el resuello. No lo alcanzó, pero el tipejo debió de llevarse un buen susto.

–¿Ya habéis vuelto? No habéis estado ni cinco minutos en casa de Carmina –preguntó mi hermana cuando entramos de nuevo en casa.

Después de que mi madre se desahogara largo y tendido y compartiera con nosotros su preocupación por Carmina, empezamos a recoger para a irnos: Bárbara, con los niños de Sarah al cine, mi madre a la timba y nosotros a nuestra casa. Estábamos a punto de salir cuando mi hermana se acordó de algo.

–¡Casi se me olvida! Ha llamado sor Flo preguntando por ti, Gracia. Me ha dicho que el señor de la casa de La Tapilla Sixtina se llamaba Ino. Le llamaban don Ino.

–¿Don Ino? –preguntó Jorge–. ¿Como los Danoninos?

–¿Qué clase de nombre es Ino? ¿Es un diminutivo? –dudé yo.

—No sé, chica, sor Flo me dijo que sabrías de qué hablaba. Es por lo del anciano del sitio donde fuimos el otro día, ¿no?

—Sí, pero no es lo que esperaba, no entiendo ese nombre. ¿Ino? Hay padres para todo.

—¿Qué sucede? Pensé que ya os habríais ido. —Mi madre apareció arreglada para la timba, con los labios pintados, el pelo ahuecado, pendientes de oro y un abrigo de piel, que habría causado pesadillas a cualquier activista proanimales.

—¿Tú sabes qué clase de nombre es Ino? —pregunté.

—Sí, claro. Antes se usaba bastante. Yo conocí a un Ino, se llamaba Paulino. ¡Ah!, y otro, el que trabajaba con tu padre, Faustino.

Los tres nos mirábamos incrédulos mientras mi madre seguía con la lista de posibles nombres abreviados como Ino, ya desvariando un poco.

—También puede ser de Inocencio. O de Celestino, aunque a los que conozco los llaman Tino. El marido de mi madrina, que murió hace tantos años que ni me acuerdo, y el de Celsa, la panadera, que también murió. Era muy joven, no se había jubilado todavía.

Nos fuimos todos mientras mi madre seguía recitando diminutivos en el ascensor. Mundo, de Raimundo; Cleto, de Anacleto; Nasta, de Anastasio: Lolo, de Manuel; Fito, de Adolfo...

El día siguiente amaneció lluvioso y gris. Llevaba un buen rato oyendo repiquetear la lluvia en el suelo de la terraza y leyendo los últimos tuits en el móvil mientras esperaba que entrara luz por las persianas de la habitación, cuando vencí la pereza y salí de la cama. Esperaba un contacto cálido con nuestro acogedor suelo de madera tropical, pero mis pies lo sintieron frío. Me puse mis zapatillas de borreguito y una enorme chaqueta de lana blanca encima de la camiseta de dormir. Eran las nueve de la mañana. Domingo. Jorge ya se había levantado. Supuse que habría ido al gimnasio antes de que yo me despertara. Salí de la habitación sin abrir siquiera las persianas. ¿Para qué, si ya sabía lo que había fuera? Estaba de mal humor. Bajé las escaleras de nuestro luminoso dúplex, que ese día parecía oscuro y gris. La lluvia fina caía torcida, como escrita por un niño pequeño. Los cristales del salón estaban salpicados de minúsculas gotas que los hacían parecer plástico de burbujas para embalar y el paisaje a través de ellos no invitaba a salir de casa. No había nadie caminando por la calle, solo algún conductor despistado que avanzaba con los parabrisas a máxima potencia. Las aceras rezumaban agua y los jóvenes árboles de la pequeña plaza de enfrente trataban de resistir el viento, que los hacía doblarse y recoger sus hojas como melenas empujadas por un ventilador. La niebla estaba tan baja que no permitía ver el cielo. Parecía humo blanco que se hubiera comido los pisos más altos de los edificios.

El ruido de la Nespresso me devolvió a la realidad. El tiempo podía ser horrible pero mi Linizio Lungo sería, como siempre, reconfortante.

Con un buen trozo de bizcocho casero en el estómago, me puse mis mejores atuendos de domingo. En Oviedo, tomar el aperitivo después de misa —aunque a misa iban pocos y al aperitivo muchos— era una tradición muy arraigada.

Ataviada con unos botines elegantes, un paraguas de tela repujada y un abrigo de lana, me fui a ver a sor Flo. Me había arreglado con la intención de ir después a La Paloma, bar de culto que estaría a reventar de gente, donde me había citado mi hermana. Bárbara quería hablar conmigo en privado. Me asombró que para ello eligiera el bar más masificado de la ciudad un domingo a la una de la tarde. Igual que por las noches los bares se llenaban por rangos de edad, a la hora del aperitivo todo el mundo se mezclaba. Universitarios, treintañeros y cuarentañeros en pandillas, con o sin niños, familias completas, grupos de señoras y de señores ya mayores, se apelotonaban en el local a la hora del aperitivo. Un sitio tan antiguo que todos lo conocíamos desde la infancia. Incluso la generación de mis padres.

Sor Florencia me estaba esperando. Esta vez en la portería. La había llamado antes de ir, a ver si ella o alguno de los residentes de la Casa de los Curas reconocía los nombres que aparecían en la nota simple.

Le di los pasteles que había comprado en una de las pastelerías más famosas de la ciudad, donde hice media hora de cola. Por el aroma que desprendía la caja había merecido la pena. Olían a recién hechos, a azúcar y almendra.

—Ay, carbayones, ¡qué ricos! No tienes que traerme nada cuando vengas a verme porque vamos a salir rodando. Aunque te digo, hija, que son de estos placeres que hacen que un día tan gris y tan feo como hoy, parezca bonito. Pasa, pasa, que vienes empapada.

Contra el *orbayu*, *chirimiri o calabobos*, no hay paraguas que valga. Sin paraguas, te mojas. Con paraguas, también.

—Cuéntame, Gracia. Te ha dado fuerte por esta familia.

—Es por trabajo, hermana. Estoy investigando un fraude relacionado con ellos. Los casos que he perseguido hasta ahora eran mucho más planos y vulgares. Certificados de defunción que se pierden antes de llegar a la Seguridad Social porque algún hijo o algún nieto tiene acceso a alguien que pueda traspapelarlo. Este asunto, en cambio, me tiene un poco despistada. No es un caso tan burdo como los demás.

Le enseñé la nota simple para ver si le sonaban los nombres.

—Bueno, nena, yo creo que está claro que el Ramilo este tiene pinta de ser el hijo del dueño.

—¿Del grosero con cara de rata? —pregunté asombrada.

—¿De quién?

—Del Lucas que lo lleva ahora. El que me dijo usted que se había ido para Barcelona, pero que tuvo que volver a trabajar en el negocio del padre cuando los suyos le fueron mal.

—No, de ese no. Del hijo del abuelo de ese —me aclaró sor Flo—. O sea, del padre del que tú conociste. De Pepe. Qué lío nos estamos haciendo, nena. A ver si te lo explico bien. El Lucas original era el abuelo del Lucas de ahora. El hijo del Lucas original y padre del Lucas de ahora es Pepe. Muy majo, Pepe. En aquella época frecuentaban el local algunos padres de la residencia. Queda de paso a la catedral. Era un hombre alegre y charlatán. Servicial también. Ayudaba a todo el que podía. No recuerdo si su nombre era Jose Ramón, pero parece más que probable. ¿Sabes qué estoy pensando? Que vamos a preguntarle a don Alfredo, que es igual que un elefante y también iba por allí cuando lo llevaba Pepe Ramilo. Ya hace mucho que no va. Está mayor, va a cumplir los noventa. ¡Cómo no se me ha ocurrido antes! Hija, ya no soy la que era. Don Alfredo es de aquí, de toda la vida, párroco de la iglesia de San Pedro, conoce a todo el mundo. ¿Sabes quién es?

—No, no lo conozco. ¿Por qué es igual que un elefante? —pregunté algo despistada.

—¿Sabes que dicen que los elefantes lo recuerdan todo? —dijo sor Flo—. Las personas también. Sobre todo, recordamos lo que nos duele mucho y lo que nos hace muy felices.

—Supongo que los humanos nos parecemos mucho más a los animales de lo que nos gusta creer.

—¿No dicen que nuestros órganos y los del cerdo son muy parecidos y que están investigando para trasplantar hígados de cerdo a humanos?

—¿A usted qué le parece eso, hermana? —pregunté con verdadera curiosidad.

—Pues, nena, no sé muy bien qué dice el Papa de esto, no lo he leído. Me cuesta mucho leer con esta vista tan gastada, aunque yo creo que todo lo que ayude a que un niño no pierda a su madre, o una madre no pierda a su niño, que no haga daño a nadie y se haga para bien, no puede ser malo, ¿no?

Bueno, sí que es malo para el cerdo, pero también nos los comemos y bien ricos que están.

No pude reprimir la carcajada.

—Que nos desviamos del tema, Gracia. Voy a ver si encuentro a don Alfredo.

Sor Florencia descolgó el teléfono de portería y llamó a la habitación del cura, pero este no respondió. Cuando ya pensaba que tendría que volver otro día para ver qué recordaba el anciano sacerdote, sor Florencia sacó un teléfono móvil de última generación.

—Espera, que le llamo al móvil. Me he tenido que comprar uno grande porque ya no veo bien la pantalla. La edad es malísima. Hacemos aguas por todos los sitios.

—Don Alfredo —dijo al aparato—. ¿Está usted por la casa? No le he visto salir. ¡Ah! Ya decía yo. Está aquí Gracia San Sebastián. Es la hija de Adela, la amiga de su prima Marita. Seguro que se acuerda porque el año pasado se rompió un hombro en Egipto y le llamó su prima desde allí y le encargó unas misas para que todo saliera bien.

Semejante narración debió de activar la memoria de elefante de don Alfredo porque sor Florencia no necesitó explicarle más. Le preguntó por la historia de Casa Lucas, convertido en La Tapilla Sixtina, mientras yo me perdía en mis recuerdos del accidente con el *quad*.

—Vamos a verle. Baja a la biblioteca y nos espera allí —dijo sor Florencia incorporándose.

Nunca había estado en aquella estancia. Era una sala muy grande, de techos altísimos, que sorprendía por su calidez, con más madera que el resto del edificio. No era una biblioteca antigua como las de las mansiones victorianas, sino actual y acogedora. La habían construido en las dependencias de lo que en su día había sido salón de actos. Las estanterías cubrían todas las paredes y unas sólidas escaleras de madera permitían subir al corredor por el que se accedía a los libros de la segunda planta. Era un pasillo sobrio que recorría en cuadrado toda la pared.

En el centro de la sala había mesas grandes con lámparas funcionales, que ocupaban un tercio de la estancia. En otro tercio, enormes sofás de cuero, dilatados por el calor corporal frecuente, salpicados con la prensa del día y, en el espacio restante, sillones individuales, del mismo cuero marrón que los sofás. La sala olía a papel, a madera y a paz, a un lugar donde estar tranquilo con uno mismo o con una buena novela.

Cuando llegamos, ya estaba allí don Alfredo sentado en uno de los sillones, con un libro en las manos.

–Tú debes de ser Gracia –me dijo, levantándose con mucha más agilidad de lo que hubiera esperado por su apariencia.

Don Alfredo consultaba un libro antiguo sobre la ciudad, una especie de guía turística de los años sesenta. En ella aparecía un local, de rabiosa actualidad entonces, famoso por sus tapas y raciones, en la zona que, en aquella época, era el centro neurálgico de la ciudad. Había una la foto La Tapilla Sixtina, Casa Lucas, con un joven y un hombre de mediana edad en la barra. El interior del local no había cambiado mucho desde que se había tomado la foto. Allí estaba la barra de madera ovalada, llena de comida y de copas listas para usar. Al pie de la foto se leía «Lucas Ramilo y su hijo, José Ramón Ramilo, "Pepe", propietarios de Casa Lucas». En la foto, Pepe lucía una sonrisa socarrona que iluminaba su cara. Se parecía a su padre, el Lucas Ramilo original. También tenía rasgos comunes con su hijo, el Lucas Ramilo que yo había conocido y, a la vez, era la demostración empírica de que la cara es el espejo del alma. Pepe no tenía cara de rata, al contrario, tenía cara de cachorro de *golden retriever*. En el margen izquierdo de la foto, la puerta que comunicaba con el domicilio oficial de don Marcelo, estaba abierta, con un enorme barril de cerveza impidiendo que se cerrara. El almacén de Casa Lucas llevaba mucho tiempo siendo el sótano del domicilio oficial de don Marcelo.

Don Alfredo me habló de Pepe, de la decadencia de la zona, de su mujer, muerta hacía años, de su hijo Lucas, que se fue de joven lleno de sueños, despreciando, según él, el servilismo del padre y el negocio familiar, y volvió cincuentón, sin dinero y amargado. Me contó que la puerta interior que comunicaba con la casa de don Marcelo se abría a cada rato mientras Pepe y los camareros bajaban a por los barriles de cerveza, a por las cajas de Coca-Cola, de Bitter Kas o de Mirinda para los niños, cuando aún no se había impuesto el dominio de la Fanta. También se acordaba del matrimonio que vivía en la casa de al lado, en los pisos de arriba, porque en la planta baja estaba el estudio de un pintor, al que no le importaba el ruido que hacían Pepe y los camareros al pasar, arriba y abajo, todo el día por el rellano de la escalera. Del matrimonio me contó cosas que ya sabía. Doña Chelo y don Ino, aficionados a la misa de la catedral o a San Isidoro y al paseo vespertino. Llegaron a vivir allí ya mayores, jubilados. Chelo murió en la casa cerca de los ochenta años y don Ino, al quedarse solo, se había ido a una residencia a Valladolid, su ciudad natal. No tenían herederos, los hijos habían muerto. Lástima de casa, que valía un dineral y se estaba echando a perder.

—¿No sabrá usted por qué tenían esa comunicación entre la casa y el bar? —pregunté.

—Claro que sí —respondió—. Chelo era la tía de Pepe. Era la única hermana de su madre. Chelo se casó muy joven con un señor de Valladolid, Marcelino, de familia burguesa bastante adinerada. El marido de Chelo, don Ino, fue piloto de aviación en el bando que se impuso, así que les fue muy bien después de la guerra. Era un militar de confianza del gobierno de Franco.

—¿Marcelino, padre? ¿Ha dicho usted Marcelino? ¿Como de Marcelo? ¿Como de Marcelo Pravia? —grité mientras saltaba en del sillón para estupefacción de Don Alfredo.

—¿Ves, nena, ves? —me acompañó sor Flo en la exaltación—. ¡Si ya te dije yo que don Alfredo era un elefante!

—Marcelino, estoy seguro. Lo de Pravia ya no lo sé. No me acuerdo, pero me puedo enterar —respondió don Alfredo haciendo caso omiso a la apelación de elefante por parte de sor Florencia.

—O sea que, si no he entendido mal, la hermana de la abuela del Lucas Cara de Rata de La Tapilla, lo que vendría a ser su tía abuela, era Chelo, Consuelo Álvarez, propietaria de la casa de al lado y mujer de don Marcelo Pravia, Marcelino, al que se le conocía por don Ino.

—¿Ves, Gracia, ves? ¡Ya te dije que el padre Alfredo era un auténtico elefante!

Don Alfredo contemplaba, inmutable, la reacción espontánea de su querida guardiana de la casa, que no paraba de dar pequeños aullidos de alegría por el descubrimiento.

—Perdone, padre, es que me ha costado dar con este hombre, con Marcelo Pravia. Me decía que tuvieron hijos, pero murieron. —Le di pie a seguir con sus recuerdos.

—Sí, dos. En esa época el matrimonio vivía en Valladolid. Venían a ver a la familia de Chelo por Navidad y poco más. Entonces era difícil viajar incluso para la gente de posibles. De esa época sé poco de su vida porque, cuando terminé en el seminario, estuve destinado por varios pueblos antes de volver aquí como párroco de San Pedro.

—¿Sabe cómo murieron los hijos?

—El mayor murió primero. Tuvo poliomielitis de niño. La polio, la llamábamos. Aunque se casó y tuvo un niño, murió antes de los cuarenta a consecuencia de la enfermedad. Contaban que la enfermedad le había dejado muchas secuelas internas. El hermano pequeño murió poco después. Un accidente. La gente comentaba que se había suicidado. Que se había pegado un tiro con el arma del padre. En la cabeza. De aquella, si se hubiera dictaminado suicidio, no se habría podido enterrar en camposanto. Menuda vergüenza para una familia como la de ellos. Tan de iglesia y tan de Franco. Te cuento, chiquilla, lo que se hablaba, pero no lo sé ni conozco a nadie que pueda saberlo con certeza. Sucedió en Valladolid.

—¿Le puedo preguntar una cosa más? Es personal.

—Claro, pregúntame —respondió con extrañeza don Alfredo.

—Me da la impresión de que no le caía bien Marcelino Pravia.

—Es correcta tu impresión. Pero no me entiendas mal. No todo es blanco o negro en la vida. Don Marcelo Pravia, como tú dices, no sería santo de mi devoción, aunque sí hijo del Señor, así que por algo habrá «don Marcelos» en el mundo y otros peores, que de este se decían muchas barbaridades, unas serían ciertas y otras inventadas o magnificadas. Fue una época en la que, desde todos los bandos, se hicieron cosas horribles. El don Ino que yo conocí aquí, me daba pena. En la vejez se ve la vida distinta. No sabremos nunca de cuántas cosas se arrepentiría. A veces, la vida maltrata a las personas y, ningún hombre, por contrario que sea a mis ideas, merece perder a sus hijos.

Seguimos charlando un rato. Don Alfredo era un anciano y a los ancianos les gusta hablar de tiempos pasados y de lo que han aprendido en la vida.

Llegué tarde a la cita con mi hermana. Don Alfredo me había proporcionado mucha información prometedora con la que estaba deseando empezar a trabajar. En cambio, tenía intención de olvidarla durante una hora para centrarme en Bárbara. Iba a ser difícil no pensar en mi caso, que se enredaba más con cada paso que daba.

5

La semana empezó cargada de energía y tan lluviosa como el domingo.

Con todo lo que había averiguado, tenía mucho trabajo que hacer en el caso de don Marcelo. Solicité los datos disponibles de Pepe, de Consuelo y de los dos Lucas Ramilo, abuelo e hijo, en la Tesorería General de la Seguridad Social; eran datos no públicos a los que, por mi contrato de servicios con la Administración Pública, tenía acceso sin tener que justificar un motivo. En la Tesorería trabajaban rápido así que, calculé que al día siguiente los tendría.

Lo más importante era poner la información en orden.

Marcelo Pravia, don Ino, natural de Valladolid y persona clave de mi investigación. Si estaba vivo e ingresado en una residencia por su tierra natal, yo me quedaba sin caso. Si, como suponía, estaba muerto, existía la posibilidad de que algún trabajador de la residencia estuviera cobrando la pensión en su nombre. Era improbable porque ese tipo de estafadores no suelen limitarse a un solo anciano. Cada vez quieren más y la avaricia los lleva a la cárcel en poco tiempo. De todas formas, tendría que comprobarlo.

Consuelo Álvarez, Chelo, esposa de Marcelo Pravia, muerta en 1983 y titular de la casa donde vivió con su marido, casa que todavía se comunicaba con el bar que, en aquel tiempo, regentaba su sobrino Pepe.

El matrimonio había tenido dos hijos, ambos habían muerto antes que los padres. Por lo que yo sabía, al menos uno de ellos se había casado. Línea de investigación: localizar a la esposa. Me habían hablado de un nieto. El hijo mayor había tenido un niño antes de morir.

También tenía que considerar a la hermana y al cuñado de Consuelo, el Lucas Ramilo original, dueño primigenio de Casa Lucas. Muertos, según don Alfredo. Bueno, según don Alfredo y según la lógica, porque si cualquiera de ellos también estuviera vivo, a juzgar por las fechas, habría tres «matusalenes» de más de cien años en lugar de uno.

Además, estaba el sobrino de Consuelo, Pepe, José Ramón Ramilo Álvarez, copropietario con su tía del último domicilio de Marcelo Pravia. Muerto. ¿Muerto? ¿Por qué sabía yo que estaba muerto? No recordaba que nadie me hubiera dicho que estuviera muerto. Jubilado, sí. Muerto, no. ¡Qué fallo! ¿Cómo se me había podido pasar algo así? ¿Cuántos años tendría Pepe en la actualidad? No mucho más de ochenta. Edad muy razonable para seguir vivo, disfrutando de su jubilación. O de la suya y de la de su tío. Punto de investigación urgente.

Mujer de Pepe. Muerta. Sí que sabía que Pepe se había quedado viudo. ¿Quién había sido la mujer de Pepe y la madre del Lucas nieto? Sabía que se llamaba Conchita por la información conseguida a través de sor Florencia. Si su marido era el beneficiario de la pensión fraudulenta, ella se convertía en beneficiaria también y la sumaba a la lista de sospechosos.

¿Sabría algo Lucas Cara de Rata? Ese tipo de fraude era fácil de ejecutar durante unos años, pero trasmitirlo de generación en generación lo complicaba de forma exponencial. Cuando todos los titulares de cuentas bancarias, inmuebles, etc., están muertos o superan los cien años, saltan las alarmas de los sistemas informáticos.

Ya tenía mi lista de los siguientes puntos para investigar:
1. Estado físico (vivo o muerto) de Pepe.

2. Localizar la residencia en la que ingresó Marcelo, don Ino, cuando murió su mujer.

3. Localizar a las mujeres de los hijos de Consuelo y Marcelo y verificar la existencia de nietos.

4. Solicitar un certificado de defunción de Marcelo Pravia en Valladolid.

Esto último no solía funcionar, pero había que intentarlo. Era difícil porque el certificado de defunción solo constaba en la localidad donde se hubiera producido el fallecimiento. No había datos centralizados. Con la desaparición de ese documento, empezaba el fraude. Si no había certificado de defunción, los asuntos del muerto continuaban como si nada hubiera sucedido. Cada vez era más difícil enterrar a alguien sin un certificado real debido a la informatización de los datos, pero hacía treinta años era muy sencillo. Sobre todo, si el entierro se producía en una localidad distinta a la de la muerte.

Me empecé a plantear viajar a Valladolid. Determinado tipo de información es mucho más fácil conseguirla en persona. Tendría que visitar el cementerio de la ciudad. Una familia «con posibles», como había dicho don Alfredo, acostumbraba a tener un panteón. A veces, los camposantos cuentan a gritos lo que las personas son capaces de ocultar a las bases de datos por muy digitalizadas que estén. Aplacé pensar en ello. La sola idea de visitar un cementerio me ponía la piel de gallina.

En un último arrebato de inspiración también pedí, en la web del Registro de la Propiedad, la nota simple de la calle Mon 51, de la casa que albergaba La Tapilla Sixtina. Por probar.

Satisfecha con mi trabajo de la mañana, me acordé de nuevo de Bárbara y nuestra conversación del día anterior; habíamos quedado en La Paloma para hablar en privado, pero solo me había contado banalidades.

—Ya sé que te he llamado yo, pero no me apetece hablar. Me he levantado muy decidida y, según ha ido avanzando el día, me he dado cuenta de que necesito pensármelo un poco más.

—¿Para contarme algo?

—No, Gracia, no es por ti. Lo que ocurre es que había tomado una decisión, pero me han entrado dudas y no quiero hablar contigo hasta que esté segura de lo que voy a hacer.

—¿Alguna pista? —le pregunté perpleja. Bárbara no era persona de indecisiones.

—No. Deja el tema, por favor. ¿Me disculpas por haberte hecho venir?

—¿Por invitarme a tomar el aperitivo un domingo a mediodía? No sé si voy a poder perdonarte.

Lo cierto era que me había quedado intranquila. Bárbara no tenía buena cara. Se había arreglado a conciencia, cosa poco habitual en ella. Estaba guapa, había abandonado su sempiterna coleta y el pelo rubio recién lavado le caía sobre los hombros, llevaba las ojeras bien disimuladas, aunque no lo suficiente para engañarme a mí. Mi hermana no había dormido bien.

No quise insistir y me fui a casa a comer con Jorge. Poder hacerlo era la razón oficial de mi cambio de vida. La razón real era muy distinta, pero también había pesado el hecho de sentirme libre y no tener que ganarme la vida trabajando con psicópatas sociales con escasos escrúpulos, que se hacían pasar por respetables, gracias a sus cargos políticos y a sus puestos en los consejos de administración de las grandes empresas.

Le conté a Jorge mis avances. Cuando vivíamos en Nueva York teníamos el acuerdo de no hablar de trabajo y así había sido durante muchos años, pero desde la muerte de Martin, el trabajo era uno de esos temas de conversación seguros, de los que no nos hacían daño. Yo también estaba siempre informada de lo que estaba haciendo en su negocio. De lo que me podía contar porque, aunque la investigadora era yo, él perseguía a ciberdelincuentes, mucho más peligrosos que mis estafadores. Después de comer, Jorge tenía programada una videoconferencia con Rusia y más tarde otra con Canadá, así que me fui a pensar a la oficina. Él prefería trabajar desde casa. Yo, desde el despacho que habíamos alquilado.

El despacho se encontraba a diez manzanas de nuestra casa, ubicado en un edificio antiguo, austero, de siete plantas más buhardillas, con una fachada seria y construcción sólida. El edificio se había diseñado para viviendas y ese había sido su uso durante varias décadas. Situado en la zona comercial, la demanda de oficinas había hecho que los antiguos pisos se hubieran remodelado como despachos. Los pocos vecinos que quedaban eran personas mayores que se resistían a abandonar sus hogares por mucho que, antes de estallar la burbuja inmobiliaria, se los hubieran pagado a precio de oro.

El nuestro era un espacio sobrio y funcional con suelo técnico y paredes blancas, dos pequeños aseos también blancos, nuevos e impersonales, con el símbolo de masculino y femenino en la puerta, de esos que yo nunca acertaba a distinguir, una minúscula cocina, más pequeña que un armario ropero y un gran ventanal desde el que se veía el parque y la multitud de gente que paseaba por las aceras. Por eso me gustaba tanto trabajar allí. Y porque me salía barato: no tenía licencia de uso empresarial y al dueño le iba costar mucho conseguirla porque la vecina tenía un hijo concejal y se había quejado del ruido que hacían los anteriores ocupantes. Estando yo, era una especie de santuario silencioso. Los antiguos inquilinos me habían hablado de ella, de la vecina, como un ogro, pero conmigo se llevaba bien. Ella hubiera preferido tener de vecinos a una familia que viviera allí, pero se conformaba conmigo, que no hacía ruido, le llevaba dulces caseros de vez en cuando y cada dos o tres días llamaba a su puerta para preguntarle cómo se encontraba. Lo hacía porque me parecía que se sentía sola, pero también porque me gustaba mucho el despacho y por el precio que lo había encontrado era imposible conseguir otro.

Había puesto la mesa, blanca y grande, de Ikea, en la sala principal, de espaldas a la puerta y mirando a la ventana. Mi trabajo era muy solitario y ver pasar a tanta gente anónima me unía al mundo. Mis únicas pertenencias eran la Nespresso y una silla ergonómica. Si me las llevaba no quedaría rastro de mí.

Abrí la puerta y me acerqué a dejar el abrigo en el perchero junto la ventana. No me había dado tiempo a sentarme cuando sonó el móvil.

—¡Gracia! ¡Recién terminé mi máster en drogas! —dijo Sarah con un marcado acento argentino.

Supe que estaba con un tío. Sarah había perdido el acento hacía años, pero lo recuperaba cada vez que quería resultar seductora. Ella era la experta, pero yo siempre pensé que su larga melena rizada, su estatura, superior a la mía y bastante por encima de la media del país, con unas piernas interminables y un conjunto bien proporcionado, contribuían a su atractivo mucho más que el acento. Tiendo a pensar que las pasiones que mueven el mundo son las más básicas.

—Hola, Sarah. ¿Quién es el afortunado? —dije socarrona.

—Estoy con un antiguo compañero de la universidad que está especializado en venenos y drogas mortales. Trabaja en un laboratorio de investigación en Londres; no es que sea un asesino en serie —aclaró sin necesidad—. Está aquí pasando unos días de vacaciones con la familia y hemos aprovechado para recordar viejos tiempos. Imaginé que te iba a interesar. Te llamo con él delante por si tienes alguna pregunta. Está encantado de ayudarnos.

—Ya imagino, ya —dije entre risas—. Te agradezco mucho el favor.

—Le expliqué el caso. Espero que no te importe. Me dice Ángel que a tu pregunta de si hay alguna droga que no deje rastro para poder tirar a una persona por un balcón sin resistencia, la respuesta es que sí y que no. Que todo se puede detectar, pero que no se hacen pruebas. En cuanto a las drogas más recientes, no tienen ni siquiera los medios para rastrearlas. No se busca nada fuera de lo habitual cuando se trata de un caso de suicidio en apariencia tan claro. En algunos países están de moda las drogas que anulan la voluntad y la memoria de la víctima. En España se pueden conseguir, pero es complicado encontrarlas. Las más comunes son el Flunitrazepam, comercializado como Rohypnol y la escopolamina.

–¿Roinol y escopo qué?

–Rohypnol y escopolamina. Tienes que conocerlas. Salen hasta en los telediarios y en cualquier serie policíaca. La escopolamina se llama vulgarmente burundanga.

–Esa sí me suena. Envíame luego los nombres.

–¿Sigues sin ver los telediarios? ¿Sabes que Donald Trump ganó las elecciones en Estados Unidos? –se burló Sarah.

Cuando mi hijo murió, dejé de ver las noticias, no necesitaba escuchar más desgracias, tenía el cupo cerrado.

–¿Se pueden detectar? –pregunté haciendo caso omiso a su recochineo.

–Se puede con un análisis del pelo y aún con más facilidad en un cadáver porque no la ha metabolizado por completo. Las pruebas solo se realizan si hay sospechas de que han utilizado ese tipo de sustancias. En España casi no hay tráfico de estas drogas, no son fáciles de conseguir. Yo sigo sin imaginarme a alguien tirando a esa señora por la ventana para que parezca un suicidio y, al mismo tiempo, preocupándose por pegarle una nota en la falda dirigida al portero, no fueran a herir la sensibilidad de su hermana atolondrada, por no llamarla retrasada. No sé, Gracia. Ángel, que es un hombre listísimo y una eminencia en este tema, tampoco le ve sentido.

Tuve que tapar el teléfono para poder descargar una carcajada. Sarah era una maestra en el arte de la manipulación, en decirle a los demás lo que querían escuchar. En ese momento, el tal Ángel estaría henchido como un pavo ante tal reconocimiento a su intelecto.

—Tienes razón, Sarah. Pensándolo en frío es absurdo. ¿Quién iba a querer tirar a la Impugnada por la ventana? Por lo que sabemos hasta ahora, su muerte no beneficia a nadie, al contrario, para su familia disminuyen los ingresos. Vivían de su paga mensual y ahora la han perdido. La casa también era de ella, o de las dos, no sé, y la heredarán ellos, supongo, pero ¿para qué iban a quererla? Si ya vivían en esa casa. Salvo que la lectura del testamento traiga una sorpresa, el móvil económico no existe. El de los celos mucho menos. No me imagino a Carmina y a ella en una lucha de amor. Además, Carmina no tendría fuerzas para tirarla por la ventana por drogada que estuviese. Incluso es difícil pensar que consiguió los contactos necesarios para comprar la droga. Muchas gracias por la información. Espero, al menos, que tu informante merezca la pena. Y, si no, aléjate de él, que con ese trabajo que tiene, no es prudente que se sienta despechado —bromeé.

—No ha estado mal. Pásate luego por la farmacia y nos tomamos una cervecita en Casa Anselmo mientras los mellizos hacen los deberes, ¿sí?

—Allí estaré —prometí.

Llamé a sor Flo para preguntarle por Pepe. Sor Florencia se estaba divirtiendo con mis pesquisas. Le faltó tiempo para decirme que, aunque creía saber dónde estaba, iba a buscar «pruebas y testigos» que lo confirmaran.

Decidí averiguar desde la distancia todo lo que pudiera sobre el potencial fallecimiento de Marcelo Pravia. La posibilidad de librarme de visitar un cementerio me daba fuerzas para leer cualquier cosa sobre la muerte si con ello evitaba verla de cerca.

Busqué en Google el cementerio de Valladolid y descubrí que la ciudad no tenía un solo hogar para muertos, como yo esperaba, sino tres: El Carmen, Las Contiendas y Puente Duero.

Después de leer la información disponible sobre los tres, seleccioné como objetivo el de El Carmen. El de Las Contiendas era moderno, de reciente construcción, y el de Puente Duero era un pequeño cementerio de un barrio obrero. El Carmen contaba con más de ciento cinco mil habitantes, si es que se podía llamar así a sus ocupantes.

Debía informarme antes de ir hasta Valladolid a visitar el cementerio, porque buscar un panteón, sin pistas, entre más de cien mil tumbas, no iba a ser tarea fácil.

Busqué en Google el teléfono de la empresa que tenía concedida la explotación del negocio fúnebre y llamé para consultar si había algún inquilino llamado Consuelo Álvarez Pastor o Marcelo Pravia Vivas. Después de explicar varias veces que no se me había muerto nadie, que no quería enterrar a nadie, ni servicio de tanatorio, ni servicio floral, y con una creciente frustración por mi parte, me indicaron que llamara al día siguiente por la mañana, en el horario de atención del departamento administrativo. El sistema informático iba lento, no sabían cómo encontrar la información que solicitaba y tenían muchas llamadas en espera. Pobres sistemas informáticos que siempre están ahí para echarles la culpa.

Me mantuve enganchada a mi buscador favorito aprendiendo sobre el negocio que se genera alrededor de la muerte. Había muchas personas que afirmaban convencidas: «Yo quiero que me incineren y que tiren mis cenizas en tal lugar» o «Quiero que me entierren junto a mi familia en el pueblo». Saber que la mayoría de la gente prefería planificar lo que ocurriría tras su muerte, me dio esperanzas de que a don Marcelo le hubiera ocurrido lo mismo. Animada por la expectativa de encontrar una pista, seguí cotilleando y encontré varios artículos en los periódicos dedicados a los enterradores. Del cementerio de San Isidro en Madrid, de Salamanca, de León, de Almería y, de pronto, apareció un regalo: un artículo en *El Norte de Castilla* donde —¡bingo!— entrevistaban a Rodrigo Aguilar y a Darío Manzanares, enterradores del cementerio El Carmen de Valladolid; el primero lo era desde hacía cincuenta años, estaba a punto de jubilarse; el segundo se había incorporado al oficio por oposición, compitiendo con otros trescientos aspirantes, hacía solo dos años. ¿Oposiciones a enterrador? Tenía sentido. A fin de cuentas, también eran funcionarios. Preferí no elucubrar sobre en qué consistiría el examen. Me interesaba el enterrador que llevaba más años en la profesión.

Considerando la edad y el perfil, con un poco de suerte para mí, tendría teléfono fijo en su casa.

Benditas páginas blancas virtuales. Solo tres Rodrigo Aguilar aparecían en Valladolid.

Me tomé un tiempo para pensar qué decir. No era un inicio de conversación fácil. Primer intento.

—¿Diga?

—Hola, ¿podría hablar con Rodrigo Aguilar?

—¿De parte de quién?

—Mi nombre es Elena Pastor, del periódico *El Norte de Castilla*. Había tenido cuidado de buscar el nombre de una colaboradora real del diario.

—Espere un momentito que ahora se pone.

—¿Diga? —respondió una voz de hombre.

—Hola. Soy Elena Pastor, le llamo del periódico *El Norte de Castilla*. Hizo usted una entrevista hace unos meses para nuestro periódico.

—Sí. Dígame, ¿en qué puedo ayudarla?

En la primera llamada había encontrado al Rodrigo que buscaba y además estaba en casa. Cuando saliera del despacho tenía que parar a comprar lotería.

—Quería hacerle una consulta en relación con su trabajo y, en caso de que pueda ayudarme, preguntarle si podríamos citarle en el artículo que estamos preparando.

—Claro que sí. Encantado de colaborar —se apresuró a responder.

—Estamos haciendo un reportaje sobre la evolución de la ciudad y, entre otras cosas, vamos a hablar de familias de Valladolid que tuvieron renombre en su tiempo y sobre sus descendientes hoy en día. Queremos seguir su biografía, con el permiso de ellos, claro está. Datos interesantes, pero no personales; si siguen aquí, han emigrado, si forman parte de la vida activa de la ciudad o por el contrario se mantienen como ciudadanos anónimos. Le llamo en concreto por la familia Pravia Vivas, porque no encontramos información de su paradero. La última persona sobre la que encontramos datos era un militar de la dictadura.

—¿Pravia Vivas? —preguntó casi para sí mismo—. Me suena mucho. ¿No se referirá usted a los Pravia del panteón abandonado? El de la zona norte. Claro que se refiere a ellos, Pravia no es un apellido muy común por aquí. Es un panteón antiguo, de piedra, sobrio, casi feo diría yo. Está abandonado hace años. Lo conozco bien porque fue uno de los primeros enterramientos que hice. Yo empecé de aprendiz de enterrador con mi padre a los catorce años, cuando salí de la escuela. No llevaba ni una semana trabajando, ayudándolo a él, y esos primeros entierros no se olvidan nunca. Por aquel entonces, la ciudad era la mitad de lo que es hoy y casi nos sabíamos el árbol genealógico de todos los muertos que nos llegaban. Solo había otro enterrador además de mi padre, Ramiro Fermoso, pero este entierro nos tocó a nosotros. Oí comentar a mi padre y al cura, don Leoncio, que había sido una muerte muy trágica: un hombre muy joven que acababa de tener un hijo. A mi padre, la familia no le caía simpática porque eran franquistas, pero él era sensible a los momentos de desgracia. Una vez muertos, me decía siempre, todos iguales. Aunque aquella máxima de mi padre no era del todo cierta. Recuerdo que al poco tiempo enterramos en el mismo panteón a otro y me acuerdo bien porque don Leoncio, el cura, se negó a decir el responso. Decía que se había suicidado. La versión oficial era un desgraciado accidente, pero todo el mundo sabía que se había pegado un tiro con la pistola del padre. Me impresionó mucho. Al fin y al cabo, yo no era más que un crío. No se podía enterrar en camposanto a los suicidas. ¡Qué tontería! Pobrecillos. A este lo enterraron. Por eso tampoco los muertos son iguales. Si hubiera sido pobre le habría tocado ir a la fosa común en la parte exterior del cementerio; sin embargo, con los ricos se hacía la vista gorda. Aunque entiendo a qué se refería mi padre. Hace muchos años que no va nadie por el panteón de los Pravia —Rodrigo soltó toda la información como si hubiera abierto una espita.

—¿Nunca más se enterró nadie allí?

—Unos cuantos años después hubo dos entierros más, que yo recuerde, también muy seguidos. Uno no lo hice yo, pero el otro, el de un señor mayor, sí que me tocó a mí y me acuerdo bien porque no hubo nadie de su familia. Era un hombre que no vivía en Valladolid hacía ya tiempo. Lo enterramos el cura de entonces, Sebastián se llamaba, y yo. Desde aquello no ha debido de ir nadie por allí, ni vivo ni muerto. Nunca hubo flores ni velas ni nadie que se hiciera cargo del panteón. Hará más de treinta años de eso. Está hecho una pena.

—¿Podría ser ese entierro el de Marcelo Pravia Vivas? —le consulté esperanzada.

—Era un Pravia, estoy seguro. Mañana libro, pero pasado trabajo. Si quiere se lo miro en la lápida y la llamo al periódico —me ofreció muy servicial.

—Muchísimas gracias, don Rodrigo. Me haría un gran favor si me enviara una foto. ¿Cómo puede tener tan buena memoria?

¿Se acuerda usted de todos los que ha enterrado? —le pregunté intentando dar credibilidad a la entrevista.

—No me trates de don, mujer, Rodrigo, solo Rodrigo. —Y continuó—: me acuerdo de los primeros y de los que me llaman la atención por algo. Me impresiona mucho enterrar a bebés. Llevo enterrados veintitrés en mis años de profesión y los recuerdo a todos como si acabara de hacerlo. —Cuando Rodrigo dijo eso, me arrepentí de haberle preguntado. Quise cortarle, pero no me salió la voz—. También se me quedan grabadas las exhumaciones. Y la gente que se entierra en los panteones de lujo. También otros de los nichos baratos. Me acuerdo de una familia gitana que quería meter en el nicho un montón de cosas del muerto. Hasta una guitarra, que decían que a su Tomás no lo iban a separar de su guitarra. Tomás Heredia, fila tercera del sector sur, hilera 5, columna J. La guitarra no cabía con el ataúd en el nicho, así que al final tuvimos que abrirlo y metieron la guitarra dentro. Hay cosas que se fijan en la memoria.

—Muchísimas gracias, don Rodrigo, perdón, Rodrigo —me despedí haciendo esfuerzos por reponerme—. Pasado mañana hablamos. Si le parece bien, yo le vuelvo a llamar sobre esta hora.

Esperaba que el amable señor no llamara de vuelta al periódico. Si, como sospechaba, el último enterrado era mi don Ino, Marcelo Pravia, podría ir al juez y solicitar un requerimiento que me permitiera obtener mucha más información. Ya no tenía dudas de que había un nieto en el enredo. ¿Qué habría sido de él y de su madre? Tarea para añadir a mi lista de vías de investigación.

Me resultaba extraño que un matrimonio, que había perdido a los dos únicos hijos que tenía, se fuera a vivir a otra ciudad dejando allí a su nieto. Raro. Muy raro. ¿Se fueron solo por la vergüenza del suicidio del hijo? Algunas personas vivían pendientes del «qué dirán» y hacía cuarenta años había muchas más, sobre todo en determinados tipos de familias bien posicionadas.

Mientras hablaba con el enterrador de Valladolid habían entrado varios *whatsapps* en mi móvil.

«Hola, guapa. Los canadienses me han dado estupendas noticias. ¿Quieres celebrarlas conmigo y una botella de Matarromera esta noche? ¿A las nueve estarás aquí? Desnudita y cariñosa, por favor.» Era de Jorge.

Le había dicho a Sarah que me iba a tomar unas cañas con ella. Las cañas tendrían que ser cortas. Eran las siete. Llegaba tarde. Obvié el resto de mensajes y salí hacia la farmacia de Sarah.

El bar de al lado de la farmacia, Casa Anselmo, era uno de estos sitios de los ochenta que, pasados los años, resultaba casposo. La larga barra de granito moteado hacía juego con el suelo del local, una especie de tablero de damas en versión hortera, un cuadrado negro, uno rosa. Anselmo, el dueño, andaluz de nacimiento, que había alquilado el local hacía casi cinco años, había cambiado los gastados pufs y las mesitas bajas por mesas altas de madera de pino, prácticas y cómodas, con unos sólidos taburetes a juego. También había cambiado la escasa iluminación del local por potentes luminarias de cálida luz amarilla y, el cristal negro que lo separaba de la calle, por un cristal ácido, donde se leía, grabado en letras de caligrafía, «Casa Anselmo». Anselmo era un hombre encantador, animoso y simpático. No había hecho más cambios al local porque, según él, «el traspaso ha sido muy caro y todavía le debo dinero al banco. No voy a pedir más para hacer reformas ni mucho menos cerrar el local durante el tiempo de la obra». El bar causaba un efecto inesperado la primera vez que entrabas. Aun así, había gente a todas horas. No cerraba ningún día y la barra estaba llena de pinchos y raciones. Solo atendían el local él, en la barra, grande, hombretón, y su hermana África, de gran parecido con su hermano y una excelente cocinera. Cuando África, con su imponente tamaño y una energía y un ánimo que llenaba de vida el local, salía de la cocina con las bandejas de pinchos recién preparados, lo hacía cantando, para alegría de todos los presentes. Casi siempre le daba por la canción del programa de televisión de los ochenta *Con las manos en la masa*. Aparecía por la puerta abatible gritando a todo pulmón, con un potente vozarrón y perfecta afinación: «Siempre que vuelves a casa, me pillas en la cocina, embadurnada de harina, con las manos en la masa». O empezaba por el estribillo: «Papas con arroz, bonito con tomate, cochifrito, caldereta, migas con chocolate, cebolleta en vinagreta, morteruelo...». Esta era su favorita, pero variaba: «¿Que qué es lo que tengo? Tengo de to. Tengo gambas, tengo chopitos, tengo croquetas, tengo jamón». Fuera cual fuera la canción elegida del día, conseguía los aplausos de todos los presentes.

Cuando Sarah y yo entramos en el bar, África estaba sacando las últimas bandejas de pinchos del día mientras cantaba *La barbacoa* de Georgie Dann a la par que movía sus excesivas caderas. Nunca la había oído cantar aquella canción y, mucho menos, se la había visto bailar. El numerito era alegre y divertido. Nada más pedir nuestras bebidas y nuestra incondicional tapa de ensaladilla de rape, especialidad de la casa, vi a Antonio, el hermano de la Impugnada, al otro extremo de la barra. En las ciudades pequeñas es fácil coincidir. Se le veía impecable, como siempre. Estaba solo. Dejé a Sarah acomodada en su taburete y me acerqué a él.

—Hola, Antonio, ¿se acuerda de mí? —dije—. Soy la hija de Adela, la vecina de sus hermanas y su sobrino.

—Hola —le costó unos segundos reconocerme—. ¡Ah, sí! Hola. Ya recuerdo. Muchas gracias por la empanada y el bizcocho. Excepcionales.

—Sí, mi madre es una excelente cocinera. Ella y su hermana se apreciaban mucho. Sofía la introdujo en el mundo de internet cuando murió mi padre. Ahora hace videoconferencias por Skype con sus amigas de juventud que viven fuera.

Antonio parecía inquieto. Giraba en la mano el vaso de su caña recién servida.

—¿Cómo se encuentran Carmina y Ernesto? —continué—. Carmina es tan sensible que me imagino que le está costando mucho encajar el golpe.

—La conoces bien por lo que veo. Se recuperará. Es muy sensible, pero también es una mujer fuerte —me respondió bastante seco.

No me dio opción a continuar con la conversación, así que volví con Sarah. Antonio me pareció en guardia. Era un hombre muy esquivo.

Poco después, cuando ya habíamos dado cuenta de la ensaladilla de rape, llegó un hombre a reunirse con Antonio. Era mayor, muy delgado y de escasa estatura, con manchas marrones en la calva propias de la vejez. Pidió un Bitter Kas. Me recordó a mi niñez. Hacía tiempo que no veía a nadie pedir aquel refresco rojo y amargo. En cuanto les sirvieron, se dirigieron a una de las mesas, a la más aislada, y el anciano se sentó apoyado en la pared, mirando hacia la barra. Antonio nos daba la espalda. La cara de aquel hombre me sonaba de algo, aunque no sabía de qué.

—Sarah, perdona —interrumpí la conversación sobre Ángel, el experto en drogas—. Hay un señor mayor en la mesa del fondo, la que está en la esquina. ¿Te suena de algo? Míralo bien.

—No lo he visto en mi vida. ¿Por qué lo preguntas? ¿Quién es?

—No tengo ni idea, pero me suena su cara y no sé de qué. Está hablando con Antonio, el hermano tarambana de la Impugnada —expliqué.

—Pues, chiquilla, si te suena a ti será por lo menos tu tío abuelo. Para ser investigadora, tienes la capacidad de observación de un cangrejo.

Sarah bromeaba con mi incapacidad absoluta para recordar nombres y caras. Volví a la carga.

–Vale, campeona, pues como tú eres la que lo recuerda todo, por favor, míralo bien, fíjalo en tu memoria y déjalo ahí por si en un futuro resulta que es alguien interesante en todo este embrollo.

–Lo estoy haciendo, está tan absorto en la conversación que no se da cuenta de que lo estoy observando. Tiene cara de preocupación. No sé lo que le estará diciendo el Antonio ese, pero al viejito no le está gustando nada. Le voy a sacar una foto y te la envío, así no se te olvida.

–Vale, que no se te note. ¿Se está enfadando? –No quería darme la vuelta a mirar.

–Enfadando no, más bien se está... ¿cómo diría? Abatiendo. Parece que le están poniendo un saco de patatas en la espalda –explicó Sarah.

Seguimos allí hasta casi las nueve, hablando de los ligues de Sarah y de las anécdotas de los mellizos. Cuando nos fuimos, los dos hombres continuaban sentados en la misma posición y, como me había anticipado Sarah, la cara del anciano era el reflejo de la desolación. Cuando había entrado en el bar, lo había hecho tranquilo, despreocupado y veinte minutos después de estar sentado con el hermano de la Impugnada, parecía triste y alicaído.

Cuando salimos llovía a cántaros. Las rendijas rectas de las baldosas de la acera parecían un laberinto de pequeños arroyos de un agua que deambulaba entre ellas sin decidir hacia dónde ir. Me abroché el abrigo, refugié el pelo dentro de un gorro impermeable, abrí el paraguas y aceleré el paso para llegar pronto a casa, a mi cita con Jorge.

Durante todo el camino no pude dejar de pensar que yo había visto aquella cara en alguna parte.

6

Después de una larga mañana en los juzgados, me encaminé hacia mi casa cruzando el parque, con la esperanza de que se me pasara el mal humor. Con lo hambrienta que estaba, iba a ser difícil. El hambre me ponía de un humor de perros. Y los juzgados aún más.

Leonor Argüelles Crespo, sesenta y seis años, hija de Román Argüelles Jiménez de Zenón, fallecido en 1962, viuda de Ventura Costa Aguilera, fallecido hacía veintiocho años, casada en segundas nupcias con Vicente Amador Fernández de Armera desde hacía catorce. Profesional del cobro fraudulento de pensiones. Cobraba la pensión de su padre, funcionario del Ministerio de Defensa, desde que éste murió. Continuó cobrándola una vez casada con Ventura Costa. Falleció este y siguió cobrando la pensión de su padre más la de viudedad de Ventura. Siguió haciéndolo después de su matrimonio con Vicente Amador. Leonor recibía de la Seguridad Social, de forma indebida, casi cuatro mil euros al mes. No contenta con su doble fraude, había solicitado una pensión no contributiva para ella, ya que no había trabajado nunca. Eso hizo saltar todas las alarmas. El fraude ascendía a más de un millón de euros. Se le calculaba un patrimonio de más de cuatro millones en propiedades fruto de la herencia familiar y de la de Ventura Costa, su marido muerto. Sus bienes producían unas rentas de más de nueve mil euros mensuales que, sumados a las dos pensiones fraudulentas que cobraba, suponían doce mil euros al mes. Su último marido, Vicente, empresario de éxito, era dueño de una de las mayores empresas de trasporte de mercancías de la región. Era difícil entender los dos fraudes cometidos, pero aún lo era más entender por qué se arriesgó a solicitar una tercera pensión de cuatrocientos míseros –para ella– euros. Cada vez estaba más convencida de que muchos avariciosos eran gente con dinero. Al menos los que yo conocía. Puede que mi visión estuviera muy sesgada por el atajo de estafadores con los que mi trabajo me obligaba a lidiar.

Lo inaudito había sido ver cómo el juez había considerado los esperpénticos argumentos de un perito «independiente», que alegó que cobrar dos pensiones indebidas y solicitar una tercera había sido un error involuntario. Incluso aportó lo que él llamó pruebas fehacientes de la ignorancia de la estafadora.

Resuelta a que lo ocurrido en los juzgados no amargara mi día, me centré en disfrutar del paseo. Había salido un sol inesperado que se filtraba a través de los centenarios árboles de hoja perenne, abetos, alcornoques y eucaliptos, y que hacía brillar aún más las impresionantes copas, ya más amarillas que verdes, de los imponentes castaños de indias e iluminaba los olmos y los robles que, ya avanzado el otoño, habían cubierto los empedrados paseos con sus hojas. Aunque todavía olía a humedad por la lluvia caída durante la noche, el sol calentaba mi espalda. A pesar del hambre, me apetecía quedarme un rato, sentada, consultando mi móvil, en uno de los bancos de madera tan apreciados por los jubilados en los días templados.

Llegó a mí un olor a castañas asadas y, sin pensarlo, me dirigí hacia él, como Obélix al aroma de un jabalí asado. Con el cucurucho de papel marrón caliente sobre los pantalones de mi traje y tres castañas saciando el hambre en mi estómago, me senté en uno de los bancos dispuesta a revisar todos los mensajes pendientes, mientras mordisqueaba la cuarta.

Empecé por los *e-mails*. Entre la publicidad, las ofertas de las que había intentado mil veces darme de baja y las comunicaciones de los sitios especializados en los que sí que estaba dada de alta, encontré lo que me interesaba: el correo de la Seguridad Social y el del Registro de la Propiedad. Abrí este último, del que solo me hacía falta leer la información de la titularidad de La Tapilla Sixtina. El otro me iba a llevar más tiempo. Pinché en el enlace para acceder a la nota simple y me solicitó usuario y contraseña. Solía acceder desde el portátil, que tenía guardadas mis claves y no recordaba cuáles eran. Intenté las habituales y al cuarto intento empecé a impacientarme. «Su dirección de *e-mail* no está asociada a ningún usuario registrado», me devolvía la pantalla. ¿Cómo no iba a estar asociada a ningún usuario registrado si acababa de llegarme el aviso a esa dirección de correo de que ya tenía disponible la nota simple solicitada? En mi anterior profesión, de esas cosas se encargaba mi asistente. La falta de práctica se había llevado mi paciencia para enfrentarme a ellas. Solo había mantenido una dirección de correo. Había cancelado todas las demás cuando decidí cambiar de vida. La simplicidad como lema. Pelé otra castaña mientras intentaba encontrar una explicación. Cuando la mastiqué sabía a rayos. Estaba podrida. ¡Qué asco! El día estaba resultando frustrante. O yo tenía una actitud muy poco positiva. Fuera lo que fuese, no me apetecía pensar en ello.

Guardé el móvil en el bolso, tiré el resto del cucurucho y empecé a barajar mis opciones para comer. Podía llamar a Sarah y proponerle comer en Casa Anselmo o en El Vinoteo, acercarme a casa de mi madre, donde supuse que estaría Bárbara, con la que llevaba sin hablar desde el domingo, o irme a mi casa y prepararme algo. Jorge había salido muy temprano hacia Londres para reunirse con un cliente. No llegaría hasta la noche. Llamé a casa de mi madre.

—Hola, Gracia, ¿cómo estás? —me saludó Tania.

—No preguntes porque no querrás oír la respuesta.

—¡Vaya! —Se sorprendió Tania al otro lado de la línea—. ¿Algo grave?

—No, solo un día irritante.

—Te ha tocado juzgado, no me digas más.

No me gustó verme tan trasparente.

—Das en el blanco. Me ha tocado declarar en un juicio —confirmé—, así que llamaba para ver si me esperabais para comer. ¿Ya está Bárbara allí?

—No están ni Bárbara ni tu madre. Adela ha salido a comer con la pandilla de la timba. Invitaba Regina, que por fin ha encontrado comprador para la finca esa que llevaba años intentando vender. Y tu hermana hace unos días que no viene.

—¿Bárbara no ha ido a comer con vosotras esta semana?

—Ni esta ni la anterior, solo estuvo aquí el fin de semana que vinisteis vosotros.

Me despedí de Tania sin plan para comer y recelosa por mi hermana. Había estado tan rara la última vez que la había visto que me tenía mosqueada. Paré en el McDonald's y subí la comida al despacho.

Comí mientras volvía a intentar acceder a la información registral que me interesaba. Entré en la página del Registro con la misma dirección que, desde el móvil, la web me repetía, intento tras intento, que no existía. Le di un gran bocado a la hamburguesa y me lancé a buscar la información que necesitaba sin pararme a pensar cuál podía haber sido el fallo y arreglarlo para que no me volviera a ocurrir. La próxima vez volvería a frustrarme cuando no funcionara. Pero ya me arrepentiría cuando sucediera.

La calle Mon 51 estaba a nombre de José Ramón Ramilo Álvarez, o sea de Pepe, y de Ernesto Blanco Álvarez, menor de edad en la fecha de la escritura. Como representante legal de Ernesto, Sofía Álvarez Fernández. Adquirido por título de legado.

Me costó unos momentos procesar la información. No podía ser casualidad. ¿La Impugnada? ¿Y el sobrino? No tenía ni idea de cómo se apellidaba el sobrino. Sabía cómo se apellidaba ella por su muerte reciente. El Álvarez que compartían era coherente con que fuera hijo de una hermana de la Impugnada. Y el Blanco con que no tuviera padre. Tenían que ser ellos. Legado otorgado por escritura del doce de diciembre de mil novecientos setenta y cinco. ¿Cuántos años tendría Ernesto entonces? Sería un niño pequeño. De ahí lo del representante legal. Los datos no se habían actualizado desde la firma del documento. ¿Qué demonios pintaban ellos en el caso de don Marcelo? ¿Qué relación tenían con La Tapilla Sixtina?

Me levanté a por un Linizio Lungo que me ayudara a concentrarme en ordenar los datos del caso.

Me sobresaltó el sonido del teléfono. Era mi madre. Descolgué automáticamente, sin reparar en que, en ese momento, no quería hablar con nadie.

—¿Qué pasa, mamá? —dije a modo de saludo.

—¿Te interrumpo?

—Sí —dije—. Bueno, no —continué cuando me di cuenta de que ella no había hecho nada para merecer semejante grosería—. Perdona, acabo de recibir una información sobre el caso que estoy investigando que no sé qué significa.

—Por eso te llamaba. Me dijo Tania que querías venir a comer, pero ya te contó ella: salimos a comer la pandilla de la timba porque ¿te acuerdas de que Regina heredó unas fincas por León, por la zona del Bierzo, cuando el marido murió? Pues las puso a la venta, pero con la crisis le ha costado muchísimo venderlas.

—Corta el rollo, mamá, ya me lo explicó Tania. En otra ocasión me cuentas la versión extendida. Ahora no es buen momento. ¿Por qué has dicho que me llamabas por el caso?

—Hija, estás hoy que no hay quien te aguante. Te llamo porque acabo de hablar con sor Florencia. ¿En qué líos la estás metiendo? Ten cuidado, que la pobre mujer está muy mayor.

—Vale, mamá. Sigue.

—Si te pones tan borde, no te doy el recado y la llamas a ella.

—Anda, sigue, por favor —le pedí en un tono más dulce.

—Me llamó a mí porque a ti no te localiza. Hasta te envió un guasá, pero no la llamaste de vuelta.

¡Qué despiste! Con el lío de la nota simple y el móvil no había mirado el WhatsApp ni las llamadas.

—Lo tenía en silencio. Tuve juzgado y ya sabes que allí no puedo atender el teléfono. ¿Qué te dijo?

—Ah, entonces ya me explico tu mal humor. Me pidió que te dijera —continuó mi madre— que un tal Pepe vive en el asilo de las monjas.

—¿En el asilo de aquí? —pregunté sin pensar.

El asilo de las monjas era el nombre coloquial del bonito edificio blanco, situado en la ladera del monte que bordeaba la ciudad, donde las Hermanitas de los Desamparados atendían a los ancianos que no tenían ingresos suficientes para pagar las residencias privadas. Tenían una larga lista de espera.

—Claro, nena. ¿Qué asilo va a ser si no?

—¿Está allí él solo? ¿Se confirma que está viudo, que su mujer murió? —le pregunté como si ella supiera de que iba el tema.

—Sí, parece que sí. Dios la tenga en su gloria.

—¿Dios la tenga en su gloria? ¿Por? ¿La conocías?

—Yo no, ¡qué voy a conocer! Si no sé ni de quién habláis.

—Entonces ¿por qué dices «Dios la tenga en su gloria»?

—Pues porque es lo que se dice de los muertos. Hija, qué tiquismiquis estás. Menos mal que Jorge es un santo porque si no, cuando te pones así, se divorciaría para poder vivir tranquilo.

—¿Cómo puedes ser tan borde? Mira, vamos a colgar y hablamos en otro momento.

–Bueno, anda, vale. Un beso. No te enfades.

Colgué sin responder. Di un sorbo al café que ya se había quedado frío. ¡Qué asco de día!

Con un nuevo café caliente en la mano, los datos de la Seguridad Social me dijeron lo que ya sospechaba. Consuelo Álvarez Pastor había fallecido en 1983. José Ramón Ramilo Álvarez, Pepe, todavía cobraba su pequeña pensión de autónomo, como era previsible una vez que sabía que estaba vivo. El domicilio que constaba en la base de datos era todavía el de la calle Mon, 51, pero eso no era concluyente. No era habitual que la gente actualizara el domicilio en la Tesorería de la Seguridad Social. Lucas Ramilo Castro, o sea, el Lucas original, fundador de Casa Lucas, había muerto en 1972. ¡Menos mal! Ya bastante enredado estaba el tema como para que también hubiera algo inverosímil sobre otro anciano. Lucas Ramilo Bernardino, el Cara de Rata, pagaba sin retrasos sus cuotas de autónomo desde hacía diez años. Su vida laboral decía mucho de él. Había trabajado varios años por cuenta ajena, con un buen sueldo a juzgar por su base de cotización. Empezó a cobrar el paro en 1996. Los datos indicaban que había sufrido un traspié en su carrera profesional y le habían despedido. Después de dos años cobrando el subsidio por desempleo, tuvo cotizaciones irregulares por cuenta ajena, con una base de cotización cada vez más baja. Ninguna llegó al año. Había tenido distintos empleos cada vez peor remunerados, hasta que se había hecho autónomo en el 2007 y empezó a regentar el bar de su padre. Los datos no aportaban más novedades. Me apetecía irme a casa, tumbarme en el sofá, arroparme con una manta, poner *Juego de Tronos* desde la primera temporada y esperar a que fuera una hora razonable para prepararme una buena cena que contrarrestara la hamburguesa del mediodía.

A pesar de la tentación de pasar el resto del día tumbada en el salón, cuando llegué a casa, bajé directa al garaje y cogí mi coche. Siendo exactos, no era el mío. Los dos coches eran de los dos, con el compromiso de que yo usaba el grande. No me gustaban los coches pequeños y a Jorge no le gustaba perder tiempo en aparcar. Ese día, Jorge se había llevado el grande al aeropuerto y a mí me tocaba coger nuestra preciosa miniatura roja.

Cuando salí de casa ya había oscurecido. A esas alturas del otoño, los días eran muy cortos. Me dirigí al asilo.

El acceso a la puerta de entrada estaba oscuro. A la misma hora, durante el verano, los ancianos disfrutaban del buen tiempo en la pradera verde que rodeaba el edificio. A finales de noviembre, la oscuridad cubría los jardines y casi no se veía lo suficiente para llegar a la puerta. Las dos únicas farolas de hierro forjado que iluminaban el camino estaban apagadas. Años atrás, había sido un convento de clausura. Hice el trayecto entre el aparcamiento y la entrada principal con la escasa luz de unas estrellas que parecían dudar si asomarse o no a la noche. Encontré la puerta cerrada a pesar de que eran poco más de las seis. Llamé al timbre y una monja bastante joven, vestida con hábito blanco y negro, me abrió.

–Hola, hermana. Me llamo Gracia San Sebastián y venía a ver a Pepe Ramilo.

–Claro, pase. Todavía estamos en horario de visitas, hasta las siete. He cerrado porque entraba frío. Además, como se nos han fundido las bombillas de fuera, da un poco de impresión dejar la puerta abierta por la noche. Espere que le avise. No la había visto a usted antes.

–Es la primera vez que vengo.

Me dejó en una pequeña sala de espera, con cuatro filas de sillas de plástico verde enganchadas de tres en tres y una mesa de formica beige con revistas y folletos de la orden. Volvió enseguida.

–Creo que no se acuerda bien de usted, pero dice que pase.

«¿Cómo va a acordarse si no me conoce?» pensé. Suerte que los ancianos en los asilos suelen estar aburridos, sumidos en el pasado, y no renuncian a nada que les despierte la mínima curiosidad en el presente, cansados de perderse en los mismos recuerdos todos los días.

La monja me acompañó hasta una sala enorme, un poco desangelada, con sillones de imitación a piel, mesas camilla y sillas de aspecto no demasiado incómodo. Completaban la decoración varias estanterías llenas de libros usados, juegos de mesa de todo tipo, del Monopoly al Cluedo pasando por un Risk muy ajado, y una televisión que emitía un programa concurso que yo desconocía.

Miré alrededor buscando a Pepe y me di cuenta de que no lo había visto más que en una foto en blanco y negro de pésima calidad tomada hacía cincuenta años. ¿Cómo iba a reconocerlo? Me estaba preguntando cómo explicarle a la monja que iba a ver a un anciano desconocido cuando supe quién era Pepe sin necesidad de preguntar. El señor que nos miraba, esperando su visita, sentado en uno de los sillones, era el hombre que había visto en Casa Anselmo hablando con Antonio, el hermano de la Impugnada.

Le di las gracias a la monja que me había acompañado y me acerqué a él. Se levantó del sillón poco a poco, con la dificultad de los años, para saludarme muy cordial.

—Hola. Buenas tardes. Me llamo Gracia San Sebastián —me presenté.

—Encantado. Creo que no nos conocemos —dijo, buscando una silla para mí.

—No. Discúlpeme por haberme presentado sin avisar. Pensé que era mejor una visita que una llamada telefónica.

—Claro que sí. Has hecho bien. Si aquí cada visita es casi una fiesta —dijo con una gran sonrisa— y más cuando se trata de una chica guapa. Voy a ser la envidia de todo el sector masculino de la residencia.

Sus cumplidos me hicieron sonreírle con cariño. Pensé que si eso lo hubiera oído en mi anterior trabajo se la habría jurado al tipo que se hubiera atrevido. Claro que la intención de cualquier colega de entonces habría sido mucho más canalla que la de Pepe, que solo intentaba hacerme sentir cómoda. Eran modales de otros tiempos que ya no cuadraban con el estilo de vida actual.

—Qué piropeador es usted —dije, siguiéndole la gracia—. Seguro que usted tiene muchas visitas. Conocerá a media ciudad, con tantos años al frente de un bar.

—Veo que te has informado sobre mí. Ya no es así. Mientras estuve en el bar sí que conocía a mucha gente y hablaba con todo el mundo. Luego, cuando vivía allí, al lado de mi hijo, bajaba al bar a menudo y mantenía la relación con los antiguos parroquianos, pero desde que estoy aquí, en el asilo, no viene casi nadie. A mi hijo Lucas no le gusta que vaya por el bar y bajar al centro en autobús no me es tan fácil como cuando vivía allí mismo, en el piso de arriba. La gente te olvida pronto. Pero dime, mujer, ¿qué te trae por aquí?

La pregunta era predecible y ya había previsto continuar la historia que le había contado al hijo, a Lucas Cara de Rata, por si acaso en algún momento tenía que mantener la coherencia.

—He venido por un asunto inmobiliario. Soy agente independiente y uno de mis clientes, una organización sin ánimo de lucro destinada al ocio joven saludable, me ha encargado buscar un local en la zona donde se mueve la juventud para montar un centro de ocio alternativo. Actividades relacionadas con el mundo digital, la tecnología y la investigación que complementen su tiempo libre. La idea es acercarnos donde están los jóvenes y ampliar sus opciones en su misma zona.

—Suena interesante tu proyecto. Es importante. No es la primera vez que tiene que venir el Samur a esas calles porque alguno entra en coma etílico. Si un sitio así ayuda a evitarlo, será algo bueno. A los jóvenes les gusta mucho eso de la tecnología. Yo, en cambio, soy de otra época y tengo problemas hasta para manejar el teléfono. Mira cómo lo tengo–. Me enseñó un Samsung ya obsoleto con la pantalla rajada–. No lo cambio porque cada vez que cambio de móvil me cuesta la misma vida adaptarme al nuevo.

–El truco está en comprar uno de la misma marca, la versión nueva del que ya tiene usted.

–Ya, pero nunca es el que te dan con la oferta.

–En eso tiene razón. Hacemos una cosa. Cuando se decida a cambiarlo, coja usted el que esté de oferta, me avisa y aprendemos juntos a manejarlo; así, entre dos, se hace más fácil– le ofrecí, abriéndome una puerta a mantenerme en contacto con la mejor pista que tenía. En las ciudades pequeñas la gente se ayudaba sin excusas, sin necesidad de conocerse. Aún pervivían algunas buenas costumbres del pasado. Y también algunas malas. Era muy distinto a vivir en Nueva York.

–Muchas gracias. Me vendría bien tu ayuda. Mi hijo está muy ocupado con el bar y, desde que no está mi nuera, que me hacía más caso con estas cosas, no tengo a nadie que me ayude. La hermana Inmaculada es la única que me echa una mano, pero se le da igual de mal que a mí.

–¿Le ocurrió algo a su nuera?

–Vive con mis nietos en Barcelona. Ella y mi hijo están peleados. Se volvió para Barcelona con los chavales porque decía que ellos tenían más oportunidades allí. La realidad es que ella y mi hijo se llevan mal. Lucas es buena persona, pero tiene un carácter difícil. Los niños ya son mayores, ella tiene allí su trabajo y toda la gente que conoce. Había pedido una excedencia en el instituto donde daba clases y se ha reincorporado. El resultado es que se marchó y ahora me es mucho más difícil ver a mis nietos. Vendrán para la Navidad a ver a su padre. ¿Quieres verlos? Mira. –No sin cierta dificultad, Pepe sacó la cartera del bolsillo del pantalón–. Este es Nacho. Mi hijo no quiso perpetuar la tradición familiar de Lucas y Pepes. Y esta es Irene, mi nieta, con su madre. ¿Verdad qué son guapos? Ya son tan mayores que no me hago a la idea.

Pepe me mostraba la foto de un chico de unos veinticinco años, con el pelo un poco largo, barba de tres días, grandes ojos oscuros y una sonrisa muy parecida a la de su abuelo. Estaba en una acera urbana al lado de una moto. La foto de Irene y su madre estaba tomada de más lejos, en un parque que no reconocí. Una chica delgada, con una larga melena castaña que lanzaba un beso a la cámara. La madre era una señora juvenil, estilosa, sonriente, con una melenita corta y vestida a la moda. No era la mujer que hubiera pensado para Lucas Cara de Rata.

–Guapísimos. Y muy mayores –dije.

–La vida ha pasado muy rápido. Él estudió geología, aunque no sé muy bien para qué sirve esa carrera. Dice que es tema de piedras y minerales. Está preparando oposiciones para la Generalitat, pero no salen plazas. De momento, hace interinidades cuando puede. Ella termina este año un doble grado o algo así lo llaman, de publicidad y marketing. Quiere irse a Alemania a vivir. A Berlín nada menos. Ya estuvo allí de Erasmus el año pasado y está obsesionada con volver. Hablo con ellos por el Skype. La niña me llama todos los días. Ella me lo instaló y me enseñó a usarlo. Por eso no quiero cambiar el móvil, no vaya a ser que con el nuevo no me funcione el Skype o no me venga instalado y no pueda hablar con ella.

Se le licuaron los ojos. Es muy triste sentirse solo en cualquier momento de la vida, pero aún lo es más, cuando uno es viejo. Al fin y al cabo, no existe un futuro en el que confiar para que traiga cosas mejores.

–No se preocupe, Pepe. Que yo me comprometo a dejarle instalado el Skype y todo lo que usted necesite para hablar con su nieta. Le voy a dejar mi teléfono y usted me llama.

—Muchas gracias, hija. Y tú, ¿estás casada? ¿Tienes niños? —se interesó por mí, con la eterna pregunta que removía mi dolor.

—No, no tenemos —respondí sin matizar que ya no teníamos.

—Pues no pierdas el tiempo, que los hijos son los que dan ilusión y alegría a la vida.

—Yo había venido a hablarle de otra cosa, pero se me ha ido el tiempo volando —dije para huir del tema que me atormentaba el corazón y contener el instinto cruel de recordarle la mala relación que él tenía con su único hijo—. Es muy agradable charlar con usted.

—Muchas gracias, hija, muchas gracias, contigo también. Los viejos somos un poco rollistas. Habías venido por eso de los jóvenes. ¿En qué te puedo ayudar?

—Como le decía, trabajo para una asociación que está buscando un local para dedicarlo a ocio alternativo y lo quieren en la zona donde están los jóvenes en su tiempo libre, o sea, en el casco histórico. He estado viendo edificios en venta o deshabitados y uno de los que me han referenciado es suyo: un edificio en la calle Mon, el número 53.

—¿Cómo? —El sobresalto de Pepe parecía sincero—. ¿La calle Mon, 53? ¿La casa de mis abuelos? No está en venta. ¿La ha puesto mi hijo a la venta? No puede ser.

—No, qué va. Por eso venía a verlo a usted. Estaríamos interesados en explorar la opción de comprarlo si a ustedes les interesa. Hemos visto que el edificio está abandonado.

—No. Abandonado no está. ¡Qué va! Ahí vivió mi hijo hasta que mi nuera volvió a Barcelona. La parte de abajo es el almacén del bar. Siempre entramos en la casa por el bar, incluso cuando vivían ahí mis abuelos. La puerta de fuera no la usamos nunca, por eso está siempre cerrada. Ahora no vive nadie porque mi hijo se fue a un apartamento de esos que han construido saliendo hacia Gijón, ¿sabes dónde te digo?

—Sí, se edificó mucho por esa zona en los años anteriores a la crisis.

—Ha alquilado un piso pequeño. Cómodo para vivir él solo, pero con sitio para cuando vienen los hijos a verlo. Él no lo dice, pero yo creo que es para olvidar. De todas formas, la casa sigue ahí, montada, aunque él no entra nunca. Se está echando todo a perder. Yo vivía encima del bar, de Casa Lucas, bueno, de La Tapilla Sixtina, es que no me acostumbro a ese nombre. Es un poco irreverente, aunque mucho más moderno. ¡Con la cantidad de curas que iban antes a Casa Lucas! Como está de camino a la catedral, muchos paraban allí a tomar un café o incluso un chato. ¿Qué te estaba contando? Se me ha ido el santo al cielo hablando de curas —se rio de su chiste—. Es la vejez, que es malísima para la memoria.

—Pues tiene usted una memoria que ya les gustaría a muchos de mi generación. Me decía usted que su casa estaba encima del bar.

—Y aún está ahí, sigue igual. Yo voy alguna vez, de Pascuas a Ramos, y los de la empresa que limpia el bar, suben una vez al mes a abrir las ventanas y a quitarle un poco el polvo. Mi hijo no entra en ninguna de las dos. No lo soporta. Yo, en cambio, necesito seguir teniendo mi casa. Sé que sería mucho más sensato alquilarla. Es una zona que les encanta a los estudiantes y a los turistas. Son los únicos que paran allí. Las familias han desaparecido del barrio. Los bares y la gente en la calle hacen la zona incómoda y ruidosa. Además, las casas no tienen garaje y necesitan mucho mantenimiento. Aun así, se alquilan bien las pocas que quedan como viviendas. Yo no me siento fuerte para alquilarla. Allí viví toda la vida con Conchita, mi mujer, y es el lugar donde criamos a Lucas. Aunque ahora estoy aquí, si la alquilo es como asumir que voy a terminar mis días en la residencia y no quiero. Cada día juego con la idea de que vuelvo a mi casa y que mi hijo se reconcilia con su mujer y vienen los dos a vivir a mi lado. Tonterías de viejo.

Tuve que contener la emoción, como si estuviera viendo una película triste. Sonreí. Solo le faltaba a Pepe que le despreciara con la lástima del que te compadece.

—No son tonterías. Yo le entiendo. ¿Por qué está aquí? ¿Por qué no sigue en su casa? —pregunté—. Usted está en una forma estupenda.

—Un día me caí y no llevaba este trasto encima —dijo señalando al móvil—. Fue un bajón de azúcar. Soy diabético y ese día debí de medir mal la insulina. Estuve inconsciente hasta que a Lucas le escamó no verme, subió a ver si estaba bien y me encontró en un charco de sangre. Me había hecho una brecha en la ceja al caer y casi me deshidrato. Mira, mira —dijo, señalándome la cicatriz encima de su ojo derecho.

—Vaya faena.

—Cuando vivía allí, bajaba todos los días al bar, porque estar con la gente me entretenía mucho, pero molestaba a Lucas diciéndole cómo hacer las cosas y, al final, discutíamos. No era una situación sostenible por más tiempo. Un día llegó a echarme del bar. Ahora el negocio es suyo y él tiene que llevarlo como quiera. Pero si estoy por allí no puedo evitar decirle lo que no me gusta. Él es muy seco con los clientes de toda la vida y cada vez van menos. Sirve alcohol a chiquillos que aún están en el instituto y yo no estoy de acuerdo. Por eso me vine para aquí. Era mejor para mí y para él.

—¿Y aquí le tratan bien?

—Muy bien. La mayoría de las hermanas son amables. Alguna está amargada. Pero, en general, son agradables. Con la hermana Inmaculada me río mucho. También tengo buenos compañeros aquí. Alguno ya está perdiendo la chaveta, pero otros no, están como yo y, a veces, bajamos al centro. Todos los días jugamos al dominó, pero se hace muy largo el tiempo. Y ¿sabes lo peor? Que aquí huele a viejo. Faltan niños y jóvenes. La vida está hecha para que convivan los niños con los viejos y los jóvenes con los adultos, para contarse cosas unos a otros y hacer un esfuerzo por comprenderse. Los más jóvenes tienen que explicarnos a los viejos todo lo nuevo que hay en el mundo y los viejos tenemos que contarles a los jóvenes las verdades que nunca cambian. ¿Aquí? ¿Todos viejos? Es muy triste. No es natural. Y no te he contado lo mala que es la comida. Sanísima según dicen las monjas. Sin grasa, sin sal, sin sabor. Me salen el puré de verduras y el pescado a la plancha por los cuatro pelos que me quedan. Y ¿los postres? Solo nos dan dulces el día de Navidad y el del cumpleaños, pero solo para el cumpleañero. El resto, fruta, compota y yogures. Deben de tener miedo de que nos muramos, ¡qué chiste! Si aquí estamos todos para eso.

Mi visita había abierto la válvula que soltaba las palabras del que no tiene mucha oportunidad de comunicarse.

—Pepe, ¿siendo usted diabético quiere tomar dulces?

—Pues claro, hija, diabético y goloso, qué le vamos a hacer. Si me como un pastel lo equilibro con un poco más de insulina y listo. A esta edad ya da lo mismo. No tengo que cuidarme para llegar a la vejez —sonrió con su broma y tuve que darle la razón.

Me quedó claro que el asilo no era el lugar favorito de Pepe, pero me gustó su carácter positivo.

Dieron las ocho y la monja que me había recibido me dijo que era hora de irse. Ya no quedaban más visitas y era la hora de la cena. Me fui con la promesa de volver y el firme propósito de cumplirla. Pepe parecía un buen hombre. No encajaba en el perfil de estafador. Si lo era, ¿por qué vivía en un asilo y no en una de esas residencias privadas de lujo o con una persona interna en su casa que cuidara de él?

A la vuelta, me dirigí a casa de mi madre. La visita a Pepe me había librado del mal humor que tenía desde mi declaración en el juzgado. El garaje de mi madre siempre estaba vacío porque ella no tenía coche, solo lo usaba Bárbara cuando iba a comer, Jorge o yo en raras ocasiones y, muchas veces, la mitad de los vecinos cuando lo necesitaban. Cuando llegué había un Mercedes de esos que usaban las familias numerosas, de siete plazas. Después de la frustración inicial me suscitó admiración. Dejar aquel coche enorme en una plaza como la de mi madre era de maniobrista de primera. La casa de mis padres era un edificio antiguo. Bonito y cómodo, pero anticuado. Cuando se construyó, en la década de los cincuenta, los coches de moda eran el Seiscientos, el Dos Caballos, el Escarabajo, el Renault 4, el Mini original o, para los más potentados, el Tiburón o el Mercedes 300. Incluso estos últimos, gigantes para la época, eran mucho más estrechos que cualquier monovolumen moderno. Los coches habían crecido mucho, pero las plazas de aparcamiento no.

—Mamá, hay un coche en tu plaza —dije cuando cogió el móvil. El garaje tenía algo bueno: cobertura.

—Sí, es el del hijo de Mari y Carlos. Ha venido con la familia a visitar a sus padres. Viven en Bergamota.

—¿En Bergamota? ¿Eso no es una especie de fruta?

—No, está en Italia—aseguró.

—¿No será en Bérgamo? —apunté.

—Sí, eso, en Bérgamo. ¿Qué he dicho yo?

—¿Dónde dejo el coche? —corté el incongruente diálogo.

—¿Has venido en coche?

—Sí, por eso llamo —dije armándome de paciencia.

—Qué raro que vengas en coche, hija.

—¿Qué hago? ¿Me voy?

—No, no, aparca en la plaza de Marina y Benito. Están en un balneario del IMSERSO, vuelven la semana que viene.

—¿Es la tercera de la izquierda? ¿La del trastero con la puerta amarilla?

—Esa es. Déjalo ahí. Qué raro que vengas en coche—insistió de nuevo—. ¿De dónde vienes?

—Subo y te cuento.

La plaza del trastero anexo con puerta amarilla era una pesadilla. Por fin empezaba a ver las ventajas que le atribuía Jorge a nuestro Fiat chiquitín. Aun así, me costó más de diez minutos aparcarlo. Con razón esa plaza siempre estaba vacía.

—Has tardado mucho. ¿Te has encontrado con alguien? —me dijo mi madre, que ya me esperaba en la puerta.

—No, no me he encontrado a nadie. Es que me ha costado un poquito meter el coche.

—Ya, hija, es que este garaje es malísimo para maniobrar. ¿Cómo es que has venido en coche?

—Porque vengo del asilo y, por no ir a casa y venir andando, me he traído el coche, aunque habría tardado menos con la otra opción.

—¿Del asilo? ¿Y eso?

—Vengo a pedirte ayuda —dije de sopetón.

—¿Y eso, nena? ¿Va todo bien? ¿Te encuentras bien? ¿Jorge está bien? ¿Ocurre algo? —preguntó mi madre alarmadísima.

—Sí, tranquila, todo bien, estupendo, pero necesito ayuda con el caso que tengo entre manos.

Me había resistido a la idea de mezclar a mi madre con mi trabajo. Mi nueva ocupación no dejaba de ser peligrosa. La gente hace cosas terribles por dinero y más cuando llevan tantos años estafando, que lo consideran un derecho. Hay un gran salto cualitativo entre defraudar y matar a otro ser humano, pero muchas veces esa línea se cruza antes de que el propio delincuente se dé cuenta de ello. Eso ocurre cuando matar es el único medio de conservar todo lo conseguido. Después de darle varias vueltas concluí que lo que iba a pedirle a mi madre no era muy distinto de lo que ella hacía todos los días con la gente que conocía. Solo quería presentarle a Pepe y que indagara un poco sobre él y su familia. Quizá ella encontrara algún nexo entre Pepe y la Impugnada.

−¿Y tú crees que yo te puedo ayudar? −preguntó mi madre con falsa modestia y ojillos resplandecientes.

−Yo creo que tú eres la detective perfecta para este caso −la halagué.

−No sé yo, hija, no sé, pero en lo que yo te pueda ayudar cuenta con ello.

Me pareció que estaba picada porque le había pedido ayuda a sor Florencia y a ella no.

−Claro que puedes. Ya lo verás.

Le conté los detalles del caso que ella necesitaba saber para realizar la tarea que le encomendaba y que consideré que no la pondrían en peligro si se iba de la lengua.

−¿La Impugnada y el sobrino? −me interrumpió cuando le hablé de la titularidad de La Tapilla Sixtina. Ya se le había olvidado lo de llamar Sofía a la Impugnada por respeto a los muertos−. ¿No puede ser casualidad y que sean otros? Son apellidos muy corrientes.

−¿Casualidad? No creo, demasiadas coincidencias. Si no son ellos, ¿qué hacía Pepe con el hermano tarambana el otro día en Casa Anselmo?

−Yo no conozco al tal Pepe, a ver cómo lo hago. −Mi madre ya estaba trazando el plan.

−De eso me encargo yo. Ya buscaré la forma. Estoy segura de que encontraréis muchas cosas en común. También me gustaría que prepararas unas casadielles mañana porque le quiero llevar una docena. Con poco azúcar, que es diabético. Y otra para sor Flo y el padre Alfredo.

−¿Le vas a dar casadielles a un diabético? Pues sí que lo quieres bien. Mañana no puede ser porque no tengo nueces, pero no te preocupes que las compro y las hago el viernes, ¿te parece? ¡Ah! Y otra cosa: al padre Alfredo no le lleves casadielles, que no le gusta el dulce, pero le encanta el vermú de La Paloma. Llévale una botella, que le va a gustar más.

−Pero ¿tú cómo sabes eso si no lo conoces? −pregunté.

No dejaba de sorprenderme la capacidad de mi madre para comentar, compartir y almacenar información de todo tipo sobre sus conciudadanos. Era admirable y también un poco espeluznante.

Apunté en mi lista de tareas comprar una botella de vermú en La Paloma.

—Mamá, por favor, no cuentes nada de esto a nadie.

—Hija, ya lo sé, que no soy tonta. Sacaré las conversaciones como por casualidad.

—Pero ten mucho cuidado.

—¿Cuidado de qué? ¿Qué me va a pasar a mí? A mi edad.

—La misma que la de la Impugnada y está muerta.

—¿La Impugnada? ¿Sospechas que su muerte tiene algo que ver con esto? Hasta tu hermana dice que se suicidó. Y ella es médico. Sabe de esto —dijo con fe ciega en mi hermana, que, por brillante que fuera, solo sabía de medicina forense lo que había estudiado para aprobar la escasa asignatura obligatoria de la carrera.

—No lo sé, mamá —intenté tranquilizarla—. Quizá no tenga nada que ver, pero esa mujer se suicidó por algo.

—No te preocupes, hija, que yo no me voy a suicidar por nada del mundo. Todavía os hago mucha más falta de lo que creéis. Hablando de eso —continuó, antes de que pudiera darle o quitarle la razón—, ¿has visto a Bárbara estos días? Tiene un curso de no sé qué y no está viniendo a comer. Lo que me mosquea es que no me ha llamado ni me ha cogido el teléfono. Solo me ha respondido a un par de *guasás* con monosílabos y diciendo que está muy liada. Igual se ha echado novio. ¡Ojalá! Como es tan reservada no querrá contárnoslo, pero este fin de semana no se libra. Voy a preparar macarrones gratinados con huevo y chorizo, esos que tanto le gustan.

—¡Vaya bomba calórica! —protesté riendo y un poco preocupada por Bárbara.

—¿Tú qué has comido hoy?

—Una hamburguesa del McDonald's con patatas fritas —confesé.

—¿Y mis macarrones son una bomba calórica? Eso sí que es una bomba y, menos carne, es cualquier cosa, que dicen que echan todos los despojos a la picadora.

—Mamá, eso es una leyenda urbana. Si fuera así ya les habrían sancionado hace mucho tiempo —afirmé sin convicción sabedora de las llaves que tiene el dinero—, pero para que te quedes tranquila la que yo comí era de pollo.

Salí huyendo antes de que mi madre empezara con su charla sobre lo mal que comíamos con tanta comida precocinada y reiterara su invitación de que fuéramos a comer con ella todos los días, como hacía mi hermana. Aún recordaba cuando abrieron el primer restaurante chino en el barrio y se le metió en la cabeza que servían carne de gato porque, según ella, habían desaparecido todos los gatos del vecindario. Yo nunca había visto gatos en los alrededores, ni antes del chino ni después, pero ella no atendía a la lógica. Cuando se dio cuenta de que la comida china había llegado para quedarse, dejó de decirlo. Supuse que se había dado cuenta de que, con el éxito que tenían y la cantidad de clientes que iban allí a comer cada día, la teoría de los gatos no se sostenía. Eso sí, seguía mirándolos con recelo.

Me acosté después de enviar un *whatsapp* a Bárbara y de disfrutar una copa de Matarromera mientras veía dos episodios de Juego de Tronos y cenaba un plato de jamón ibérico y un tiramisú. Algunos días, aunque tengan un mal principio, merecen un buen final. Ni siquiera oí llegar a Jorge de madrugada.

7

Después de un miércoles encerrada trabajando sin ver el sol ni las nubes, el jueves se despertó alegre y soleado. El salón de mi casa relucía en un amarillo intenso producido por la luz que entraba por la ventana. El sofá oscuro parecía pardo con el sol recorriéndolo de extremo a extremo. Era una de esas mañanas en las que uno no puede sentirse triste, aunque lo pretenda.

La noche anterior me había quedado trabajando hasta tarde y eran casi las diez cuando me desperté. Era una de las ventajas de ser mi propio jefe y trabajar por resultados, sin agenda, sin más presión que hacer las cosas bien para poder ganarme la vida con ello.

Jorge se había levantado hacía tres horas, a nuestra hora habitual, sin hacer ruido para no despertarme y no había vuelto a subir hasta que oyó abrirse al fin la puerta de nuestro cuarto.

—¿Qué tal, lironcillo? —me dijo con esa sonrisa que le hacía parecer siempre alegre y relajado, aunque se sintiera roto por dentro. Como cada día, le seguí el juego de una felicidad que no por fingida era menos deseada.

Extendí mis brazos para abrazarlo, pero antes de que me diera tiempo, *Gecko* nos embistió por el lateral, se subió a mis muslos desnudos y resopló con su carota sonriente pidiendo mimos.

—Y este, ¿qué hace aquí? —le pregunté a Jorge mientras acariciaba a *Gecko* y hacía malabares para conseguir un beso de mi marido.

—Ha llamado Bárbara muy temprano para preguntar si podíamos quedarnos con él. No me ha dicho por qué. Te lo digo antes de que me interrogues.

—Pero si ayer por fin conseguí que quedara hoy a comer conmigo —protesté.

—Sí, lo sé. Cancelado. Ha dicho que siente el plantón y que ya te llamará.

—Bárbara está rarísima, me empiezo a preocupar.

—¿A preocupar? ¿Por qué? Igual ha conocido a alguien y está en pleno flechazo.

—Eso opina también mi madre —recordé muy poco convencida. Tenía un reconcomio por dentro que no me gustaba nada, por mucho que me decía a mí misma que era una de esas preocupaciones de otras tantas que solo existen en la imaginación.

—¿Paro y me tomo un café contigo mientras desayunas? —se ofreció Jorge.

—Suena genial. Este ya ha salido a la calle, entiendo —dije señalando a *Gecko*.

—Sí, Bárbara lo trajo con los deberes hechos. ¿A qué hora te acostaste ayer? —me preguntó Jorge mientras arrancaba la Nespresso.

—Eran más de las cuatro. Estuve haciendo todo el papeleo para la orden judicial que me permitirá conocer los titulares de la cuenta donde cobra la pensión Marcelo Pravia. Bueno, ya me entiendes, quien sea que la cobre por él. Cuanto antes entre en el proceso burocrático, antes llegará. La justicia va lenta, cualquier cosa no urgente se eterniza y como aquí no hay nadie en peligro, tardaré en conseguirla.

El día anterior había llamado a Rodrigo, el enterrador. Había conseguido que me enviara por Whatsapp la foto de la lápida de Don Marcelo Pravia. Sucia y cubierta de verdín dejaba ver claramente las fechas, 1903-1985. Alguien llevaba cobrando una pensión de jubilación en su nombre treinta y un años. Era el caso de fraude más prolongado de todos los que yo había visto. Con la foto, la documentación administrativa y los datos médicos, la orden estaba garantizada. La única incógnita era cuándo y lo único seguro, que no sería pronto. Eso me dejaba dos opciones: o seguir la investigación en paralelo e intentar descubrir al defraudador antes de que llegara la orden o dedicarme a otro caso y esperar. Esto último era lo más razonable. Cuando me di cuenta de que estaba buscando motivos que apoyaran la decisión de continuar la investigación, di la batalla contra mí misma por perdida. Me podía la intriga que me había causado enterarme de que Ernesto, el sobrino de Sofía, la Impugnada, era copropietario de La Tapilla Sixtina y quería saber cuál era la relación entre Antonio, el hermano, con Pepe.

Aunque *Gecko* ya había dado su vuelta matutina, me apeteció sacarlo a pasear al campo. Yo necesitaba reflexionar sobre mis siguientes pasos y él nunca rechazaba un buen paseo.

Le lancé un beso a Jorge desde la puerta mientras él discutía por videoconferencia con el equipo que colaboraba con él en Bangalore. Cogí el arnés de *Gecko* y fui a sacarlo de su encierro en la cocina. En cuanto me vio con él en la mano, comprendió que nos íbamos de paseo y me habría perdonado cualquier cosa que hubiera podido hacerle durante la eternidad de los tiempos pasados. Necesitaba muy poco para ser feliz.

Nos subimos al coche, al grande, al que me gustaba, que luego tendría que aspirar para quitar todos sus pelos. En Nueva York alguien habría aspirado el coche por mí, ni siquiera sabría quién. Sin embargo, no hubiera tenido ocasión de sacar a ningún perro al campo un jueves por la mañana. Llevaría horas trabajando, peleando y negociando con personas tan insomnes y agresivas como era yo, rezando porque mis decisiones tuvieran beneficios inmediatos, después de haber dormido tres o cuatro horas y levantarme con la piel gris, ojeras, agobiada desde primera hora por cada euro que mis estratagemas legales pudieran hacer perder o ganar para la entidad financiera a la que había vendido mi alma. Até a *Gecko* con su cinturón de seguridad y nos fuimos hacia el Naranco, la montaña que rodea la ciudad, en cuya ladera se encuentra el asilo de las monjas.

El olor a la hierba verde, húmeda por la helada de la noche, junto con el sol del invierno en la cara y los ladridos de felicidad de *Gecko* en los oídos, eran un excelente estímulo para el espíritu. Si esa sensación pudiera embotellarse y consumirse cada vez que alguien se enfada o se deprime, el mundo sería mucho mejor. Desde la pradera donde nos encontrábamos, en plena ladera de la colina, la ciudad se veía preciosa. Los tejados se recortaban contra el cielo de un azul irreal, adornado con unas nubes blancas y esponjosas, como las que abren cada episodio de la interminable serie de *Los Simpson*. Parecía un escenario, un día impropio de la cornisa Cantábrica. Mi parque favorito se veía desde arriba frondosísimo, como una selva del norte, imitando a una piscina verde sobre la que apetecía planear desde lo alto. Por un momento me habría gustado ser pájaro y poder explorar de cerca cada terraza, cada chimenea, cada árbol y cada fuente. El cabezazo de *Gecko* en mi cadera reclamando el juego de «tírame otra vez el palo» me sacó del ensimismamiento. Llevábamos allí casi una hora. Me dio pena por el juguetón pastor de los Pirineos de mi hermana, pero era hora de reemprender la marcha.

Nos dirigimos hacia el asilo. Abrí diez centímetros la ventanilla trasera del coche y resistí sin ceder la triste mirada de *Gecko* cuando comprendió que lo iba a dejar allí. Solo sería un momento. Me abrió la puerta una monja con el mismo hábito que la que me había abierto la vez anterior, pero esta tenía cara de pocos amigos. Era la típica monja que, si en lugar de en una residencia de ancianos, le hubiera tocado en un colegio, habría sido el terror de todos los niños. Me dio pereza nada más verla.

—Buenos días, hermana. Precioso día —saludé.

—Como todos. Todos los días son obra del Señor sean como sean —me dijo con cara de hiena hambrienta a modo de respuesta. No empezábamos bien.

—Pues tiene usted razón —asentí con la intención de distender el tono de la conversación—. Venía a ver a Pepe Ramilo.

—No es horario de visitas. Y aquí llamamos a la gente por su nombre real, por el de la partida de bautismo. El tal Pepe tendrá un nombre.

—Se llama José Ramón Ramilo y no vengo a visitarlo —respondí aparentando más paciencia de la que me quedaba—. Vengo a buscarlo para dar un paseo.

—No tengo ninguna notificación de que nadie vaya a venir a buscar a ningún residente.

«Madre mía —pensé—. Va a ser dura de roer. Qué mal carácter. Para que luego digan que la dedicación a Dios eleva el espíritu.» El de aquella señora parecía sumergido en un pozo negro, de esos de agua tan sucia que es espesa. Mi pereza empezó a convertirse en enfado al pensar en los pobres ancianos que tenían que aguantarla cada día. Respiré hondo.

—Cierto, hermana, no lo notifiqué. Si puede avisarlo, se lo agradecería mucho —dije obsequiándola con mi cara más inflexible.

—Si no tengo notificación, es muy irregular. Es que no sé para qué quiere usted verlo.

—No sé si es irregular —dije sin darle la explicación que de manera tan tosca me pedía—, pero como Pepe Ramilo —continué, repitiendo el Pepe aposta— no padece ningún tipo de discapacidad física o mental, tiene libertad de movimientos y puede salir cuando quiera. No se preocupe, que no tengo intención de entrar.

Anoté en mi cabeza pedirle a Pepe su número de móvil.

La hermana Trol, como acababa de bautizarla, se fue refunfuñando y murmurando en un tono que pretendía aparentar ser bajo, pero resultaban audibles cosas como «habrase visto qué desvergonzada» y alguna más que, aunque la oí, no la quise escuchar. Cuando encuentro a alguna persona así de enfadada con el mundo pienso que la genética, sus padres o la vida no han sido generosas con ella, pero hay veces que hacer esa reflexión y mirar a determinadas personas con buenos ojos, me cuesta mucho. Siempre queda en nuestro poder la reacción que tenemos ante lo que nos sucede y, por encima de todo razonamiento, fuera lo que fuera lo que le hubiera ocurrido a aquella mujer, no era culpa mía y no me apetecía aguantar malos humos de nadie. Después de casi media hora en la puerta, de pie, sufriendo por tener a *Gecko* solo en el coche, apareció Pepe con una gran sonrisa, me agarró del brazo y me dijo:

—Vámonos. Qué bien que hayas venido.

Y ante mi estupefacción nos dirigimos a la puerta.

Una vez fuera ya me aclaró:

—Le toca turno a la hermana Esperanza y es insoportable. Hagamos lo que hagamos le parece mal. Nos tiene encarcelados y nos tortura con sus críticas constantes —explicó—. ¡Qué alivio poder salir un rato!

—¿Esperanza, Pepe? ¿La hermana Trol se llama Esperanza? —pregunté—. ¿Es una broma de sus padres o se cambió el nombre al entrar en la orden y se lo pusieron a ver si se le pegaba algo? Porque esta señora trasmite cualquier cosa menos esperanza.

—Desde luego —rio Pepe continuando la burla—, si alguno tiene esperanzas de algo mejor, ella se las quita todas. Es insoportable.

—¿Le apetece dar un paseo por el campo? He sacado a pasear al perro y con el día tan bueno que hace pensé que le vendría bien hacer ejercicio. Es ese de allí.

—Me encantan los perros. Aquí no tienen ni uno y eso que estamos en medio del campo. Normas de higiene. ¿Has venido en coche? ¿Me harías un favor?

—Claro, Pepe. Dígame.

—¿Me acercarías al centro? Así no vuelvo hasta la hora de la cena que empezará el turno la hermana Caridad.

—Claro. ¿Le acerco a La Tapilla o tiene otro plan?

—No tengo ningún plan, solo escapar de aquí un rato. Vamos a La Tapilla y así subo a casa. En el bar, si está mi hijo, no quiero estar mucho tiempo.

—¿No tiene ningún plan para pasar el día? —quise confirmar mientras pensaba con rapidez.

—No, hija. Cuando uno ingresa en el asilo es como si se hubiera apeado del mundo. Los amigos van muriendo y los que quedan te van olvidando. No quieren que les recordemos que ellos pueden terminar igual.

—¿Le gusta la comida casera? —me atreví.

—Claro que me gusta. Como a todo el mundo. Con sustancia, no el caldo lavado que tomamos aquí y los garbanzos sin un triste trozo de chorizo. Vamos a vivir mil años con esta dieta. ¡Qué horror!

—Pues le invito a comer al sitio donde mejor se come del mundo.

—No, hija, no. ¿Cómo me vas a invitar? De eso nada.

—Déjeme que le explique. Le invito a comer a casa de mi madre. A ella le va a encantar. A mi madre le gusta mucho cocinar. Desde que murió mi padre, vive sola, pero continúa cocinando como si viviéramos todos en casa. Le va a entusiasmar la idea.

Pepe intentó protestar, pero al final cedió. Parecía encantado de tener un plan diferente. Debe de ser muy aburrida esa edad en la que todos los días son iguales y las horas solo se interrumpen y se distinguen por los momentos en los que toca comer. No me extrañó que se indignara tanto con la comida insípida del asilo. Cuando es lo único que marca la diferencia en tu día, al menos esperas que sea una experiencia placentera.

Dejé a Pepe con *Gecko*, que ya volvía a estar feliz de verse libre y con alguien con quien jugar y me alejé un poco para llamar.

—Mamá, tengo que pedirte un favor —dije en cuanto descolgó.

—Claro, Gracia. ¿Estás bien? ¿Qué necesitas?

—¿Me invitas a comer?

—¡Pues claro! Eso no es un favor. Tu hermana sigue con el curso y estamos Tania y yo solas. Nos sobra muchísima comida.

—Espera, el favor viene ahora —la interrumpí—. Quiero llevar a un invitado.

—¿Un invitado? Hija, que no tengo nada especial. No tengo ni postre. ¿Qué invitado? —preguntó nerviosa.

—Pepe Ramilo.

—No entiendo. ¿El señor del bar ese con el nombre tan grosero del que me pediste que investigara?

—¿Investigar? Yo no he dicho investigar —decidí no seguir por ahí—. Sí, ese mismo.

—¿Y lo vas a traer a casa?

—Es un anciano encantador, ya verás.

—¿Pero tú qué líos te traes? ¿Y vamos a estar las tres solas con él? ¿Con un posible estafador?

—Mamá, tiene ochenta y tantos años, mide metro sesenta y si sopla un poco de viento sale volando de lo delgado que es. Es un señor de aquí de toda la vida, pero si te sientes más cómoda llamo a Jorge a ver si se une a la comida, aunque te aviso que está liadísimo esta semana con un cliente importante.

—¿Liado te refieres a que está hablando con esa gente rara de todo el mundo?

—No son raros, mamá, son informáticos, *hackers* blancos.

—Pues eso, *jaquers* o como se llamen, que a mí ya me han dicho en más de un sitio que eso es ilegal, que son como ladrones, pero de internet. Por eso no compro nada por internet. Y no me gusta que Jorge se relacione con esa gente.

—No son ladrones, ya te lo he explicado. Se llama *hacking* ético y son los buenos. Jorge no se relaciona con ellos. Es uno de ellos. Trabajan para empresas grandes y evitan que los que tú dices, los *hackers* malos, las ataquen y nos roben a todos. Ellos trabajan para que tú y todos podamos comprar tranquilos por internet y para que, en el futuro, cuando los coches sean autónomos, podamos conducir sin peligro de accidentes, protegidos de las agresiones de algún desaprensivo. Llegará un momento en que nuestra casa se controle vía internet y ellos se encargarán de que nadie pueda entrar en ella y de que, cuando los trabajos menos cualificados los desempeñen robots, todo funcione a la perfección y nadie pueda sabotearlos. Son los guardianes de los nuevos tiempos que vienen. Son de los buenos.

—Si ya sé que Jorge no va a hacer nada ilegal, pero me da miedo que esté con esa gente que no es trigo limpio.

—Y dale —dije dejándola por imposible—. ¿Puedo llevar a Pepe o no?

—Bueno, vale, pero no me gusta nada que me avises con tan poco tiempo, que estoy sin arreglar. ¿Qué preparo?

Conocía bien a mi madre y sabía que ya estaba empezando a planificar el atracón al que iba a someternos.

—¿Cuánto tiempo necesitas?

—Venid sobre la una y media.

—Por favor, mamá, no prepares un festín —le pedí, consciente de la inutilidad de mi petición.

—¿Qué festín? Si me pillas sin nada —protestó.

Estaba claro que en la vida todo era cuestión de perspectivas. Colgué no sin antes prometer que intentaría que fuera Jorge. Marqué su número y le expliqué a mi marido lo que sucedía.

—¿Tu madre tiene miedo de que un anciano del asilo os ataque? No te preocupes, que yo os salvo —bromeó.

—Un millón de gracias, cariño.

—No me des las gracias, no lo hago por ti. Es que no me perdería ni la escena ni la comilona. Eso sí, a las cuatro tengo que estar de vuelta en casa, que tengo mucho trabajo.

Cuando me di la vuelta, Pepe estaba jugando con *Gecko* como un niño y parecía veinte años más joven. La alegría le devolvía la vitalidad que le quitaba la tristeza.

Allí nos quedamos un buen rato para diversión del perro y del anciano —que correteaban como si fueran amigos de toda la vida—, y mía por verlos disfrutar de una forma tan inesperada. Mientras ellos jugaban incansables a «te tiro el palo y tú me lo traes», me senté en el césped ya casi seco por el sol del mediodía, con la ciudad a mi espalda y, frente a mí, el cielo despejado, una escarpada montaña a lo lejos y una manta de prados verdes al otro lado del monte. Reflexioné sobre los siguientes puntos a investigar y los fui apuntando en la aplicación de notas de mi móvil. Antes de que me diera cuenta oí a lo lejos las campanas de un reloj anunciando la una. Pepe y *Gecko* seguían como muñecos con pilas nuevas.

Cuando me acerqué a avisarlos de que teníamos que irnos, no sé quién puso más cara de pena, si *Gecko*, como era de esperar, o Pepe, al que al día siguiente le dolerían todos los huesos del esfuerzo. En ese momento, cargado de endorfinas, el cuerpo le respondía como nunca. La vejez es más feliz en compañía, aunque la compañía sea la de un enorme, joven y aún algo torpe perro peludo.

Antes de llegar al laberíntico garaje de la casa de mi madre, Pepe insistió en no presentarse con las manos vacías, así que paramos en Santa Cristina a comprar unos bartolos, el pastel favorito de mi madre, acompañados de una botella de cava. El subidón de azúcar iba a ser considerable y el efecto del cava en mi madre épico. Nunca bebía alcohol porque, según ella, «se le subía». Solo hacía una excepción en las celebraciones familiares donde nada más probar un sorbito le entraba la risa floja, se mareaba y le dolían las rodillas.

Cuando llegamos a la puerta del garaje, Pepe se mostró incómodo:

—¿Tu madre vive aquí? ¿En este edificio? —preguntó.

—Sí, ¿por qué? ¿Conoce usted a algún vecino?

—Sí. Más o menos —fue su críptica respuesta.

—Si quiere pasar a saludar a alguien, lo espero —invité, con intención de que me contara algo más.

—No, no. Es que me suena que ha habido una desgracia aquí hace poco.

—Sí, una vecina se suicidó. Era amiga de mi madre.

—¿Amiga de tu madre?

Me pareció que palidecía antes de cambiar de tema.

Cada vez tenía más claro que Pepe sabía algo que yo quería que me contara. Conseguí encajar el coche, esta vez en la plaza que nos correspondía, y subimos. Jorge ya estaba allí haciendo de catador voluntario de todo lo preparado.

La casa de mi madre tenía una distribución propia de las casas antiguas, de esas que tienen cocina grande con *office*, que no era más que un espacio amplio al lado de la cocina donde comían las familias, más numerosas en aquella época que las de ahora. En nuestro caso, había una mesa en la que cabían ocho personas con comodidad. En mi infancia, comíamos en ella todos los días excepto Nochebuena, Navidad y alguna celebración especial. Para esas ocasiones señaladas mi madre ponía la mesa en el comedor.

El comedor era una habitación anexa al salón, con una doble puerta corredera que los comunicaba. Ahí no se podía entrar salvo en las grandes ocasiones. Era una estancia feísima a mi parecer y tan elegante como para salir en una revista de decoración al parecer de mi madre. El espacio lo presidía una enorme mesa de madera sobre la que había que poner forros y forros antes de colocar el mantel, siempre bordado. Encima de la mesa, una enorme y encopetada lámpara con cientos de cristalitos, que producían haces de colores con la luz en cuanto se encendían las doce bombillas que tenía la lámpara en cuestión. Completaban el espacio un aparador a media altura bajo un espejo de marco dorado que llegaba casi hasta el techo y conseguía que la habitación pareciera mucho más grande de lo que era, una vitrina llena de tazas doradas y plateadas, azucareros y demás chucherías que no recuerdo haber usado nunca. Mi madre había elegido un mantel amarillo claro, con bordados en verde y amarillo fuerte y muchos calados. Nunca había entendido por qué antes se bordaban los manteles haciendo agujeros porque si el objetivo del mantel es proteger la mesa de manchas y migas, por los calados se colaba todo, pero desde pequeña me habían explicado que era más elegante así y que para eso se ponía otro mantel liso debajo.

Al día siguiente, mi madre y Tania se quejarían de lo complicado que era quitarle las machas y plancharlo, pero volverían a usarlo nada más que se presentara una nueva ocasión. Misterios del protocolo.

Había sacado una de las vajillas «buenas», cubertería de ribetes dorados y la cristalería de las grandes ocasiones. Si lo que pretendía era impresionar a Pepe, lo consiguió. Debió de pensar que éramos ricos o que lo habíamos hecho por él, que era la peor opción y la más probable porque se le veía cohibido y perplejo. Tanto brillo, bordado y dorado era apabullante.

Le decía a mi madre cosas inconexas como: «Encantado, señora, tan agradable y elegante como su hija», «No tenía que haberse molestado», «Y yo aquí, que solo traigo unos bartolos», «Qué bonita tiene la casa».

Mi madre, en cambio, estaba igual que un pavo ante tanto halago. Punto positivo. Estaba entretenida y disfrutaba del momento, aunque para ello hubiera tenido que bajar al trastero a desenterrar los tesoros familiares.

Para mi alivio, después de las formalidades, Jorge le puso el toque de realidad a la escena palaciega que mi madre había recreado. Probó suerte con el fútbol, con el equipo local en concreto, para evitar cualquier tipo de susceptibilidad, y acertó. Pepe conocía las alineaciones de todos los tiempos, cosa en la que Jorge estaba pez, porque no tenía edad, no le gustaba demasiado el fútbol y además se había criado en Madrid. Eso dio juego a Pepe para lucir sus conocimientos y a mi madre para recordar a mi padre, forofo incondicional del fútbol en general y, en particular, del equipo de su tierra.

Una vez controlada la situación, me escapé a la cocina.

—Tania, ¿ha preparado muchos platos?

—Como siempre —respondió Tania—. Llevamos dos horas de infarto. ¿Sabes, Gracia? Esto es una cura para Adela. Cuando tiene que organizar algo se le pasan todos los males, saca la energía de no sé dónde y ya no le duele nada. Rejuvenece.

—Hoy he visto a Pepe volver a la infancia mientras jugaba con *Gecko*. Por cierto, ¿hay pienso para él o algunas galletas? No le toca comer, pero ha hecho mucho ejercicio y si nos ve de comilona y no le damos nada se va a poner como un alma en pena.

—Sí que tenemos. ¿Dónde está Bárbara?

—No lo sé, le ha dejado el perro a Jorge y le ha pedido que nos lo quedáramos esta noche. No ha dado más explicaciones.

—Qué raro, ¿no?

—Sí, sí que lo es. ¿No sabes nada?

—Nada. Por cierto, también viene a comer Regina. Adela ha pedido refuerzos —me informó Tania.

—Pues me alegro. Así encontrarán cosas de qué hablar.

—Y sonsacarán a ese señor que has traído. Desde que le encargaste que investigara están que no paran.

—¿Te lo ha contado? Mira que le he dicho que no era investigar y que no se lo dijera a nadie.

—¿A nadie? Qué inocente eres, Gracia. Se lo ha dicho a todas las amigas de la timba. Están todas jugando a los detectives.

—No me gusta, Tania. A ver si se van a meter en un lío.

—¿En qué lío se van a meter cinco señoras mayores averiguando cosas de hace mil años? —me quiso tranquilizar.

—Donde hay dinero ilegal en juego siempre hay peligro. Y créeme que alguien se juega mucho. En fin, por eso no quería meterla, pero lo hecho, hecho está, así que vamos a intentar que salga bien.

Nada más decirlo y ver la cara pálida de Tania, me arrepentí. Cualquier mención al peligro y al dinero sucio la ponía en modo pánico. Su vida en Moldavia había sido un careo constante con negocios sucios y mafias indeseables al lado de un delincuente maltratador con el que había tenido la mala suerte de toparse cuando era una adolescente.

El festín consistió en un consomé con jamón y huevo cocido, un picoteo compuesto por espárragos, ensaladilla y alcachofas con jamón en el centro de la mesa, un rollo de bonito relleno con salsa de marisco que estaba exquisito y un guiso de carne de buey que hizo las delicias de Pepe. Era chocante que un hombre tan pequeño pudiera comer tanto.

Cuando abrimos la bandeja de los bartolos, Regina, mi madre y Pepe, parecían haber crecido juntos, a pesar de que acababan de conocerse. Pepe les contaba las anécdotas del bar. En cincuenta años tras la barra había oído muchas historias. La gente contaba más secretos en los bares que en su propia casa.

Mi madre y Regina le dejaban hablar, le hacían preguntas y le ponían al día de todos los cotilleos relativos a aquellos que, a medida que evolucionaba la conversación, identificaban como amistades comunes. Estaban haciendo bien su cometido. Ellas tenían su propio método.

A las cuatro Jorge nos abandonó y yo aproveché para huir con la excusa de que tenía que hacer un recado. Dejé a Tania al mando de la «operación sonsacar a Pepe»: cuando viera que la conversación decaía y no daba para más, tenía el encargo de avisarme para que volviera a buscarlo.

Me fui al despacho para continuar con la parte burocrática de mi trabajo. Era lo que menos me gustaba, papeleo abundante e inútil.

Eran casi las ocho cuando recibí noticias de Tania por WhatsApp.

«Gracia, ven a recoger a este señor que como sigamos así, tu madre empieza a preparar cena. Están jugando al parchís. Se lo están pasando muy bien.»

Cuando llegué, Pepe aún no se había dado cuenta de la hora. Se le veía feliz avanzando con las fichas azules e intentando comerse, en aquel momento, una ficha amarilla de Regina. Se despidieron los tres como si fueran los mejores amigos, con la promesa de volver a verse, con halagos y agradecimientos a la comida por parte de Pepe y la satisfacción de haber pasado juntos una tarde maravillosa. «Me he reído como hacía años» fueron las palabras exactas de Pepe, arrebolado y con una gran sonrisa.

A pesar de sus protestas y sus intentos de coger un taxi, insistí en llevarle de vuelta al asilo. Era de noche y me sentía responsable de devolverlo sano y salvo al lugar donde lo había recogido. Mientras tanto, mi madre me hacía gestos, sin ningún disimulo, aunque supongo que ella creía que estaba siendo muy discreta, indicándome que tenía mucho que contarme y que luego me llamaba. Estaba en ascuas por enterarme de qué habían hablado, pero no era el momento.

—¿Se lo ha pasado bien? —le pregunté a Pepe cuando ya estábamos en el coche.

—He disfrutado la tarde como un niño el día de Reyes. Tu madre es encantadora y Regina también. ¡Qué señora más guapa!

Regina era alta, grande, guapa y rubia de peluquería. Muy blanca de piel, parecía una señora alemana que se hubiera pasado la vida sirviendo enormes jarras de cerveza en la Oktoberfest. Era una mujer que llamaba la atención por su tamaño. Viuda desde hacía muchos años, mi madre contaba que «ligaba» un montón y que era un poco «ligerita de cascos». Yo contradecía esta afirmación con el razonamiento de que no se puede ser ligerita de cascos a determinada edad, pero no le convencían mis argumentos. Me imaginé a Regina, tan corpulenta y sonrosada, y a Pepe, tan pequeñito y moreno, que no pude evitar reírme un poco.

—No te rías, mujer, que soy viejo, pero aún soy un hombre —protestó Pepe un poco avergonzado.

—Claro que sí. No me río de eso. Me río de su gusto con las mujeres. Regina es una mujer muy voluminosa.

—Como a mí me gustan. Grandes, rubias y de piel blanca. Para pequeñajo y aceitunado ya estoy yo.

—¡Pues también tiene razón! ¿Sabe? Al final, no hemos podido hablar de lo que venía a comentarle.

—¡Ay, chiquilla! No me he dado cuenta con tantas emociones de que tú habías venido a algo importante y no a sacar de paseo a un viejo al que acabas de conocer. ¿Qué era lo que querías contarme? Se trata de la casa, supongo.

—Pues sí, se trata de la casa.

—He estado pensando mucho en la posibilidad de venderla desde el día que me lo planteaste.

—¡Qué buena noticia! —La afirmación de Pepe me despejaba el camino para resolver muchos de mis interrogantes.

—Tengo algunas dudas legales que resolver antes. Tú sabrás de estas cosas dedicándote a esto de buscar inmuebles. A mí lo que me gustaría es que la casa donde tenemos el bar fuera para Lucas. —Pepe hizo una pausa.

—Sí. Es lo natural. Es hijo único, ¿no? —pregunté al ver que la conversación empezaba a enfocarse hacia donde yo quería.

—El edificio donde está el bar es mío, pero solo en parte. Por eso, cuando yo muera, no sé qué ocurrirá con el negocio.

Aunque a Lucas no le gusta, es su medio de vida. Estoy preocupado por él. Ya tengo muchos años y muy pocos motivos para seguir aquí. —Pepe dudaba al hablar. Intuí que estaba decidiendo hasta dónde contar.

—Le entiendo, Pepe. No sabía que la casa no era suya por completo —mentí—. Será de algún familiar, supongo que podrá comprar su parte.

—Eso querría yo, pero no tengo dinero, así que, si vendiéramos la otra, podríamos hacer eso. El problema está en que tampoco puedo vender la otra porque tampoco es mía entera como ya sabes. La otra mitad es de mi tía.

—Sí, eso lo sé, pero no lo entiendo bien, Pepe. Su tía ya no vive.

—No, murió hace muchos años. —Aquí se calló.

—¿Y usted no es su heredero? Como en la nota simple aún figuraba ella como propietaria di por hecho que sí, que por eso no se habían molestado en cambiarlo al morir ella.

—Pues no.

—¿Algún hijo?

—No, hijos no. Mis primos murieron los dos.

—¿Nietos?

—Es complicado.

Pepe evitó una respuesta directa.

—Lo que necesito entender es si puedo venderla solo —dijo al fin.

¿Pepe quería robar al heredero de su tía? ¿Al mismo que yo estaba impaciente por descubrir quién era y por qué?

—Pero, Pepe, si la casa tiene otro dueño, ¿cómo la va a vender usted sin decirle nada? Eso no se puede hacer. No podría escriturar ni registrar la venta del inmueble sin la firma del otro propietario.

Ya habíamos llegado a la explanada que hacía las veces de parking del asilo y, como la primera vez que fui, no se veía nada. La farola encendida más cercana estaba cincuenta metros más abajo y no alcanzaba a iluminarnos, así que dejé la llave en el contacto y las luces encendidas.

—No me malinterpretes. Quiero venderla y dar la mitad del dinero a su dueño. Y con la otra mitad asegurarme de que la casa de La Tapilla es toda para Lucas.

Era un alivio. Pepe no quería estafar al otro heredero. O eso decía. Me iba a llevar una decepción si descubría que Pepe, al que conocía desde hacía solo unos días, era el estafador de la pensión de don Marcelo. Supuse que esa era la razón por la que los policías no se implicaban con nadie relacionado con un caso ni los llevaban a comer a casa de su madre. Lección aprendida.

—¿Por qué no habla con él y le convence para vender? ¿O para que él le compre a usted su parte si es que está interesado en conservar la casa?

—No está interesado en conservarla —me respondió.

—Entonces, ¿por qué no va a querer venderla?

—Porque no sabe que es suya.

De nuevo callé. Después de un rato en el que los dos nos quedamos en silencio volví al ataque. Pepe parecía agotado.

—Me gustaría ayudarle. Estoy muy interesada en la casa. Tiene la ubicación perfecta para lo que estamos buscando, pero estoy muy despistada con el problema. No acabo de entender qué ocurre.

—A veces las familias son muy complicadas. Las personas hacen cosas terribles y es responsabilidad de la familia intentar arreglarlo, restaurar el orden de las cosas. Igual esto no suena muy moderno en los tiempos que corren, pero todos necesitamos raíces y, aunque la familia no sea perfecta, es la familia, para lo bueno y para lo malo. A veces, nos decepcionan y, a veces, nos ayudan. Lo importante es estar ahí, siempre para ellos y ellos para nosotros, e intentar hacerlo lo mejor que podamos.

—La familia es importante —dije sin mojarme y sin comprender a qué se refería el anciano. Me había sonado a una mezcla entre el discurso de El Padrino y el lema de los mosqueteros.

—Creo que necesito pensar un poco más. ¿Podemos hablar otro día? Me imagino que tú sigues buscando otros inmuebles, claro.

—Sí, no puedo esperar. Pero antes de firmar con otros, hablaría con usted, no se preocupe.

—Te lo agradezco mucho. A ver si consigo encontrar una solución. Hablamos en unos días, ¿te parece? —propuso.

Si Pepe no tenía nada que ver con mi fraude y encontraba la forma de vender la casa, se iba a llevar un buen chasco al saber que no había nadie interesado en comprarla. Ya era tarde para hacer las cosas de otra manera. Debía mantenerme firme en mi historia.

—Claro. La semana que viene hablamos.

Arranqué el coche mientras lo veía entrar en el edificio. Lo recibió una monja que no era la hermana Esperanza.

En cuanto me alejé unos metros seleccioné en el manoslibres el teléfono de mi madre. No respondió. Supuse que habría ido a la timba diaria. No la llamé al móvil porque si había salido sería inútil. Nunca lo oía cuando estaba fuera. Le daba un uso raro. Para ella era más bien un inalámbrico. Tendría que esperar al día siguiente para enterarme de cómo había ido la tarde con Pepe. Tal vez algo de lo que hubieran hablado me daría una pista de quién era el heredero de Consuelo Álvarez Pastor.

Ya no solo quería averiguar quién cobraba de forma fraudulenta la pensión de Marcelo Pravia, que era por lo que iban a pagarme. El caso había llegado a interesarme tanto que además quería averiguar por qué lo hacía y si había alguna relación con el inesperado suicidio de la Impugnada.

8

El viernes mi hermana no apareció a recoger a *Gecko*. Nos anunció con un *whatsapp* que nos lo quedábamos un día más. Ni siquiera preguntaba si podíamos hacernos cargo de él. La llamé y no cogió el teléfono. Empezaba a sentir una mezcla de inquietud y enfado, un poco más de lo segundo. Ella era responsable, cabal y eficiente. De niña era casi repelente, nunca hacía nada mal. A mí me intimidaba mucho su perfección. Ella iba siempre impoluta, sin una mancha en los vestidos con bordados y volantes que mi madre se empeñaba en ponernos a las dos, con su pelo liso y rubio bien peinado y un aire de princesa distante que la convertía en la hija deseada por cualquier madre. Yo no conseguía mantenerme limpia más de una hora, mi pelo castaño se convertía en un revoltijo con cualquier excusa, desde los juegos propios de la niñez a la humedad ambiental, tan habitual en el norte de España. Mis manualidades parecían haber sido atropelladas por un tranvía, las suyas eran dignas de un artesano profesional. Ella tocaba el violín y todos los años le reservaban el solo en la fiesta de fin de curso mientras a mí se me resistía hasta la flauta dulce y así una larga lista de cosas. Incluso siendo ella la más pequeña, me hacía sentir un desastre y, en clase, esa perfección innata nunca la hizo la más popular. Le fastidiaban mucho las actitudes dejadas, la pereza y la falta de disciplina. Su criterio era muy estricto a la hora de juzgar estos defectos y entre sus múltiples virtudes, no destacaba la tolerancia. A mí solo me quería porque era su hermana, si no, no me habría soportado. Su forma de actuar en las últimas semanas no cuadraba con su carácter. Empecé a pensar en situaciones cada cual más absurda, aunque no encontraba motivo para ninguna. Y eso sin contar que ella misma había venido a dejar a *Gecko* a casa y según Jorge parecía encontrarse bien, incluso había bromeado con él. Bárbara era el antónimo de situación descontrolada. Recordé que hacía muchos años, cuando aún vivíamos las dos en casa de mis padres, llamó a la puerta una pareja de testigos de Jehová. Era época de exámenes y estábamos estudiando cada una en su habitación. Insistieron varias veces y Bárbara se levantó a abrir. Pobres incautos, no sabían con quién se enfrentaban. Bárbara les hizo pasar un rato muy malo, no por sus convicciones religiosas que ella no entró a discutir, sino por dedicar su vida a algo tan improductivo como ir de casa en casa haciendo perder el tiempo a los demás sin aportar nada útil a la sociedad. ¿Y si por culpa de su interrupción mientras ella estudiaba anatomía, el día de mañana fallaba en el diagnóstico de un paciente y este perdía la vida por ello? Caería sobre sus conciencias por haberla molestado en su propia casa en su tiempo de estudio. No conozco convicción más férrea que la de los radicales religiosos y, a pesar de ello, aquellos dos se fueron avergonzados de no estar investigando la vacuna contra el cáncer o dando clases a los genios del futuro.

A lo mejor tenía razón mi familia y le había dado un flechazo.

Llamé a mi madre, que tampoco tenía noticias de Bárbara, pero me contó muchas cosas de Pepe: algunas que ya sabía y otras muchas de su niñez que poco tenían que ver con el caso de don Marcelo. Todo era de utilidad para conocer a la persona que estaba investigando. Familia pequeña, abuelos procedentes de Valladolid. Me enteré de que Chelo, su tía y mujer de Marcelo Pravia, solía ir a pasar los veranos allí, con sus primas, y un año conoció a Marcelo, se casó con él, tuvo dos hijos que murieron y después volvió a su tierra con el marido, para estar junto a su hermana, la madre de Pepe, que era la familia más cercana que le quedaba.

Le conté que a Pepe le gustaba Regina y mi madre me prohibió decírselo a ella porque ese señor era muy mayor y no estaba para trotes. No discutí. La noté un poco disgustada por la posibilidad de que un señor tan amable fuera un estafador. Quedamos para que me diera más detalles al día siguiente porque la vida de Pepe contada por mi madre al teléfono, aunque interesante, era difícil de seguir y de aterrizar en datos concretos.

Me dieron las siete de la tarde con el papeleo de otro caso, Santiago Pérez Rubio, funcionario triatleta que llevaba diez años de baja médica por lumbalgias. Por el ventanal de mi despacho, sin cortinas que me aislaran, entraba la noche y las luces de la calle, que empezaban a encenderse. Me acerqué al cristal. Había gente caminando en todas las direcciones: unos solos, otros en grupo, de tienda en tienda o volviendo a casa desde la oficina. Me fijé en las familias que paseaban con sus niños, de vuelta de una tarde de parque y pensé en lo distintas que serían para mí las Navidades si Martin todavía estuviera vivo. Las luces de los comercios vistas desde arriba me deslumbraban. Me di cuenta de que no eran solo las de las tiendas, sino que, en algún momento, habían puesto las luces de Navidad. Atrás habían quedado los años de austeridad donde la iluminación navideña se había simplificado. Volvían los colores y el resplandor que iluminaba la calle principal y el paseo del parque. Abrí la ventana para comprobarlo y ahí estaba. Junto con el frío húmedo entró el suave sonido de los villancicos que procedía de los altavoces sujetos a las farolas. La Navidad había llegado en pleno noviembre, antes que nunca. Antes del cumpleaños de Jorge, el dos de diciembre, que marcaba nuestro particular fin del otoño y el inicio de la Navidad. Antes de la muerte de Martin, ese día empezábamos a pensar en los regalos de Papá Noel y en cómo celebrar unas fiestas que, en Nueva York, se nos antojaban maravillosas.

Después del accidente que me arrebató a mi hijo, todo cambió. La Navidad se convirtió en una época en la que prefería viajar a algún lugar lejano y soleado donde Papa Noel no existiera y las películas navideñas no se entendieran bien, en un intento inútil de olvidar que mi niño nunca conocería a los Reyes Magos y que jamás podría ayudarle a poner la estrella en la punta del árbol.

La idea de celebrar el cumpleaños de Jorge estaba disparando mi ansiedad. Desde hacía muchos años, viajábamos a Madrid durante el puente de diciembre para celebrarlo con su familia y amigos. En la cena familiar nos juntábamos más de sesenta personas entre niños y adultos, con la previsión de seguir creciendo cada año. El cumpleaños de Jorge era la excusa para reunirse todos porque en Navidad se dispersaban parte de los hermanos entre las casas de los suegros. Era una tradición ineludible. Un año, Clara, la segunda, había planificado ir a esquiar en el puente y mi suegra se disgustó tanto que mi cuñada, incapaz de soportar no sé si la presión familiar o el involuntario chantaje emocional de su madre, lo canceló. Reservaban una casa rural en la sierra pobre de Madrid, siempre la misma, bonita y acogedora, donde había sitio para que todos pudiéramos dormir cómodamente. Allí cenábamos y brindábamos por Jorge y por el año nuevo. Antes era divertido. Con tanta gente, siempre había risas, anécdotas, novedades y alguna que otra discusión sobre la actualidad del país. Martin había estado allí dos veces. La primera todavía no era muy consciente de dónde estaba y la segunda se lo pasó *«gueit! mummy»*. El año que murió yo no quise viajar a Madrid para el cumpleaños de Jorge. Todavía vivíamos en Nueva York y yo apenas era capaz de levantarme de la cama de nuestra casa de Brooklyn Heights.

Acercarme al jardín y recordar a Martin jugando en su manta, con los cubos o cualquier otra cosa que le fascinara, me suponía un autocastigo que no le habría impuesto ni al más sanguinario terrorista. Jorge, en cambio, sí cruzó el océano para celebrar con su familia. Decía que cuanto antes retomáramos la vida normal, antes podríamos seguir adelante. Yo no entendía cómo podía celebrar si no podíamos compartirlo con nuestro niño. Como si algo así pudiera dejarse atrás. No sé cómo me convenció para ir el año siguiente, supongo que no tenía fuerzas para discutir con él. Para entonces, él ya no quería que habláramos más de ello, quería pasar página. Quizá me convencí de que era lo mejor.

La cena fue una tortura. Nuestra desgracia planeó sobre la mesa sin que nadie la nombrara. Veía al Martin de hacía dos años correteando inseguro, explorando aquella casa desconocida. Me senté en una silla de la mesa gigante, repleta de comida, y me rendí a la bestia que me comía por dentro, con saña, despacio, cada día. Nadie se atrevió a mirarme ni a dirigirme la palabra o, si lo hicieron, no lo oí. No recuerdo cómo me levanté ni cómo llegué a nuestra habitación. Jorge no quiso hablar del tema al día siguiente, pero vi su reproche velado por no estar a la altura de las circunstancias. Ese día se rompió algo entre nosotros. Desde entonces solo compartíamos espacio físico y un decorado perfecto, como imaginado por un guionista. Cada día aceptaba su abandono y deseaba buscarle entre las sábanas a ver si allí encontraba lo que tanto necesitaba. Se había convertido en un íntimo desconocido. Nada sabía yo de su sufrimiento ni él del mío.

Apagué el flexo, única iluminación que tenía encendida en el despacho, cogí el abrigo y cerré la puerta. Necesitaba huir de mis recuerdos.

Pasé por delante de casa de mi madre cuando Evaristo terminaba su última tarea del día: sacar la basura.

—Evaristo, buenas tardes. ¿Qué tal está? ¿Cómo se encuentra? —saludé.

—Hola, Gracia. Aquí estoy, terminando la jornada. ¿Cuánto hace que no te veía?

—Desde antes de la tragedia —dije poniéndome dramática a sabiendas de que a Evaristo le encantaba el protagonismo y el cotilleo.

—¡No me digas! No quiero ni acordarme.

—Ya me imagino que lo que vivió usted no es fácil de superar.

Evaristo dejó los cubos al lado del portal y con una mano en el corazón como si fuera a jurarme algo muy importante o como si le faltara la respiración, declamó al más puro estilo shakesperiano.

—Horrible, hija, horrible. Malísimo que me puse. Pensé que no iba a levantar cabeza. Estuve dos días enteros en cama de la impresión. Hasta me dio fiebre. No pasa un minuto sin que me acuerde de ella, de aquella escena tan terrible. Ya te contaría tu madre. ¿Y esa nota que se prendió en la falda para que yo la tapara y no la viera muerta doña Carmina? ¡Y la vio! ¡Pobre mujer! Claro que la vio. La policía no me dejó taparla.

—Me contó mi madre que Carmina casi se vuelve loca cuando vio muerta a Sofía —dije intentando bajarle del escenario imaginario en el que se había subido.

—Sí, más de lo que está. Ay, se me ha escapado. ¿Cómo digo esto de una vecina? —Evaristo fingió ruborizarse—. Lo que quiero decir es que doña Carmina siempre ha sido un poco excéntrica.

—No se disculpe, Evaristo. Entiendo lo que quiere decir. La familia entera es peculiar —respondí para animarle a seguir.

—Eso mismo digo yo. Doña Carmina pasa medio día metida en la iglesia y el otro medio con ese rollo raro de las videntes y las echadoras de cartas. Desde que murió su hermana viene todos los días la bruja esa de la calle Pelayo, la que sale en la radio, a echarle el tarot a las nueve en punto de la mañana, cuando Carmina vuelve de misa de ocho.

—¿Quién dice que viene? —pregunté.

—La bruja esa, la que sale en la radio y en la televisión de aquí echando las cartas a los famosos y a los políticos. No me sale el nombre. ¿Estaré tonto? Si la conoce todo el mundo. Con el pelo largo, teñido de pelirrojo, bastante alta.

—No tengo ni idea, no sabía que había una bruja famosa en Oviedo.

—Es que llevas poco tiempo aquí. No era famosa cuando tú te fuiste. Pregúntale a tu madre, ella sabrá quién es.

—Seguro que sí. Siempre tiene la radio puesta. Así que Carmina se hace echar las cartas todos los días. Pero, Evaristo, si esa bruja, como usted la llama, es famosa y viene a casa todos los días, tiene que costarle un dineral.

—¡Ya te digo! Antes iba ella, una vez por semana. Lo sé porque me lo contaba Joaquín, el portero del edificio de la bruja. ¡Berta! Ya me acordé. La bruja Berta. Desde que murió la hermana, viene la bruja a casa todos los días laborables. Servicio a domicilio. Pura superchería. Y cobra a sesenta euros la tirada.

—¡Madre mía! Vaya pastizal. Si viene todos los días le hará precio.

—Ten en cuenta que tiene que venir hasta aquí, eso también cuesta.

—¿Dónde dice que vive?

—Aquí cerca, casi vecinos, en la calle Pelayo, en el portal que está en frente del Culo —me explicó Evaristo mientras yo memorizaba la dirección, que intuía iba a servirme de ayuda en mis investigaciones. El «Culo» era el nombre de una escultura que adornaba la calle de forma tan original como llamativa. La polémica sobre la conveniencia de poner un enorme culo frente al Teatro Campoamor, donde el mundo entero lo vería por televisión cuando retrasmitieran la entrega de los Premios Princesa de Asturias, había llenado páginas de periódicos y tertulias de radio. Como sobre gustos todos tienen razón y no se pusieron de acuerdo, el Culo se quedó allí. Se convirtió en un reclamo turístico, de los más fotografiados de la ciudad y una indicación infalible para saber dónde tenía la bruja Berta la consulta.

—Es sorprendente el mejunje ideológico que tiene Carmina —continuó Evaristo—, porque también se confiesa todos los días.

—¿Cómo lo sabe?

—Lo sé porque el sacristán de San Juan El Real es amigo mío. Dice que el cura está de ella hasta el gorro.

—Confesión a las ocho y consulta al tarot a las nueve. Vaya planazo que tiene Carmina.

—Y el resto del día es parecido, tampoco tiene desperdicio. Va al coro de la iglesia, ayuda en Cáritas, aunque me cuenta Ceferino, el sacristán, que más que ayudar lo que hace es volverlos locos. Por la tarde, a las siete, sube a la iglesia de los carmelitas a rezar el rosario y los fines de semana es catequista. No sale de la iglesia. ¿Y qué me dices del hermano? Se ha instalado aquí y va vestido como un dandi. Tan altivo, tan por encima del bien y del mal. Parece que espera que le hagas una reverencia cuando pasa a tu lado.

Me reí con la expresión anticuada de Evaristo, que continuó como si le hubieran dado cuerda.

—Eso sí, no para en casa —siguió con su cháchara—. Anda de bares todo el día y muchas veces se sube a un taxi aquí en la puerta y no vuelve hasta la noche o hasta el día siguiente. En otro taxi. Yo creo que está volviendo loco a Ernesto, el sobrino. Porque ese chico es un vago, pero no se daba tanto a los vicios; se tomaba sus vinos y fumaba algunos puritos, que se olían en toda la escalera porque Sofía no le dejaba fumar en casa, así que salía a la ventana del patio a fumarlos y me apestaba todo el rellano. Claro que ahora fuman en casa, él y el tío, y apesta igual. Puritos los dos. En algo se parecen.

—¿Y por qué dice usted que está volviendo loco al sobrino? —sondeé al portero.

131

—Ernesto siempre ha sido vago y no vale para nada. Si se les estropeaba algo, tenía que subir yo a arreglarlo porque él no hacía ni amago de intentarlo.

Nadie conocía las casas del edificio de mi madre como Evaristo. Tenía llave de casi todas las viviendas, recogía la basura, arreglaba enchufes, grifos y demás averías cotidianas y colgaba cuadros y cortinas. Lo cierto es que era una joya para el vecindario.

—También tengo que decirte —continuó—, que no molesta a nadie porque no habla nada. Como dice el refrán, en boca cerrada... Baja todos los días a por el periódico y a dar un paseo, como los jubilados, se toma el aperitivo por la ruta de los vinos, vuelve a la hora de comer, se cruza conmigo y solo dice hola, adiós y algún comentario sobre el tiempo o sobre el fútbol. Después no sale más de casa salvo que sea fin de semana. Hasta ahora. Desde que no está Sofía o, yo diría que desde que está aquí su tío, está todo el día fuera, de un bar a otro. Se ha hecho asiduo del Carta de Ajuste y del Tizón. Sale a las doce de casa, viene a comer y enseguida sale para el café. No vuelve hasta la noche. Se le ha puesto cara de amargado. Antes la tenía de tontorrón y ahora de tontorrón resentido.

—Igual es por la pena de la tía, que sería para él más bien como una madre porque lo criaron ellas —aventuré a ver si Evaristo sabía algo más sobre los orígenes de Ernesto.

—No es por la pena. Es por el tío. Que doña Carmina suelta la lengua cuando está disgustada y sé que tienen líos y discusiones en casa. Los papeles de Sofía, dice. ¿Qué papeles? Lo que no sé es de qué van a vivir, ¿de la pensión de Carmina? Tendrá derecho a pensión, digo yo, aunque no haya trabajado nunca. Y el Antonio este yo creo que viene al olor del dinero, a ver si hereda el piso. Que estos pisos valen un dinero considerable. Gracia, yo veo a mucha gente cada día y me cuentan muchas cosas. Además, ya tengo una edad en la que necesitaré gafas para ver de cerca, pero a los caraduras los veo de lejos.

Evaristo se rio de su manido chiste.

—Qué razón tiene —dije celebrándole la gracia—. Preocupados por el dinero no están por lo que veo, ¿no?

—¿Por qué lo dices?

—Pues por los gastos que hacen. Carmina con la echadora del tarot, Antonio con los taxis y Ernesto de bares.

—Es verdad —reflexionó Evaristo—, no lo había pensado.

—Igual tienen dinero de la familia —me atreví a sugerir— porque si Ernesto no ha trabajado nunca será por algo. Igual se lo envía su padre. He oído que es hijo de una hermana que murió.

—Eso dicen ellos —dijo Evaristo muy misterioso.

—¿Y eso? No parece usted muy convencido —pregunté atisbando una información que podía ayudarme.

—Porque no hay ni una sola foto en toda la casa que no sea de ellos cuatro y alguna de los padres de ellos tres. Ernesto a todas las edades, ellas de viaje, el hermano posando como un *gigoló*, la boda de los padres, los padres de ancianos. Ni una sola de la supuesta madre de Ernesto. Ni del padre. ¿Qué menos que tener fotos de la hermana si murió en el parto?

—Sí que es raro, sí. —Le di la razón—. Y si no es de la hermana ¿de quién es hijo?

—Eso no lo sé, pero para mí que hay gato encerrado. Antes estas cosas eran muy frecuentes.

—¿Qué cosas? Explíquese, Evaristo, que me está dejando con la intriga.

—Pues las cosas que sucedían antes, Gracia. Las cosas del *qué dirán*. No sería la primera chica joven que cometía un desliz y el niño se quedaba en la familia y se hacía pasar por hijo de los abuelos. Un viaje conveniente durante unos meses de la madre y de la hija antes de que se le notara el embarazo y a la vuelta venían con un bebé que se criaba como hermano de su madre en vez de como su hijo. Otras veces las enviaban fuera, a otra ciudad y dejaban al niño en una casa cuna o en un orfanato. Antes ser madre soltera no se perdonaba fácil en la sociedad. La que lo era ya no se casaba y, en aquella época, para las mujeres era muy difícil ser independientes. Había muy pocos trabajos a los que podían acceder y todos estaban muy mal pagados.

–Pero Ernesto no tiene abuelos, ¿verdad?

–No lo sé. Cuando ellas vinieron a vivir aquí, yo era muy joven y Ernesto no vino con ellas. Llegó un par de años después. Era muy pequeño. Casi no sabía hablar. Era un niño muy guapo y muy bueno.

–¿El padre nunca vino a verlo?

–Aquí nunca venía nadie que pudiera ser su padre. Venía Antonio de Pascuas a Ramos, cuando necesitaba dinero. Y también venía, de vez en cuando, un matrimonio mayor.

Al oír esto se me activaron las alertas.

–¿Eran un matrimonio que tenía un bar en el casco antiguo? –pregunté pensando en Pepe y su mujer.

–No creo. Tenían apariencia de señorones, no sé si me explico.

Cada vez tenía más claro que Pepe no era trigo limpio. Con razón se había asustado al ver dónde vivía mi madre. ¿Cómo no los iba a conocer si el local de su negocio lo tenía a medias con ellos? ¿Qué sucedería entre ellos para que terminaran las relaciones?

–¿Ya no vienen? –insistí.

–¡Qué va! Hace muchísimos años que no. Por lo menos treinta. Supongo que habrán muerto ya.

–¿Por qué vinieron Carmina y Sofía para aquí? –pregunté sin rodeos a la vista de las ganas que Evaristo tenía de hablar.

–Sofía sacó la plaza de maestra y la enviaron aquí. Estaba dando clases en los pueblos, haciendo sustituciones, y consiguió plaza fija en el colegio ese que está detrás de la estación del tren. San Felipe me parece que se llama. Le fue bien, ascendió a jefa de estudios y allí se jubiló.

—¿Y Carmina?

—Solo sé que vino con su hermana. Carmina nunca trabajó, siempre se ocupó de las tareas de la casa y de Ernesto.

—¿Y nada de novios? ¿Ninguna?

—Nunca. Y eso que aún eran jóvenes. Carmina era muy guapa, aunque ya tenía el aire de medio retraso que sigue teniendo, pero era muy bonita, con esos preciosos ojos azules. Sofía, aunque tenía porte militar, estaba de buen ver. Yo era mucho más joven que ellas y, aun así, me parecían muy guapas. Sofía asumió que tenía que cuidar de la hermana y, al poco tiempo, del sobrino. Si alguna vez pensó en casarse lo olvidó. O no. Igual por eso se suicidó. Se cansó de cuidar de todos.

—¡Qué triste, Evaristo! ¿Usted cree?

—Si no, ¿qué motivo iba a tener para hacer lo que hizo?

—Visto así, podría ser —respondí sin querer mostrar mis dudas para no achantarle—. Dicen que no dejó nota de suicidio ni nada —pregunté intentando ser sutil.

—Si la dejó, la encontrarían ellos y quién sabe si la entregaron o no a la policía. Son muy raros. Todos —respondió con voz de suspense.

Me despedí de Evaristo pasadas las ocho de la tarde, no sin antes escuchar sus quejas por los achaques de la edad y por lo triste que iba a estar él cuando se jubilara, sin su comunidad. Supuse que, para él, jubilarse tenía que ser un desastre vital. La comunidad era su mundo y parecía muy feliz entre los vecinos y sus vidas.

Tendría que haber ido a casa a cambiarme de ropa porque había quedado con Jorge y con Sarah. Íbamos a tomar algo por la ruta de la sidra. No me pude resistir y me acerqué caminando a los bares donde Evaristo me indicó que Ernesto empleaba las horas desde la muerte de su tía. Le encontré en el Carta de Ajuste, sentado en uno de los taburetes de la barra, con un periódico, un *gin-tonic* y la mirada perdida.

Me acerqué a la barra, a escasos centímetros de donde estaba él, sentado en un taburete y, sin mirarle, pedí un *gin-tonic* como el suyo, con unas gotas de limón natural y me senté en el taburete de al lado. Solo entonces, fingí darme cuenta de su presencia.

—Hola. Tú eres Ernesto, el sobrino de Carmina y Sofía. Soy Gracia.

—Sí. Lo sé. Te conozco. La hija de Adela. Fue amiga de mi tía estos últimos años —me dijo sin poder disimular que estaba un poco más que achispado.

—Desde que murió mi padre. Tu tía se portó muy bien con mi madre.

—Subía muchas veces a casa. ¡Vaya casadielles hace! A mis tías les encantan.

«Bueno —pensé—, para ser un hombre que no habla con nadie no empieza mal la charla. Se ve que el alcohol le hace más dicharachero».

—Me alegro de que te gusten. A mí también me resultan deliciosas.

—Le ha dado varias veces la receta a mi tía Carmina, pero no las hace igual.

—Tenemos que subir a llevaros unas pocas.

—¿Tú has heredado el don?

—Yo, en la cocina, solo sirvo para las tareas de bajo valor añadido —confesé.

En ese momento llegó el camarero con mi *gin-tonic*. Tenía una apariencia excepcional. Sorbí con cuidado de la pajita naranja curvada con ese muellecito tan mono propio de las terrazas de playa y lo volví a posar en la barra.

—Qué rico —dije a Ernesto y al autor del cóctel, que estaba frente a mí esperando el veredicto—. Excepcional —dije reprimiendo un gesto de desagrado al notar el sabor amargo del brebaje.

No es que el cóctel estuviera malo, sino que por buena pinta que tuviera, a mí no me gustaba el sabor de la ginebra ni de la tónica. En eso, como en tantas otras cosas, no estaba a la moda. Pensar que a esa mezcla la gente le echaba pepino era una de mis grandes pesadillas gastronómicas. Lo había pedido para hacer migas con Ernesto.

—Este hombre es un genio —dijo Ernesto.

—¿Cómo está Carmina?

—Mal. Mi tía Carmina es muy especial —se detuvo cómo si no supiera cómo continuar—, y ella y Sofía estaban muy unidas.

—Y tú, ¿cómo te encuentras? Todos hablamos de tu tía, pero no era una tía cualquiera. Me imagino que para ti sería como una madre.

—Casi. Aunque la que siempre ha ejercido de madre conmigo ha sido Carmina.

No sabía bien por donde encauzar la conversación y me arriesgué.

—¿Y tu tío Antonio? Lo conocí el día que subimos a llevaros la empanada y el bizcocho. ¿Sigue con vosotros?

—¿Que si sigue? Ese no se va ni con agua caliente —dijo Ernesto.

—Claro, el papeleo tarda mucho. Cuando murió mi padre fue un caos —sugerí después de un incómodo silencio, a ver si cogía el testigo y continuaba.

—Lo nuestro es de *peli* de Almodóvar. Como todo en mi familia, que nada puede ser normal.

—Ya imagino.

—Te aseguro que no tienes idea —dijo Ernesto poniendo fin al tema a la vez que volvía a coger el periódico para seguir leyendo.

Cada vez estaba más convencida de que en la familia de la Impugnada les faltaba el gen de las buenas maneras. Hice como que miraba el reloj y me sorprendía.

—¡Qué tarde es! Me están esperando, me tengo que ir.

—Pues nada, hasta la próxima —respondió Ernesto a modo de despedida.

—¡Qué pena de *gin-tonic*, con lo rico que está! Si lo quieres aprovechar, es tuyo. Casi no lo he tocado y ha sido con la pajita.

Intenté caerle bien por si necesitaba otra conversación con él en el futuro. Sin más que un seco gracias, cogió mi copa, quitó la pajita y dio un buen sorbo sin levantar apenas la vista del periódico. Qué familia más incongruente. Al final la única normal iba a ser la Impugnada. Normal en apariencia porque no había que olvidar que había saltado desde la ventana de un sexto piso con una nota dirigida al portero prendida en la falda. Eran más de las diez cuando a Sarah, a Jorge y a mí nos sirvieron las primeras y exquisitas tapas de la cena. Unas riquísimas navajas a la plancha y unas lapas guisadas, *llámpares* en bable, que era como las denominaban en la carta. Les conté mi conversación con Ernesto.

—¿Has visto? —bromeó Jorge con Sarah—. La dejo sola un rato y se va a ligar con el vecino.

—Y qué mal gusto —le siguió el juego Sarah—, si está gordísimo y es calvo.

—A las mujeres solo os importa el dinero y, ahora que va a heredar, Ernesto es un buen partido —continuó él con la broma.

—¿Queréis dejar de decir chorradas? —protesté sin interés en la chanza—. ¿Vosotros creéis que una maestra de provincias, por muy jefa de estudios que fuera, que tenía que mantener a una hermana y a un sobrino sin trabajo ni plan de tenerlo algún día, puede dejar algo en herencia? Ya es difícil que haya conseguido ahorrar para comprar la casa en la que viven. No entiendo cómo pueden permitirse ese ritmo de vida.

—¿Ellas se vinieron directas a vivir al edificio de tu madre? —preguntó Sarah.

—Me dijo Evaristo, el portero, que compraron la casa cuando Sofía sacó la plaza de maestra y la enviaron aquí. Eso ocurrió antes de que trajeran a Ernesto a vivir con ellas.

—Si no tenían dinero, ¿cómo compraron esa casa con el sueldo de una maestra con la plaza recién sacada, que venía de hacer sustituciones por los pueblos? El edificio de tu madre no era barato cuando se construyó. En pleno centro y nuevo por aquel entonces.

—Tiene razón Sarah. Sofía y Carmina no podían pagar eso —apuntó Jorge.

—Igual la compraron los padres —dije.

—O sea, que la familia tiene dinero. Así que es posible que la muerte de Sofía sí que sea tan sustanciosa como para que esté causando una revolución entre estos tres buitres —concluyó Sarah.

Era una posibilidad. No lo había pensado. Sofía no parecía tener mucho dinero. Era una señora muy austera.

—No todos son unos buitres. El hermano, el tal Antonio, sí que tiene pinta de estar aquí al olor de la carroña, pero Carmina no y Ernesto no sé qué decirte. Es un tipo rarísimo. Parece amargado y es muy tímido. Además de maleducado. Ya os he contado cómo me cortó la conversación.

—Si es que te metes en unos jardines... —dijo Jorge.

—Aquí la vida es así, tío. Todo el mundo conoce la vida de todo el mundo —expliqué.

—En eso tiene razón Gracia, Jorge. Si la gente de aquí deja de parar a charlar con sus conocidos en la calle, yo me forro vendiendo antidepresivos y ansiolíticos —bromeó Sarah.

—Cuando mi mujer me dijo que quería volver a España, a una ciudad pequeña y tranquila, no pensé que se refiriera a esto. Suicidios, chanchullos, ancianos estafadores, curas sabiondos y hienas alrededor de una herencia. ¡Vaya con la vida tranquila! Los ciberdelincuentes de los que intento proteger al mundo se llevan la mala fama, pero aquí, que parecen todos tan amables y tan formales, los dejan a la altura del betún. Miedo me da la siguiente generación con acceso a la tecnología —bromeó Jorge.

—Por cierto —interrumpí—, ¿alguno de los dos tiene curiosidad por conocer su futuro?

Antes de que les diera tiempo a negarse, nos trajeron unos *escalopines* con salsa de queso La Peral y un picadillo casero con *tortos* de maíz que olía de fábula, y Jorge y Sarah se embarcaron en una conversación gastronómica en la que no me apeteció participar.

9

Llevaba cuarenta minutos sentada en una de las mesas del Salazogue, un restaurante en el casco antiguo, donde me había citado Bárbara. Empezaba a pensar que había vuelto a darme plantón, cuando la vi buscarme desde la puerta.

—Ya era hora. Media hora tarde —le espeté en cuanto se sentó.

—Hola. Yo también me alegro de verte —respondió sin querer entrar al trapo.

—Tía, me tienes despistadísima y un poco preocupada.

—Tranquila, que acabo de llegar y ya te has puesto borde —me cortó Bárbara.

—Tarde y sin disculparte. Lo importante es que te veo bien —dije, enterrando el hacha de guerra.

—Pues no es reflejo de cómo me encuentro.

—¿Qué te pasa? ¿Estás bien?

—Claro que estoy bien. Vamos a pedir y te lo cuento con calma.

—Vale —acepté sin mucha gana—. Y aquí, ¿qué se come? No conocía este sitio.

—Es cocina fusión. Lo vi el otro día y me apeteció probarlo. ¿Quieres vino?

—Mejor no, a mediodía me da sueño.

—¿Solo a mediodía?

—Por la noche también, pero como después me voy a la cama, no me viene mal. ¿Por qué lo preguntabas? ¿Me va a hacer falta? —tanteé.

—Creo que sí —respondió mi hermana con una carcajada.

—Pide blanco. Albariño, si tienen.

Bárbara encargó vino blanco para mí y una cerveza 0,0 para ella. Para comer, nos decidimos por compartir una lasaña de plancton marino, un milhojas de ensaladilla y un tataki de chuleta.

—¿Por dónde empezamos? —dije impaciente, una vez que nos trajeron la bebida.

—Vas a ser tía. Estoy embarazada —soltó Bárbara, directa y sin miramientos. Como era ella.

—¡Joder!

Di un buen trago a la copa de vino. El albariño con el estómago vacío me provocó un mareo momentáneo y un cierto calor en el estómago. Cada vez creía más en la genética.

—¿Eso es todo lo que tienes que decir? —preguntó mi hermana un poco mosqueada.

—¿Te encuentras bien?

—Más o menos. A ratos tengo una lavadora centrifugando en el estómago y otros parece que acabo de bajarme de un barco después de una tormenta. A veces, me siento como una gorda trastornada en pleno ataque de gula y en otros momentos me duermo, aunque esté de pie. ¡Ah! Y ayer lloré porque papá no lo va a conocer.

—Que lloraras por eso es razonable. Igual no lo es para ti, pero es algo triste.

—¿Y qué me dices de la semana pasada? El lunes lloré porque el Kentucky Fried Chicken ha dejado de hacer los trocitos de pechuga de pollo rebozados, que es lo único que he podido comer con ganas y sin náuseas durante diez días. Ya no me importa porque han dejado de apetecerme.

—Lo que me extraña es que no hayas puesto una reclamación oficial al KFC por discontinuar el plato. ¿Y el bebé? ¿Está bien?

¿De cuánto estás? ¿Te apetece? —empecé a disparar preguntas.

—Espera, te cuento desde el principio. Deberían habernos puesto ya el aperitivo —se quejó Bárbara.

—Ya viene al camarero con algo para picar, así que ¿te importaría seguir contándome lo de tu embarazo?

—No sé cómo me siento. Enfadada conmigo misma. ¿Sabes? Los grandes hombres de la historia, los grandes científicos, los astronautas que colonizaron la luna, los inventores, cualquiera que haya contribuido con algo importante a la sociedad no se ha dedicado a cambiar pañales. Se centraron en su meta, no en hacer de niñeras y por eso estoy disgustada.

—No digo que no tengas razón, pero ese razonamiento tiene un fallo porque si nadie se dedica a cambiar pañales no va a haber sociedad a la que contribuir —la consolé, sin dejar de compartir su preocupación.

—Ya lo sé, pero yo quería ser uno de los grandes, no una cambiadora anónima de pañales.

—Estoy segura de que podrás seguir siendo un genio. Tendrás a alguien que se ocupe de las tareas rutinarias. Además, para tu hijo nunca serás anónima.

—Estoy muy confusa, ya sabes que no me gusta sentirme así y las hormonas no me ayudan.

Me levanté y la abracé. Era la primera vez que veía a Bárbara vulnerable desde que la dejó un hincha del Racing cuando era preadolescente y decidió no volver a enamorarse. Y lo cumplió.

—Ya, ya, déjalo, que nos mira todo el mundo —protestó Bárbara tan arisca como siempre—. Guarda los mimos para el bebé. ¿Por dónde empiezo?

—Lo primero, detalles clínicos. Y el resto, por donde quieras.

—Pues datos clínicos primero. Cualquiera hubiera preguntado por el padre, pero a ti te puede la lógica.

—Me podéis tú y mi sobrina. El padre me importa menos.

—¿Sobrina? ¿Por qué sobrina? ¿Y si es sobrino?

—¿Es sobrino? —pregunté.

—Aún no lo sé, pero podría ser.

—¡Qué va! ¿Piensas que va a ser un niño?

—Como médico creo que hay un cincuenta por ciento de probabilidad.

—Estoy segura de que será niña —sentencié—, porque en la familia solo hay niñas: mamá y su hermana y la abuela, que eran cinco hermanas en casa.

—¿Sabes que el sexo lo define el padre? Es una cuestión de cromosomas.

—Sí, lo sé. Yo también estudié los guisantes verdes y amarillos de Mendel en clase de biología. Me da igual. ¿De cuánto estás?

—Trece semanas. Me enteré hace tres semanas porque ni se me ocurrió pensar que pudiera estar embarazada.

—Ahí no pudo la mente médica —reí.

—Sí, sí que pudo. Desde el punto de vista médico es un caso poco frecuente porque estaba tomando la píldora y usé preservativo. O eso creo.

—¡Olé con mi sobrina! ¡Vaya campeona!

—O sobrino.

—Eso. Sobrina. —Volví a reír con cierta amargura. No quería barajar la posibilidad de que fuera un niño. Traería demasiados recuerdos de Martin—. ¿Se te olvidó la píldora y se te rompió el condón? No te pega nada.

—No creo que fuera así, pero ¿te acuerdas de que al volver de vacaciones me puse mala? Pillé un virus que me atacó al sistema digestivo, así que debí de vomitarla. No se me ocurre otra explicación. Y que yo sepa el condón no se rompió, pero tampoco lo vi después de... —dudó Bárbara—, ya me entiendes. De hecho, si tuviera que jurar si lo usamos, no me atrevería.

—¿Tú no estás segura de sí usaste condón o no? ¡Si cuentas hasta las veces que masticas! ¿Cómo has podido estar semanas tragándote esto tu sola?

—No te enfades. Se lo conté a Sarah.

—¿A mi Sarah? —pregunté estupefacta—. Si ni siquiera es tu amiga. Hubiera jurado que no te caía demasiado bien y que solo la apreciabas porque yo lo hacía.

—Y así es, pero tiene dos niños sin padre. Puede explicarme mejor que nadie lo que eso supone. Cuando vi las dos rayitas en el test de embarazo quería tomar la decisión sola. Quise valorar todas mis opciones y sé que hay algunas que a ti te resultarían difíciles de aceptar.

Me quedé callada unos instantes procesando la información. Entendía lo que me decía Bárbara, pero no estaba de acuerdo con ella.

—Respeto las decisiones de los demás. Cada uno tiene que hacer lo que considere que tiene que hacer. Las personas que deciden no tener un bebé están en su derecho y así debe ser, aunque yo no lo hiciera. Tampoco me teñiría de pelirroja y eso no quiere decir que no me parezca bien que otros lleven el pelo de ese color. Esto es lo mismo —protesté.

—Es lo mismo cuando se trata del mundo en general. No lo es cuando se trata de tu sobrino, después de lo que hemos pasado en esta familia. Tú has perdido a tu único hijo, mamá a su único nieto y yo a mi único sobrino. Si pretendes convencerme a mí o convencerte a ti misma de que ahora que existe la posibilidad de que vuelva a haber un bebé entre nosotros, tú desplegarías toda tu tolerancia si yo no quisiera traerlo al mundo, te estás engañando. Jamás te pondría en esa situación después de lo que has pasado.

—Si me lo estás contando, quiere decir que esa opción está descartada.

—Si todo va bien, ¡serás tía!

—Irá bien. Es una gran noticia. ¡Mamá va a flipar!

—Ya. Paso a paso. Priorizando. De eso me ocuparé más adelante. De momento, cuento contigo porque no quiero decírselo.

—Vale. Y ahora sí: ¿quién es el padre?

—¿Te acuerdas de Román?

—¿Román? Sí, claro. —Asimilé la información durante un momento—. No puede ser. ¿Tu compañero de facultad? ¿El tirillas empollón con gafas de culo de botella?

—Ese mismo. No veas cómo ha cambiado. Se ha operado la vista con láser y va al gimnasio. Es un nadador empedernido. Y, en vez de empollón, es un médico tipo «triunfador guaperas».

—¿De verdad? Con lo feo que era. ¿Sigue coladito por ti? —reí con un poco de chufla.

—Un poco, según dice. Aunque yo creo que ha sido más bien un recuerdo de juventud.

—¿No estáis juntos?

—¡Qué va! Él no sabe nada.

—¿Cómo que no sabe nada? Empieza por el principio.

—No hay principio. Hay final. Ya sabes que tenemos la intención de presentar el año que viene nuestro prototipo de detección precoz del riesgo cardiológico a los Premios de la Real Academia Nacional de Medicina. Cuando me fui en septiembre a Madrid a trabajar con el equipo de La Paz para montar el grupo de pacientes que participarán en el ensayo, adivina con quién me encontré.

—Con Román, imagino.

—Casi. Con su hermano, que trabaja allí, en Cardiología. Alfredo. Coincidimos en un programa de voluntariado en la facultad para ayudar a niños con tumores en el corazón. Es posible que no os llegarais a conocer. Tuve bastante trato con él en la facultad y por eso, cuando nos vimos allí, se empeñó en ir a tomar algo y en llamar a Román, que también está viviendo en Madrid. Quedamos por la noche. Román se especializo en Plástica. Ahora inyecta hialurónico a las cuarentonas y les quita las pistoleras.

—¿En serio? No le pega nada. Con lo idealista que era de joven, parecía que terminaría investigando en Estados Unidos más que atraído por el vil dinero de la medicina estética. Y respecto a lo de las cuarentonas de posibles, no te pongas tan digna que ya se te empieza a marcar el rictus.

—Gracias por el piropo, hermana, yo también te quiero. Continúo. Nos fuimos los tres de cañas. Hablamos de los tiempos de la facultad, de los viejos conocidos y del trabajo. Hicimos un repaso de los recuerdos del pasado y nos pusimos al día de las banalidades del presente. El caso es que Alfredo tiene un niño recién nacido, de poco más de un mes, y le llamó la mujer porque al bebé le dio fiebre y se fue corriendo a casa. Así que seguimos Román y yo, caña arriba, caña abajo, «a ti cómo te va, a mí bien, a mí también, ¿te acuerdas aquella vez...?» y esas cosas que hacemos los viejos amigos cuando nos reencontramos después de años.

—¿No habías vuelto a saber nada de él? ¿No mantuvisteis la relación? ¿Ni en Facebook?

—Nada. Al final del MIR empecé a salir con Dani Regueras, Román se puso muy pesado y nos enfadamos. Tú ya estabas viviendo en Nueva York. Él fue muy desagradable con Dani e hizo cosas de las que ahora nos reiríamos, pero en ese momento me agobiaron mucho. Román se fue a Canadá a hacer la especialidad, y no volvimos a vernos. De esto hace poco más de una década, pero no había ni Facebook, ni Twitter ni Whatsapp para mantener una conexión, aunque fuera ficticia. Nos perdimos la pista.

—La parte positiva es que, a la vista de cómo termina el cuento, no se puede decir que seas rencorosa —me burlé.

—¡Qué chistosa estás y qué poco simpática! Después de las cañas, me dijo que si picoteábamos algo. «Venga, vale», me apunté deseando ingerir algo contundente porque, a base de cañas, aceitunas y cacahuetes, estaba empezando a achisparme. A él se le derrumbaron las inhibiciones y empezó, como la mayoría de los tíos pelmazos, a contarme su vida. Que está fatal con la mujer, que lo trata mal y bla, bla, bla. Guion clásico de «tío casado busca rollo».

—¿Se casó? ¿Está casado? —interrumpí.

—¡Y con tres niñas!

—¡Anda, la leche! ¿Tres niñas? ¿Y cómo se te ocurrió liarte con él?

—¡Eh! Por ahí no vayas, que el que tiene la responsabilidad con su mujer y con sus hijas es él, no yo. Yo estoy libre y sin compromiso y ya supondrás que no lo violé. Ni siquiera me había planteado liarme con él. De hecho, todavía no sé en qué nivel de alcohol me pareció buena idea hacerlo —me cortó Bárbara con toda la razón de su lado.

—Nada que decir. No pretendía juzgarte ni mucho menos. Tienes razón. Tú no tienes que rendir cuentas a nadie. Lo que haga él es su problema, no el tuyo. Sigue, por favor, que esto parece una peli de serie B, de las que ponen en la tele los sábados por la tarde.

—Me contó el típico rollo de que no se quieren. Según él, ella no le ha querido nunca, se casó con él porque su padre tenía dinero y porque él apuntaba maneras. Y él se casó con ella porque, con su aspecto de entonces, tenía pocas opciones. Dice que lo trata como un inútil y cree que ella tiene un lío con su ex. Que por lo visto es un macarra sin profesión conocida que vive de sus padres. Sospecha que ella le da dinero.

—¡Vaya tostón! Estamos pasando de la película de la sobremesa del fin de semana al culebrón. De todas formas, después de más de diez años sin veros, que te cuente todo ese pestiño no lo ayuda a ser atractivo por mucho que haya cambiado. Este no liga ni con el físico de Brad Pitt. Y te acostaste con él. Pareces el santo Job.

—No sé cómo sería la vida íntima del santo Job, pero yo en aquel momento, entre la cerveza y el vino, escuchaba sus desgracias con cierto interés, ya ves. Siendo sincera, me daba un poco igual su vida. Fuimos muy amigos, pero ya hace muchos años que no lo somos.

—¿Y esto de qué manera termina en la cama?

—Igual que en las películas de serie B, como tú dices. Mucho alcohol, una última copa en el hotel y ¡*voilà*! Vas a ser tía. El resto está entre vagos recuerdos.

—Y lo del preservativo, ¿en qué parte se perdió?

—Supongo que en algún lugar entre los vagos recuerdos.

—¿Y esta es mi hermana, la responsable, la que nunca se salta las reglas?

—Es tu hermana, la que lo hace todo a lo grande.

El camarero, que traía nuestros platos, me sacó del ensimismamiento en el que la aventura de mi hermana, mi futura sobrina y el inesperado padre de la criatura me habían metido. Con tan sorprendente noticia ni siquiera recordaba qué habíamos pedido. Los segundos de reflexión me llevaron a preguntas más coherentes.

—Bárbara, ¿en serio no se lo has dicho?

—Claro que no. ¿Para qué quieres que se lo diga?

—Porque es el padre.

—Un padre casado con otra y con tres hijas.

—Pero el padre.

—Ya. Menudo marrón.

—Sí, marrón, pero es que es el padre —insistí.

—Vaya perra que te ha entrado. Ya sé que es el padre, pero no veo motivo alguno para decírselo y complicarme la vida.

—Ya se te ha complicado.

—Si se lo digo me la complica más. Así el niño es mío, solo mío. Si se lo digo a él y no quiere hacerse cargo, malo, porque me dolerá que a mi hijo no lo quiera su padre. Si se lo digo y quiere ejercer de padre, malo también porque tendré que consultárselo todo y se armará un drama con su mujer. ¿Te imaginas a mi niño con Román, su mujer ofendida y las tres niñas defendiendo a su mamá del intruso? Me angustio solo de pensarlo. No pienso hacer pasar a mi hijo por esa situación. La última opción no es mejor: si no quiere hacerse cargo del bebé y luego, con los años, se arrepiente y sí que quiere, mucho peor. ¡Vaya trauma para el niño! Además, Román no me interesa, sus problemas matrimoniales me importan aún menos y no pienso dedicarle ni un minuto de mi tiempo, que bastante poco tengo ya y menos que voy a tener cuando nazca el bebé. No quiero su dinero, podemos vivir los dos de lo que gano yo sin tener que pasar ningún apuro económico. Si se lo digo, pase lo que pase, va a salir mal. Por eso no quiero ni pensar en ello.

—Tienes razón en todo —acepté repasando las posibilidades que había enumerado Bárbara, mientras añadía poco convencida—: pero no olvides que también hay una posibilidad de que salga bien y que, salga como salga, no es algo superfluo. Es el padre. No puedes privar a un niño de su padre. ¿Qué le vamos a decir cuando pregunte? Una cosa es mentirle al mundo y otra cosa mèntirle a tu propio hijo. Sobre algo tan importante como quién es su padre.

—Le diremos que mamá tenía muchas ganas de tener un hijo, pero no tenía pareja y se inseminó, y así llegó ella al mundo. ¿Ella? ¿He dicho ella? O él o lo que sea. De hecho, es lo que ha pasado, aunque menos planificado. Y, Gracia, escúchame, eso es lo que le vamos a decir a mamá, a Jorge y a todo el mundo. Lo de Román se queda entre tú y yo, ¿entendido?

—Entendido. Si es lo que quieres, así será. Hay mucho tiempo de aquí a que haya que hablarle al bebé de su padre.

—Serás capaz de estar dándome la tabarra años. Si lo sé, no te lo cuento.

—Hablando de todo un poco, ya sé que eres médico y que sabes más que yo, pero ¿te has hecho las pruebas a ver si este tío además de un espermatozoide te hubiera pegado algo más?

—Sí. Me las hice el primer día. Antes de saber que estaba embarazada. Todo está en orden.

—¡Vaya alivio! ¿Puedes comer todo esto?

—Sí, otra cosa es que me dé asco o no, pero lo que es poder, puedo. He pasado la toxoplasmosis, ni idea de cuándo.

—Yo me lo puedo imaginar. Cuando eras pequeña, cada vez que mamá se descuidaba te comías toda la tierra que encontrabas, la del parque, la de la plaza, la de las macetas de la terraza... Como recompensa, puedes hartarte de jamón ibérico durante el embarazo.

—¿En serio? No me acuerdo de esa actividad infantil.

—Pues pregúntale a mamá, que ella sí que se acuerda. Tenía pánico a que te tragaras un gusano y se te quedara enganchado en la tripa. La tuviste obsesionada con eso.

—¡Qué chorrada! Eso no puede pasar.

—Ya, tú eres médico y sabes eso, pero mamá es mamá. Ella pensaba que sí podía ocurrir y estaba acongojada. ¿Tú no te acuerdas lo que te costó convencerla de que era imposible que me pegara la gripe por teléfono aquel día que me entrevistaban para *Yo Dona* en un artículo sobre mujeres influyentes en el mundo financiero? Iba a hacer el reportaje fotográfico que acompañaría a la entrevista y ella decía que si me ponía mala y no podía acudir o salía mal en las fotos, no se lo perdonaría en la vida.

—Es verdad, no me acordaba —dijo mi hermana con una sonrisa—. Cuéntame algo de tu vida, que necesito pensar en algo que no sea el embarazo y el futuro. Necesito despejarme. Por cierto, esta lasaña está exquisita. ¿Le echaran placton de verdad? ¿Qué hay del asunto del viejo ese que estás investigando?

—Desde la última vez que nos vimos han pasado muchas cosas. A ver si a ti se te ocurre algo. Prueba el milhojas, está buenísimo —dije, cambiando de tema.

Comprendí que Bárbara estaba harta de hablar del embarazo y que le había dado tantas vueltas que necesitaba disfrutar de un rato ameno charlando de cosas distintas. Para ella, con su vida planificada, estructurada y con sus objetivos claros, la llegada de un bebé inesperado debía de ser algo parecido al caos del universo. La puse al día de mis investigaciones y noté que se iba relajando. Parecía divertida escuchando mis hallazgos y mi desconcierto sobre cómo seguir.

La dejé en su casa cuando empezó a notar la somnolencia propia del embarazo y me llevé a *Gecko*, que no parecía estar entusiasmado con los planes de siesta de su dueña. Después de pasar todo el día solo en casa, el pobre no esperaba que mi hermana se metiera en la cama en vez de sacarle a dar un largo paseo y a perseguir hojas secas por el parque. Con él sujeto de la correa en la mano izquierda empecé a pasear hacia mi casa, sin prisa, con múltiples paradas cada vez que a *Gecko* le llamaba la atención alguna cosa en movimiento, fuera viva o inanimada. Nunca me había percatado de lo solitarias que quedan las calles de Oviedo los domingos de invierno, después de la hora de comer. Las tiendas estaban cerradas y, en las aceras, solo me encontré con alguna paloma despistada. El día se estaba encapotando con unas nubes grises que amenazaban llovizna. Hasta los edificios, antiguos y distinguidos, parecían más grises que otros días. Sentí la misma sensación de desarraigo que sentía en mi vida anterior cuando esperaba en los aeropuertos a horas intempestivas, en esas salas vip impersonales, llenas de hombres con gesto serio y alguna mujer que pelea por su hueco entre ellos, a los que se les pasa la vida de país en país, entre personas a las que no les importan. Recordé esa sensación de estar lejos de todo, de desconexión con mi gente. El embarazo de mi hermana removía mi dolor. Me alegraba de ser tía, pero nada mitigaba el suplicio de haber perdido a mi hijo. Había cambiado de vida y de entorno, había construido para mí un refugio lejos del ambiente hostil en el que vivía antes, rodeada de buitres sedientos de dinero que vendían su alma, sus familias y su dignidad personal, por conservar su puesto en las cúpulas financieras. No les importaba timar a la gente corriente con productos fraudulentos e ininteligibles si con ello conseguían un uno por ciento más de beneficio que el año anterior para unos accionistas anónimos que, como grupo, se convertían en un monstruo cruel y descarnado que pedía su dosis mensual de resultados, igual que los antiguos dioses aztecas pedían sacrificios de sangre humana. Mi nueva vida era mejor, me gustaba lo que hacía, contribuía a hacer justicia social y estaba rodeada de personas a las que quería y me querían, pero el vacío que dejó Martin al irse se había mudado conmigo a mi nuevo destino. No había conseguido huir.

Ensimismada en mis pensamientos, no vi a Carmina hasta que la tuve a menos de un metro, parada delante del escaparate de una tienda de ropa de hombre, buscando algo en su gran bolso azul marino. Estaba sola.

—¡Carmina, qué alegría verla! ¿Cómo se encuentra? —saludé.

—Uy, si eres la nena de Adela. —Me reconoció y me lanzó una sonrisa. Para las personas que nos han visto crecer somos niños para siempre—. No encuentro las gafas. Quería ver el precio de esta americana negra tan bonita.

La americana era preciosa, con aspecto de quedar como un guante a poco que la percha humana que la luciera no estuviera contrahecha.

—Cuatrocientos ochenta euros. Aún no hay rebajas.

—Es un poco cara, pero es muy bonita, ¿no te parece? —reflexionó Carmina en voz alta.

—Es bonita y tiene usted razón, también es muy cara. ¿Es para Ernesto? ¿Para alguna ocasión especial?

—Para Antonio. Aunque lo del luto no se lleva mucho, me gustaría que tuviera una chaqueta negra para ir a las misas del mes por Sofía. Le he pagado una misa mensual a mi hermana durante los próximos cinco años y me han prometido que iremos los tres el primer año. Antonio ha venido con poco equipaje y, hasta que lo traiga todo, va a necesitar más ropa, que él está acostumbrado a ir muy guapo. Es muy apuesto mi hermano. Desde niño llamaba la atención con ese pelo rizado y ese porte elegante. A Ernesto también le quedaría muy bien, pero no quiere oír hablar de lutos.

—¿Antonio se queda? —pregunté.

—Sí, ¡claro que se queda! ¿Cómo no va a quedarse? ¿Qué íbamos a hacer Ernesto y yo sin él? Somos una familia. Tenemos que vivir juntos—. Carmina no dudó.

—¿Y su casa?

—¿Qué casa? Es nuestra. Era de mi hermana y mía —me devolvió la pregunta sin entenderla.

—Me refiero a la de su hermano, a la de Antonio. Antes no vivía aquí, ¿no?

—No, no tiene casa propia. Mi hermano es muy moderno y vivía en Marbella de alquiler, como se lleva ahora. Allí tenía sus negocios. Como ya no está Sofía, puede quedarse aquí. Estamos mejor los tres juntos, ¿no crees?

—Supongo —respondí sin comprometerme. Me pregunté por qué no podía quedarse Antonio cuando la Impugnada estaba viva.

—Las familias, nena, tienen que estar juntas —afirmó como si esa conclusión fuera el sentido de su vida.

—¿Y Ernesto está contento?

—Sí, por supuesto que lo está. Me dice Berta que está confundido por la muerte repentina de Sofía, pero que todo se arreglará, que este es nuestro destino.

—¿Quién es Berta? —pregunté, recordando a la echadora de cartas de la que me había hablado Evaristo.

—Berta. Berta Llorente. La adivinadora. Es un ángel esa mujer. Me ha salvado la vida. Si quieres te la presento. Seguro que te viene bien. No hay otra como ella. Es un consuelo tenerla —respondió Carmina con la mirada ida.

—Pues no sabe lo bien que me vendría, Carmina —me apresuré a responder sin hacer caso a la vocecilla interior que me impelía a preguntar por qué consideraba que me hacía falta ver a una vidente.

—No me digas más. Ya verás cómo Berta te ayuda. Es una persona increíble. Tiene un don de Dios para ayudar a los demás. Si no es por Berta, no soportaría lo de Sofía. Creo que tengo su tarjeta—. Carmina siguió parloteando las excelencias de Berta mientras rebuscaba en su atestado bolso.

—¡Ah! Por cierto —arriesgué—, el otro día vino Pepe, el de Casa Lucas, a comer a casa de mi madre.

—¿Pepe? ¿El bueno de Pepe? No sabía que Adela y él se conocieran. ¿Cómo no subió a saludarnos? —Carmina entró al trapo.

—Se nos fue el tiempo jugando al parchís y él tenía que volver al asilo. La próxima vez se lo digo y subimos a saludar, ¿le parece?

—¡Qué ilusión! Claro que sí. O me avisas y bajo yo. Por si está Antonio, que no le gusta que vaya gente a casa. Juego muy bien al parchís. Tengo muchísima suerte. Es encantador. Pepe digo. Qué pena. Está en el asilo solo. Y el hijo solo también. Eso es lo que no quiero que nos pase a nosotros. Las familias, siempre juntas.

Recordé que Pepe me había dicho lo mismo.

—Hace bien en mantener la suya unida —dije disimulando mi repelencia cada vez mayor por el tal Antonio.

—El pobre Pepe es muy bueno, pero Luquitas, el hijo, aunque es muy bueno también, es un poco raro. Como mi Ernesto. Son buenos, pero muy tímidos. De pocas palabras. ¿Cuándo empezarán las rebajas en esta tienda? Me gustaría regalarle la americana a Antonio para Reyes.

—Puede pasar mañana y preguntar.

—Sí, eso haré. ¡Aquí está la tarjeta de Berta! Llámala, dile que vas de mi parte, que te recibirá enseguida. Tiene lista de espera, ¿sabes? Como a mí me quiere mucho, te hará un hueco. Verás cómo te ayuda. Te dejo, nena, que llego tarde a la reunión de Cáritas y tenemos mucho que decidir. Está muy mal el mundo. No nos llega comida suficiente para todo lo que tendríamos que repartir. ¡Hay tanta necesidad! Cuídate y da recuerdos a tu madre.

Carmina me dio un beso en la mejilla y se fue calle arriba medio encorvada y centrada en sus pensamientos. Hasta *Gecko* la miraba como si fuera un ser irreal. En ningún momento hizo ademán de acercarse a ella, olisquearla o lamerla como hacía con todo desconocido con suficiente paciencia para dejarse. Carmina era una mujer insólita. Tan amable, tan dulce y tan encerrada en su mundo fantasmal. En su cabeza todo parecía tener sentido, aunque desde fuera pocas cosas parecieran tenerlo. Lo más interesante era que Antonio se quedaba a vivir con ellos, que Pepe era el «bueno de Pepe», que a ella le gustaba Pepe y que a Antonio no debía de gustarle tanto, si ella no quería que subiéramos cuando él estaba en casa. ¿Sería que no le gustábamos nosotros, Pepe, o que no quería ver a nadie? ¿Qué tenía que esconder? ¿Cómo le iba a sentar a Ernesto que su tío se quedara a vivir con ellos? Mal, por lo que sabía. Algún día haría por volver a coincidir con él. Y la tal Berta, la bruja, había encontrado un gran negocio con Carmina. ¿Cuál sería el tema de sus sesiones diarias? ¿La muerte de la Impugnada? Llamaría para pedir cita al día siguiente. Era domingo y ya había tenido suficientes conversaciones inesperadas para cubrir el cupo del día.

El sonido del móvil me rescató de mis pensamientos.

—¿Estás bien? ¿No se supone que estabas durmiendo? —respondí a mi hermana.

—En vez de echarme la siesta, he preferido vomitar.

—Vaya, lo siento.

—Las hormonas no respetan ni a los mejores chefs. Gajes del embarazo, ni te preocupes. Te llamo porque me he acordado de una cosa. ¿Sabes quién es Teo Alborán?

—Pues como no sea un primo del cantante, no. Ni me suena.

—¿De quién?

—Nadie. Olvídalo. —Descarté empezar una explicación que no nos iba a llevar a nada—. ¿Quién es?

—Cuando éramos niñas vivía con sus padres al principio de la calle, en el edificio de la esquina encima de la panadería. ¿Te acuerdas? Tenían un portero que era un cardo borriquero.

—Sí, el portal sé cuál es. Y el portero también. Nada que ver con Evaristo. Pero el chico que dices no sé quién es.

—Tendrá unos cuarenta y bastantes, es pediatra y conoce a Ernesto desde pequeño. Jugaban juntos al fútbol.

—Pues no caigo, pero cuéntame.

—Que fue al colegio con Ernesto y todavía tienen relación.

—¿Y?

—Que también es médico y volvió hace unos meses de Bilbao como jefe de Pediatría del hospital. Nos hemos hecho amigos.

—¿A dónde quieres llegar?

—¿No has dicho que quieres acercarte a Ernesto? Si quieres, yo me encargo. Voy a ir a ver a Teo.

—¿Y qué vas a hacer?

—Eso es cosa mía. Tú déjame a mí, voy a intentar que hables con Ernesto en un clima más distendido. Me vuelve a entrar el sueño. Mañana hablamos —me cortó de sopetón.

Con más curiosidad que interés por los planes de Bárbara, sentí la fresca humedad de la primera gota de lluvia caer sobre mi mano y me encaminé hacia casa. *Gecko* iba a tener que conformarse con ver una peli con nosotros tirado en el sofá. Al día siguiente ya me arrepentiría cuando viera el sofá lleno de pelos.

10

Tardé unos segundos en darme cuenta de que la humedad no era ambiental, sino que provenía de *Gecko*, que esperaba paciente a que nos despertáramos con las patas apoyadas en la cama y su cabezota unos veinte centímetros por encima de las nuestras. Después de apartarlo con tanta firmeza como cariño me acurruqué en el hombro de Jorge, que aún descansaba perezoso en ese gozoso duermevela propio del despertar natural del cuerpo. Olía al calor del sueño.

—Buenos días —le susurré mientras le besaba la oreja izquierda, buscando en su cuerpo mi dosis diaria de evasión.

—Buenos días. ¿Qué hora es? —me respondió bostezando mientras miraba en la mesilla en busca del móvil.

—Las siete y media.

—¡Qué hambre!

—¡Qué tragón! —respondí decepcionada. No parecía muy dispuesto y no me apetecía hacer ningún esfuerzo para conseguir lo que quería de él. Cada día que pasaba me enfurecía más necesitarle tanto y me agotaba buscarle sin que se dejara encontrar.

—¿Tenemos a *Gecko* en casa, si no recuerdo mal? —preguntó.

—Sí. Impaciente ya. Ha venido y se ha ido muy digno cuando ha descubierto que no era bien recibido.

—¿Lo bajo a la calle y tú preparas el desayuno? —propuso, a sabiendas de lo mucho que me fastidiaba sacar al perro a primera hora, recién levantada y sin desayunar.

—Hecho. Después se lo llevo a Bárbara de camino al despacho. Voy a hacer una jornada de reflexión a ver si pongo en orden las ideas y la información sobre el caso. ¿Antes de bajarlo no te apetece nada más? —volví a la carga bajando mi mano hasta su entrepierna.

Jorge era como los toros bravos, no solía dejar pasar un capote cuando estaba bien agitado.

Una hora más tarde, con el estómago repleto de zumo de naranja, café y tostadas, me encaminé a casa de Bárbara con *Gecko* feliz y animado, bien sujeto al otro extremo de la correa que llevaba atada a mi muñeca. Dos paseos en menos de una hora era más que suficiente para hacerle el perro más feliz del planeta. A él no le importaba que el lunes hubiera amanecido tan gris y húmedo como había terminado el domingo.

—¡Gracia! ¡Gracia San Sebastián! ¡Por Dios! ¿Eres tú? —oí a una voz femenina detrás de mí.

—¡Hola! —dije sin identificar a quién me dirigía. Una cara adolescente encima de un uniforme azul y blanco vino a mi cabeza para rescatarme de mi perplejidad. Una adolescente pecosa y con coleta que vivía en algún lugar de mi memoria se esforzaba por mostrarse detrás de una mujer rechoncha, con exceso de maquillaje, mechas rubias y ropa de marca. Al acercarme me invadió una nube de un perfume que no olía desde los años de colegio.

—¡Geni! Quiero decir ¡Eugenia! Cuántos años. Casi no te reconozco —confesé.

—Geni, Geni, me siguen llamando así. Pues tú estás igual. Solo te falta el uniforme. ¿No vivías en Estados Unidos? ¿Estás pasando unos días aquí?

—Viví allí hasta hace poco.

—¿Y eso? Había oído que tenías un puestazo en algo relacionado con la bolsa, como los de las películas de Wall Street.

—Algo parecido. En la jungla financiera, en cualquier caso. Lo dejé hace más de un año.

—Claro. Los escándalos financieros esos por los que han metido a tanta gente en la cárcel. Me alegro de que estés bien, aunque te hayas quedado sin trabajo.

Parecía que Geni ya se había montado su propia versión de la historia. Así se iba a quedar en su cabeza y en la de todo al que se lo contara porque no tenía intención de sacarla de su error. Eugenia había perdido las redondas y agradables curvas con las que la había dejado la última vez que la había visto, hacía casi veinte años, pero no la afición por el chismorreo malicioso.

—Tenemos que tomar un café —continuó—. Ahora voy a llevar a las niñas al colegio. ¿Qué haces dentro de una hora?

—Tengo que trabajar. Tengo un día complicado.

—¡Ah! ¿Trabajas? ¿Aquí?

—Sí. —Intenté ser escueta para cortar la conversación, pero Eugenia Galán Villanueva era como un pitbull. Una vez que pillaba la yugular, no la soltaba salvo que le dieras un mazazo en la cabeza.

—¿Trabajas aquí? —repitió.

—Sí, aquí.

—¿En otro banco de inversión? ¿Aquí hay de eso?

—No, por mi cuenta.

—Eso sí que no me lo esperaba. ¿Inversiones privadas o algo así? Aquí ya no hay mucho dinero que invertir.

—Más bien algo así. Tengo que irme, Geni, que tengo una llamada internacional a las nueve y voy a llegar tarde. —Me iba a crecer la nariz—. Ha sido muy agradable verte. Estás estupenda.

Si me iba a jugar mi proporcionada nariz, por lo menos que sirviera para hacer un poco más feliz a alguien.

—De acuerdo, pero nos tomamos ese café. Te contacto en Facebook.

—Lo estoy deseando.

Anoté en mi agenda mental ocultar mi perfil de Facebook durante unos días. No lo usaba demasiado.

—Nos vemos, entonces. ¿Sigues casada? —Aprovechaba hasta el último segundo mientras me plantaba dos besos sin permitirme evitar el contacto con los dos dedos de maquillaje naranja que embadurnaba su cara y se cortaba en una línea perfecta justo a la altura del cuello.

—Me voy, Geni, que el perro no aguanta más —dije mientras me escabullía acusando al resignado *Gecko*, que olisqueaba distraído la base de una farola esperando que terminara la conversación.

—No te he preguntado por Bárbara.

Apuré el paso simulando que *Gecko* tiraba de mí. Le dije adiós con la mano y una gran sonrisa en la cara. Caminé a paso rápido en dirección contraria a la de ella, que también era contraria a la casa de mi hermana. No me vendría mal un rodeo para estirar las piernas.

Abrí el portal de la casa de Bárbara con la llave y cuando llegué arriba llamé al timbre. Una sola vez, por si estaba durmiendo. Suficiente para, si estaba despierta, no invadir su intimidad. Como no me abrió, entré con ánimo de dejar a *Gecko* en la cocina e irme sin despertarla.

—Pasa, estoy en la cocina —gritó en cuanto abrí la puerta.

La encontré sentada en la mesa, con una taza de café entre las manos y unas ojeras bastante marcadas.

—Creía que estabas dormida.

—Te he oído llamar, pero no me apetecía levantarme y sabía que entrarías. Estoy ocupada decidiendo si desayuno o vomito.

—Difícil elección. ¿Mala noche?

—No. He dormido bien, pero podría seguir durmiendo ocho horas más.

—¿No puedes? ¿Trabajas tan temprano?

—Hoy sí, vienen unos colegas de un laboratorio de Londres que están probando un nuevo medicamento para las trombofilias sin los efectos secundarios de los actuales. Están buscando hospitales para hacer ensayos y me interesaría mucho que nos eligieran a nosotros.

—Suena importante.

—Lo es. He trabajado mucho para que me nombren directora del ensayo.

—Pues a por ello, chútate toda la dosis de cafeína que el bebé te permita tomar y ¡a impresionarles!

—¿Tú qué tal? ¿A perseguir al suplantador de don Marcelo?

—Sí. Me voy a encerrar a reflexionar. Por cierto, ¿sabes a quién me he encontrado? A Eugenia Galán, Geni, la cotilla de mi clase, la que cuando éramos pequeñas me empujó contra un radiador y me abrió una brecha en la cabeza, ¿te acuerdas?

—Sí, le has guardado rencor toda la vida.

—Un poco, sí. Hay que ver lo intensas que son las experiencias infantiles.

—¿Y qué tal el encuentro?

—En los tres minutos que nos hemos parado me ha resultado difícil evitar que me enchufara al polígrafo.

—Sigue igual, todo el mundo huye de ella, pero sin que se note. A la cara la gente le hace la pelota. —Mi hermana sonrió.

—¿Por qué?

—¿No te lo ha dicho? Está casada con Rafa Miralles.

—¿Y ese quién es?

—O te aprendes el *quién es quién* o no vas a llegar lejos. Es un tío que estudiaba en el colegio británico, que era muy gordo, de la pandilla de Álvaro Navelgas y David Sotres.

—No me suena. ¿Por qué se supone que tengo que conocerlo?

—Porque es el comisario de la comisaría del centro.

—¡No jodas! ¿Geni la Chismes es la mujer del comisario? No puede ser.

—Sí que puede. De hecho, es así. Igual no te viene tan mal hacer relaciones con ella. Lo que me asombra es que no se haya enterado hasta hoy de que tú estás aquí. Está más informada que la radio local.

—No he retomado relaciones, he intentado pasar muy desapercibida y, de querer recuperar el trato con alguien, no hubiera empezado por ella. Venía pensando en borrar mi perfil de Facebook para que no me contactara.

—No te molestes. Ahora que sabe que vives aquí te va a localizar igual. No la subestimes. Tú eres un pez gordo en tema de cotilleos. Eres como pescar un marlín. Vives en el fondo del océano, no te dejas ver y darte caza sirve para ganar notoriedad. Generar tan poca información sobre tu vida no es positivo. Parece que ocultas un gran secreto y eso despierta las ganas de fisgonear. Vas a tener que cambiar tu estrategia porque así consigues lo contrario de lo que pretendes y eso no es bueno para tu trabajo.

—Ya. ¿Cómo ha conseguido esta chica casarse con el comisario? El tío debe ser listo. Si no recuerdo mal, ella no llegó a la Universidad. Suspendía hasta el recreo y guapa no ha sido nunca. Ahora es un adefesio cubierto con ropa de marca. El Zara le venía igual de bien y le salía más barato. ¿Tú la has visto? Entre la ropa cara, el maquillaje a pegotes y las mechas esas de peluquería semanal, parece una tertuliana de un programa de cotilleos, de esas en plan verdulero. Y el vaho dulzón que la persigue no ayuda mucho.

—Qué exagerada eres. Y qué resentida, ¡solo teníais cuatro años cuando te empujó! Olvídalo —se burló mi hermana—. No es para tanto. Él no es ningún adonis y ella no es lerda, solo cotilla. ¿Tú de dónde has sacado la idea de que a los hombres les gustan las mujeres inteligentes?

—A algunos sí. A los inteligentes. *Dios los cría...* —dejé el refrán sin terminar.

—Di mejor que si están buenas les perdonan que sean inteligentes. El año pasado prohibieron los atuendos habituales de las azafatas de la Fórmula 1 y los campeonatos de motos. ¿Piensas que las chicas que estaban allí con tacones de tortura y conjuntitos sacados de una fiesta de *Playboy,* habían pasado un test de inteligencia o uno de belleza?

—¡Qué cruel! Eso es porque la inteligencia no se aprecia a primera vista y la belleza sí.

—Cruel no, científica. Tú puedes engañarte si quieres. Según los antropólogos, forma parte de la evolución: el hombre busca mujeres atractivas con las que aparearse para reproducir sus genes y la mujer busca hombres exitosos capaces de proporcionar el mejor hogar a sus crías. Naturaleza en estado puro.

—O sea, ¿ellos buscan tías buenas y nosotras tíos con pasta? ¿Eso es un estudio científico? Porque más bien parece un pensamiento casposo y retrógrado.

—Pues te equivocas, está demostrado. La especie avanza más lenta en cuanto a desarrollo intelectual, pero más equilibrada —explicó convencida.

—Romántico a tope.

—La naturaleza no es ni justa ni romántica. Eso lo hemos inventado nosotros. Fíjate en los documentales de National Geographic: Los conejitos y las gacelas son unos animales preciosos y siempre se los comen, ¿puede haber algo más injusto y menos romántico? En cualquier caso, yo no le haría un feo a esta chica, no sea que un día la necesites. No es mala gente. Si puede hacerte un favor te lo hace.

—¿Para que se lo debas luego, quieres decir?

—Puede ser, pero lo importante es que te lo hace. El precio en cotilleos lo cobra después.

—Encantadora.

—Llámala.

—Lo haré. Si no me va a quedar más remedio que mantener buenas relaciones con ella, mejor doy el primer paso. Que se me vea ilusionada. No me puedo creer que vaya a hacerle la pelota a Geni la Chismes. Como me estés tomando el pelo te mato.

—¿Tú crees que no tengo nada mejor que hacer que tomarte el pelo? —respondió mi hermana en un tono un poco más déspota del necesario—. Seguro que le has dado coba a tipos y tipas peores en tu antigua vida. Si tienes claro por qué lo haces, es más fácil. Mejor fuente de información no vas a encontrar.

—Lo peor es que tienes razón. De aquí a que nazca la peque dejas la ciencia y te conviertes en filósofa. Hay que ver lo que hacen las hormonas. Me largo, que tengo que currar. Avísame cuando te hagas las pruebas y, si quieres que vaya contigo, estaré encantada.

—Cuenta con ello. Me voy a la ducha —dijo a modo de despedida.

De vuelta al despacho, le envié a Geni la Chismes, señora del comisario Miralles, una invitación para conectar en Facebook que aceptó desde la versión móvil en menos de un minuto, seguida de un mensaje privado pidiéndome mi número de móvil para quedar por WhatsApp.

Busqué en el bolso la tarjeta que me había dado Carmina la tarde anterior y marqué el número de Berta Llorente. Medium. Tarot. Numerología. Método Científico. Seriedad Máxima. La primera cita que tenía disponible era para febrero del siguiente año. La gente estaba chalada. Empezaba a pensar que me había equivocado de profesión. Usé la baza de Carmina y me abrió las puertas. Se confirmaba que era una de sus clientes vip. Al día siguiente a las tres de la tarde, cita para dos.

«Hola, bellezón. ¿Me acompañas mañana a las tres a ver a una vidente? Dicen que es la mejor», tecleé.

«Ya sabes que nunca digo que no a un planazo. *Emoticonos llorando de risa*. Espero que sea con Berta Llorente porque si no es así, no te han dado bien las referencias.»

«¿La conoces?»

«En persona no, pero todo el mundo sabe quién es. ¿Hago de argentina loca o solo de mí?»

Mi hermana tenía razón: o me ponía al día de la sociedad local o me iba a perder muchas cosas.

«Con hacer de ti será suficiente. No queremos asustarla. *Emoticono guiñando un ojo y sacando la lengua.* Es la vidente de la hermana de la Impugnada, quiero ver si le sacamos algo.»

«¿Te recojo en el despacho a la una y comemos antes de la cita? Es en la calle Pelayo, ¿verdad?»

«Eso es. ¿Seguro que no has ido ya? *Sonrisa en emoticono.* Aquí te esperaré.»

Corté la conversación pensando cómo ampliar un poco mi burbuja sin pasarme. Poco a poco. No hacía falta exagerar. Con la cotilla y la vidente sería suficiente para los próximos días. Mucho más de lo que tenía planificado.

Sin noticias de mi orden judicial, repasé las escrituras de propiedad de las dos casas contiguas de la calle Mon. El 53, domicilio oficial de don Marcelo, a nombre de Pepe y herederos de Consuelo, sin especificar. Sabía por mi madre que Pepe era hijo único y que su madre, la mujer del Lucas original, no tenía más hermanos que Consuelo. Si Consuelo y Marcelo no tenían hijos, Pepe, su sobrino, era el heredero legal de Consuelo. Si era así, ¿por qué decía que no podía vender la casa?

El 51, donde se encontraba La Tapilla Sixtina y el piso de Pepe, a nombre del propio Pepe y de Ernesto, el sobrino de la Impugnada, con ella como representante legal. Que Sofía actuara en representación de Ernesto no tenía sentido. Ya hacía mucho que él había superado la mayoría de edad. De repente me asaltó la duda: ¿sabría Ernesto que él era el dueño del local? Hacía años que el borrador de Hacienda se cruzaba con el catastro, pero ¿presentaba Ernesto la declaración de la renta? Si no tenía ingresos conocidos, no tenía que hacerla. La Impugnada manejaba los hilos y los dineros de la familia, así que era posible que él estuviera en la ignorancia de lo que poseía. Era una idea casi grotesca, ¿cómo no iba a saberlo Ernesto? Pero había que contar con esa posibilidad.

Necesitaba investigar a nombre de quién estaba el Impuesto sobre bienes inmuebles. Y ya de paso, enterarme de cuándo se abriría el testamento de la Impugnada y, lo que era más difícil, de su contenido.

¿Cuántos notarios habría en la ciudad? Google me lo podría decir. Después me acercaría al ayuntamiento a pedir una copia del IBI.

El buscador web encontró trece notarías. Empezaría por las más cercanas a la casa de la Impugnada. Necesitaba una historia creíble que contar.

—Notaría Tejo Solís, ¿en qué puedo ayudarle?

—Buenos días, soy Casilda Urbiés, del despacho Cueto Llanuces. —El despacho era real, había sido del padre de una amiga que, al retirarse, les había cedido el testigo a sus hijas, y el nombre era de una prima de ellas que no se dedicaba al Derecho—. Llamaba porque se nos ha traspapelado la cita de la lectura del testamento de doña Sofía Álvarez Fernández y no nos figura en la agenda. Me está preguntando mi jefa y no lo encuentro por ningún sitio.

—Espera, que te lo miro. ¿Tienes el número de registro?

Ni lo tenía ni sabía a qué se refería.

—No lo tengo. Me ha saltado un mensaje en el ordenador, he dado a aceptar por error y he borrado toda la agenda de los próximos días. Lo peor es que se me olvidó hacer copia de seguridad y como se lo cuente a mi jefa me va a matar. Estoy intentando recomponerla y arreglar el desaguisado.

—No te preocupes, que lo buscamos. ¿Sofía qué, me has dicho?

Menos mal que la solidaridad entre las secretarias era algo más que una leyenda.

—No lo encuentro. ¿Estás segura de qué es aquí?

—Pues pensaba que sí.

—¿Es para los próximos días?

167

—Sí. Esta semana, si no recuerdo mal. Aunque podría ser la siguiente.

—Pues aquí no es.

—Que lío tengo, chica. Mil gracias por ayudarme, voy a ver si lo encuentro. La que he liado.

—Mucha suerte, guapa. Y si no lo encuentras, me llamas.

Repetí la operación cuatro veces más, con idénticos resultados y más o menos complicaciones. En el tercer intento la chica que atendía el teléfono me dijo que tenía mucho trato con el despacho y «tú no eres la secretaria de siempre». En la quinta llamada ¡bingo! El testamento se leería el jueves a las diez en punto en la notaría Solís Ceyanes, en el portal de enfrente a la estatua de Woody Allen.

¿Y después qué? Una cosa era averiguar cuándo y dónde se leería el testamento y otra presentarse allí y esperar enterarse de algo. Lo bueno era que tenía tres días para pensármelo.

Estaba inmersa en mis reflexiones cuando me entró un *whatsapp*. Eugenia. Geni. La Chismes.

«Hola, guapa. Soy Geni. Graba mi teléfono. No sabes qué alegría me he llevado al verte. Otra vez conectadas después de tantos años. Hay que ponerse al día cuanto antes. ¿Qué te parece si nos tomamos un café esta misma tarde? Un besito, cariño. Qué suerte habernos cruzado hoy. *Emoticonos con besito y corazón.*»

«Una suerte loca», pensé. Pero recordé lo que me había contado Bárbara y haciendo de tripas corazón, respondí.

«Me parece una idea excelente, Geni. Yo también estoy muy contenta. Dime sitio y hora y allí nos vemos.»

«Qué bien, cariño, qué alegría me das. ¿A las seis en La Mallorquina?»

Geni era de esas personas que llaman guapa, bonita, cariño, encanto, a todo aquel que conocían desde hacía más de un minuto, que dicen «te quiero» a los diez días de haber visto a alguien por primera vez, cuando el otro solo puede pensar aquello de «yo a ti no», y que doran la píldora a todo el mundo hasta el punto de hacerles sentir o muy halagados o muy incómodos, según la personalidad de cada uno. Yo era de las segundas.

Las gestiones en el Ayuntamiento me hicieron perder parte de la mañana para enterarme de que el IBI, tanto de la calle Mon 53 como del 51, estaba a nombre de Pepe.

De vuelta en mi despacho, devoraba una generosa porción de empanada casera, sacada de uno de los muchos *tuppers* que me había dado mi madre la última vez que había ido a verla, a la vez que intentaba perder el mínimo tiempo con un caso que me habían pasado de urgencia. Era un expediente burocrático y sin interés al que había que dar salida con rapidez porque provenía de una denuncia. El funcionario experto en bajas médicas fraudulentas. Redacté todas las peticiones judiciales para obtener las hojas oficiales de la competición y los permisos para citar a los dos médicos que habían firmado sus bajas y avancé en el resto de los informes a sabiendas de la documentación que me iba a enviar la agencia.

Mientras redactaba el papeleo, mi pensamiento se iba a mi caso principal. Pensé en quién más podía ser heredero de Consuelo Álvarez, la mujer de don Marcelo. Sus hijos, sus padres y su hermana habían muerto antes que ella. ¿Dónde estaba el nieto que aparecía y desaparecía de la historia? ¿Quién era ese heredero que no sabía que la mitad de la casa que figuraba como el domicilio de don Marcelo era suya? ¿Por qué Pepe no quería decírselo y en cambio sí quería darle el dinero? Tenía dos opciones: preguntarle a Pepe sin sutilezas a riesgo de activar las alertas del anciano o consultar en el Registro Civil donde me ahogarían con la burocracia. Difícil elección, pero cada vez veía más crucial conocer ese dato para llegar al fondo del caso. El tiempo me cundió menos de lo previsto y llegué a la cita con Geni unos minutos tarde.

La Mallorquina era una confitería-café de toda la vida, con dos escaparates redondos bordeando la puerta de entrada y baldas de mármol y cristal en el interior, repletas de delicias de chocolate y pasteles recién hechos, que brillaban a base de glaseados, almendras y azúcar glas. En La Mallorquina no vendían *cupcakes* ni tartas de *fondant,* sino esos pasteles de gran calidad que en la posguerra solo estaban al alcance de los ricos y que, en la opulencia financiada a plazos de los años setenta, las familias de clase media acomodada compraban para el postre de los domingos. Cincuenta años después seguían teniendo el mismo éxito. Allí, en una de las mesas de la terraza climatizada, me esperaba Geni, con la máscara de maquillaje tan intacta como por la mañana, algo más de rímel en las pestañas y ataviada con un gran bolso de Loewe y un pañuelo de Hermès. Yo no llevaba ninguna marca visible. En mi vida anterior solo usaba complementos y ropa de grandes marcas porque tenía una imagen que mantener y muchos inversores a los que impresionar. «Si quieres que alguien te de su dinero tiene que parecer que tú tienes mucho, que sabes ganarlo y que lo harás para él. Eres una mujer en un mundo de hombres. Lo único que les hará olvidarlo es que piensen que eres capaz de multiplicar su dinero», me había dicho mi jefa el primer día que entré en el banco de inversión. A la Gracia auténtica que intentaba recuperar, nunca le habían llamado la atención y, desde que no necesitaba aparentar nada, no me había vuelto a acordar de las prendas de firmas que descansaban en mi trastero. Un psicólogo establecería el significado y la simbología de que las hubiera encerrado en el sótano, en un cuarto húmedo y sin luz.

–Hola, hola, hola, Gracia. Qué bien que hayas podido venir. Se lo he dicho a Leo, a Sol, a Noe, a Natacha y están todas deseando verte —me dijo mientras yo reconocía los nombres de mis compañeras de colegio, de pandilla adolescente y de aventuras púberes.

Aquellos nombres me despertaron recuerdos entrañables. Las relaciones que se forman en la infancia son tan intensas que, aunque se enfríen con el paso del tiempo, la conexión con ellas se mantiene toda la vida. Hacía muchos años que no las veía. Contactos puntuales en Facebook, mensajes en Navidad, alguna que otra nostálgica que aún enviaba postales físicas, fotos de los niños camufladas de calendarios en su afán por persistir más allá de las fiestas y felicitaciones de cumpleaños virtuales.

—¡Qué recuerdos, Geni! Me encantaría verlas.

—Pues, chica, te haces de rogar porque no has venido a una sola cena de antiguos alumnos, ni de Navidad ni de nada.

—Nunca me ha pillado aquí. —Me sorprendí excusándome sin que hubiera razón para hacerlo.

—Así que Jorge es el afortunado. Lo he visto en tu Facebook. Aunque no estuviéramos *linkadas,* como tienes al resto de la «pandi» he podido cotillear. Te envié una invitación hace dos años, pero no me la aceptaste.

—¿En serio? Soy lo peor —dije adaptándome a su lenguaje quinceañero. Solo le faltaba un «mola mogollón» para que me transportara a mi edad del pavo—. Una despistada total. Qué vergüenza, Geni. No lo uso mucho, entro solo de vez en cuando.

—No pasa nada mujer, si ya te conozco. En el cole eras igual de rarita. Pero ya está arreglado, ¿no? —dijo conciliadora.

—Claro que sí. Y tenemos que recuperar el tiempo perdido —asentí haciendo de tripas corazón.

Geni nunca había sido rencorosa. Ni siquiera en la primera infancia. Supuse que sería lo que los naturalistas llaman una adaptación al medio. Si Geni, con el carácter metomentodo que tenía, hubiera sido vengativa con los desplantes que recibía, se habría convertido en una asesina en serie. En cambio, ella ni siquiera parecía notarlos. Quizá, en el fondo, sabía que eran merecidos.

—Bueno, ¿dónde vives?

—¿Aquí? —respondí sorprendida ante el cambio de tema y la pregunta directa.

—Sí, claro, ¿dónde va a ser? —El interrogatorio acababa de empezar.

—Donde la Losa—. En realidad, la plaza no se llamaba así, pero le sucedía lo mismo que a la Puerta de Alcalá, que nadie la llamaba Plaza de la Independencia por mucho que ese fuera su nombre real.

—¿En qué casa? ¿No será en las casas de colores? —Geni quería averiguar hasta el último detalle. A este nivel, el café a media tarde se iba a convertir en cena con copas.

—Pues sí, ¿por? —respondí suspicaz.

—Porque el promotor es el padre de Noe ¿Te acuerdas? Es constructor. Ella trabaja con él. Es la subdirectora y en cuanto él se retire se quedará al frente de la empresa. ¿Y habéis comprado?

—Sí, hemos comprado —respondí dispuesta a enseñarle la escritura, el contrato de arras y la referencia catastral a ver si pasábamos ya al siguiente tema.

—¡Jo! Noe va a alucinar cuando sepa que le has comprado el piso a ella y no se ha enterado. Y ahora confiesa: ¿cómo fue que decidiste volver después de tantos años? Y para quedarte por lo que parece. Si fuera temporal no habrías comprado una casa.

—La otra cosa buena de Geni es que era directa con sus preguntas, no intentaba disimular sus intenciones.

La conversación continuó en los mismos términos durante casi dos horas. Me hizo preguntas sobre Jorge, su trabajo, el mío, los motivos de que dejara mi trabajo anterior y, para mi inquietud acerca de lo que ella ya sabía sobre mí, nada sobre niños. Ese tema era tabú para mí y conociéndola, me resultaba extraño que no preguntara por la muerte de Martin.

Cuando pareció quedar satisfecha para un primer asalto empezó a hablar de ella, en una especie de intento de compensar el nivel de información que cada una teníamos de la otra.

—Rafa está siempre muy ocupado. Os llevaríais bien seguro, es un adicto al trabajo como tú; y yo siempre con las niñas, que no veas qué lata dan.

—Pero si son monísimas las dos.

Era cierto, eran un calco exacto de la madre cuando era pequeña.

—Son muy simpáticas, pero no se están quietas un momento. Me agotan. Por cierto, vaya susto tu madre ¿no?

—¿Mi madre? ¿Por qué? —pregunté.

—Te has tenido que enterar seguro. Por lo de la señora esa que se tiró al patio.

—¡Ah! La Impugnada.

—¿La Impugnada? Rafa me dijo que se llamaba Sofía. La tía de Ernesto, un tío muy raro. ¿La llamabais la Impugnada? ¿Y eso?

—Pues por algo que sucedió en alguna reunión de la comunidad que se la debió pasar impugnando cosas. Cosas de vecinos. ¿Conoces a Ernesto?

—Iba a clase con el hermano mayor de una amiga, Elena Moreda. Jugaba conmigo en el equipo de hockey. Su hermano también jugaba y, a veces, quedábamos después de los partidos.

—No la recuerdo. Ha sido una muerte impactante. Era amiga de mi madre. La pobre se ha llevado un sofocón. Está deprimida. Si ya es duro aceptar una muerte natural, un suicidio descoloca todavía más. Sobre todo, cuando conoces a la persona y es lo último que esperas de ella.

—Alguna vez las vi juntas, tomando algo aquí, en La Mallorquina. Entonces no sabía quién era, pero ahora que he visto las fotos la he reconocido. ¿Qué dicen los vecinos?

—Están conmovidos. Si hubiera sido Carmina, su hermana, a nadie le habría sorprendido. Es una mujer muy peculiar, etérea, como de otro planeta. Pero ¿la Impugnada? Esa mujer era todo terreno, positiva, resuelta y muy vital. Un poco estricta e intolerante; todo un carácter y a la vez buena persona o, al menos, buena vecina. Hasta enseñó a mi madre a usar internet, que, si no es por ella, todavía está con el teléfono de marcar metiendo el dedo en la rueda y dando vueltas.

—¿Sabes que a la policía también le pareció raro? Todo el mundo les ha dicho lo mismo que tú, que parece imposible que se suicidara. Pero fue un suicidio. Los forenses están seguros de que se tiró por la ventana.

—No tenía ni idea de que lo hubieran investigado.

—Todos los suicidios se investigan. Porque, como le digo yo a Rafa, cualquiera salta por la ventana si le amenazan con una pistola. Tienes más posibilidades de sobrevivir.

—¿Desde un sexto piso? No sabría decirte cómo quedas si sobrevives. ¿Y qué te dice Rafa? —pregunté intentando eliminar de mi cabeza la imagen de Geni y el comisario hablando de los casos de la ciudad en las conversaciones mañaneras de cama, con el pijama puesto y los dientes sin lavar.

—Pues Rafa me dice que no, que veo demasiadas series americanas. Que no hay ningún indicio y que parece que se tomó su tiempo para prepararlo. Se puso una nota en la falda, ¿sabes?

—Sí, lo sé. La vio el portero y todo el vecindario. ¿Sabes si dejó algo más? Una nota de despedida a la familia, por ejemplo. Eso es lo habitual en los suicidios —tanteé.

—Sé que dejó una nota, pero no sé qué ponía porque eso Rafa no me lo puede contar. Es muy recto con estas cosas. Aún no han cerrado el caso, aunque por lo que sé, lo harán pronto. Ya les queda más papeleo que otra cosa.

—¿Sabes quién no ha venido al entierro? El padre de Ernesto. La madre era otra hermana de ellas que murió en el parto

—pregunté a ver si Geni tenía algo en su inmensa base de datos mental de trapos sucios.

—Gracia, sigues siendo una ingenua. Esa patraña de la hermana muerta es lo que cuentan ellos, pero todas las malas lenguas dicen que Ernesto es hijo de Sofía. De soltera. Un desliz que consiguieron tapar con esa historia de una tercera hermana fallecida.

—¡Anda ya, Geni! ¿Qué dices?

—Tú siempre has estado muy despistada en estos temas, pero en el colegio de Ernesto todos decían que Sofía no era su tía. Se rumoreaba que lo había tenido en Valladolid, lo dejó allí, se vino con la hermana lela para aquí y, un tiempo después, lo trajeron contando esa historia del sobrino huérfano.

—¿Valladolid? ¿Has dicho Valladolid?

—Sí, Valladolid. ¿Qué pasa con Valladolid? La familia era de allí.

—¿Estás segura?

—Pues ya me haces dudar, pero no, yo creo... No, no lo creo. Estoy segura de que eran de Valladolid. Si quieres le pregunto a Rafa, que eso sí me lo puede contar sin violar ningún secreto. ¿Qué problema hay con que sean de Valladolid?

—Ninguno —respondí mientras ataba cabos.

—¿Sabes qué? Pregúntaselo tú misma a Rafa. ¿Por qué no venís a cenar a casa? Luego tomamos una copa en casa o, si os apetece más salir, nos vamos al BBT Otra a tomar un *gin-tonic*, que está muy cerca y hay muy buen ambiente. Eso claro, si a tu marido, con eso de ser *hacker*, no le importa cenar con un comisario.

—Nos encantaría. Estate tranquila, que Rafa y Jorge seguro que se llevan de maravilla. Jorge es como un guardia de seguridad privado de internet —acepté la invitación. La pesadilla de interrogatorio que acababa de sufrir tenía que servir para algo. Para conocer al comisario. No podía quitarme de la cabeza que la Impugnada y don Marcelo Pravia fueran de la misma ciudad.

—Era broma, tonta. Sigues sin tener sentido del humor. He entendido a lo que se dedica y me parece apasionante. Además, tiene que ganar muchísimo dinero con eso —dijo la auténtica Geni de nuevo. Yendo a lo importante para ella.

—No le va mal —acepté.

Quedamos en su casa el sábado a las ocho y, con dos cafés y dos reconfortantes trufas de chocolate negro, di por concluida la jornada laboral. Había estado charlando tres horas con Geni, la Chismes, y habían sido muy productivas.

11

Después de la cena estuve charlando con Jorge sobre el caso mientras en la televisión avanzaba una película que nos había aburrido en los primeros diez minutos. Tuvimos un montón de ideas disparatadas. Entre nosotros cualquier tema de conversación era bienvenido para no hablar del pasado y mi trabajo era un filón. Había cobrado fuerza una teoría en la que la Impugnada y don Marcelo habían tenido un hijo fruto de una tórrida aventura. Don Marcelo le habría propuesto irse a vivir con el niño a la ciudad de Consuelo, su mujer, para evitar habladurías. A la luz de la mañana la hipótesis tenía lagunas serias: ¿dónde había estado el niño los dos o tres años de su vida? ¿Por qué iba don Marcelo a enviar a su amante con su hijo, fruto de una relación adúltera, justo a la misma ciudad de la que era su mujer? Cualquier otra ciudad en el otro extremo del país parecía mejor idea. ¿Por qué Chelo, su mujer, ya de mayor, iba a volver a su ciudad y mantener una relación cordial con la ex amante de su marido y el hijo de ambos? Más que lagunas, la teoría tenía los Grandes Lagos al completo. Se me antojaba inverosímil que la Impugnada hubiera tenido un enamoramiento arrollador por don Marcelo, un hombre cuarenta años mayor que ella. Claro que la Impugnada que yo conocí, también habría sido niña, adolescente y veinteañera. Habría vivido el amor, soñado con el príncipe azul y tenido cuentos de hadas, bandadas de pájaros y orquestas de violines en la cabeza. Como todo el mundo a determinada edad. Después de todo, don Marcelo sería apuesto o no, pero tenía que haber sido un hombre poderoso y reconocido en la sociedad vallisoletana de la época franquista y había personas a las que esas cualidades les resultaban seductoras. Esa hipótesis apoyaría la teoría de la evolución equilibrada de las especies, que me había contado Bárbara.

Tal vez era la diferencia generacional con la Impugnada, la que no me permitía dar credibilidad a la teoría. Las personas mayores tienen un pasado difícil de visualizar por las generaciones posteriores, que los conocen ya adultos, curtidos por sus vivencias, con menos ideales y más sentido práctico, con menos futuro y más pasado.

Aun así, muchos hechos no cuadraban.

Decidí consultar con alguien más objetivo, con menor salto generacional.

Al tercer tono respondió mi madre.

—¡Cómo has madrugado, hija! ¿Has dormido mal?

—Mamá, son casi las nueve. Ya he desayunado y Jorge está trabajando, hablando con alguien en otro extremo del mundo. Deduzco que del lado oriental, por las horas.

—Ahora que no trabajas, ¿por qué no te dedicas a descansar una temporada? Con la cantidad de tiempo que has tenido insomnio, aprovecha, duerme y cuídate.

—Mamá, no empecemos. Sí que trabajo, la única diferencia es que no tengo que ir a una oficina a una hora concreta. Hago un trabajo bastante más complicado de lo que puede parecer y me pagan por ello.

—Pero no te pagan un sueldo fijo.

—Déjalo —corté, pensando que nada ganaba con tener razón en aquella discusión recurrente—. Te llamaba por otra cosa. Así, sin pensarlo mucho. Tú, que eras de su quinta, ¿te podrías imaginar a la Impugnada de jovencita?

—Claro, Gracia. ¿Qué pregunta es esa? Tú qué te crees, ¿que los viejos no hemos sido jóvenes? Y niños también.

—¿Y crees que alguna vez pudo estar enamorada?

—Podría ser. No se casó, pero pudo haber sufrido un desamor, como tu tía Betania, que luego se quedó soltera para siempre. ¿Sabes esa historia?

—Sí, sí, me la sé —mentí. No tenía ni idea de qué me estaba hablando—. ¿Podrías imaginarla enamorada de un hombre casado, guapo, con dinero, cuarenta años mayor que ella?

—¿A tu tía Betania? —preguntó mi madre perpleja.

—No, mamá, a la tía Betania no, a la Impugnada.

—Pues no, hija, no. ¿Qué cosas se te pasan a ti por la cabeza? Sofía era una mujer muy formal y muy cabal. No era ninguna pelandrusca. Si me dijeras Carmina, que tiene la cabeza llena de pájaros, me resulta más factible, pero Sofía, no. ¡Claro que no! —se indignó mi madre.

Me reí ante el apelativo de *pelandrusca* y los convencionalismos sociales de su época. Las mujeres habíamos hecho un gran avance en los últimos cincuenta años. Todavía quedaban muchos retos por delante y no iba a ser fácil. Me entristeció pensar que mi propia madre hubiera vivido sometida a las reglas de una sociedad que imponía tantas restricciones a la mujer. La buena noticia era que ella parecía haber sido feliz. Y, si había echado algo de menos, no iba a compartirlo conmigo si no era necesario. Me pregunté cómo se tomaría lo del embarazo de Bárbara sin padre conocido ni por conocer. Pero eso era otro asunto.

—Mamá, olvídate de las barreras morales. Imagínate a una Sofía joven, estudiando para ser maestra y a un hombre ya mayor, adinerado, que la corteja —había decidido mimetizarme con mi madre y el vocabulario de su época—, que la engaña sobre su estado civil o que le cuenta cualquier patraña de que su mujer está enferma o que no lo quiere y que está atrapado en un matrimonio infeliz y se declara una y otra vez. ¿Podría la rectísima Impugnada, en su tierna juventud, haber hecho locuras por amor? Antes de responder lo primero que te venga a la cabeza –la corté cuando ya empezaba a protestar–, recuerda que es la misma persona a la que no creíamos capaz de suicidarse y se tiró por el balcón de su cocina.

–Ya no sé qué decirte, hija. Todo puede ser en esta vida. –Mi madre titubeaba. La había hecho dudar y ver la hipótesis como plausible. Lo importante para mí era que, si en su cabeza podía existir, podía haber pasado en la realidad. –Todo esto que me cuentas me parece muy fantástico, pero no es imposible, no sería la primera vez que pasa algo así. Mi vecina de la infancia tuvo un hijo sin padre, pero Nélida era un poco casquivana. No era como Sofía.

–¿Y qué hicieron con el hijo? –El cambio de tema me interesaba.

–¿El de Nélida? Pues fue una niña, Celia. Se la quedó. No se casó, claro. La sociedad era muy distinta en aquellos tiempos. Nélida era muy guapa y tuvo amantes que la mantuvieron toda la vida y pudo ahorrar para tener una vida desahogada cuando se hizo mayor. La parte económica la solucionó muy bien, no malgastó y se fue garantizando su jubilación y los estudios de la niña. Celia estudió medicina, como Bárbara. Ahora es internista y trabaja aquí en el hospital.

–¿Lo que hizo esa vecina tuya, Nélida, era lo normal?

–Pues claro que no. Lo normal era buscarse un novio y casarse.

–No me refiero a eso –corregí–. Las chicas que se quedaban embarazadas, ¿se quedaban con el niño? ¿Cómo hacían?

–Pues, hija, no sé. Había de todo. Las casas cuna estaban llenas de niños, no como ahora, que no hay niños para adoptar. En aquellos tiempos lo de adoptar era muy raro. Se hablaba de más de una que había desaparecido unos cuantos meses con la excusa de ir a Castilla por el clima seco. Había muchos casos de tuberculosis y la humedad del norte hacía más difícil la recuperación. A veces, era por enfermedad, pero otras embarazadas, dejaban al niño en un orfanato y al poco volvían como si no hubiera pasado nada, se casaban y seguían con su vida. El aborto, entonces, no era una opción. ¿Por qué me preguntas todo esto?

—Porque estoy contrastando la teoría de que Ernesto sea hijo de la Impugnada —solté.

El silencio al otro lado de la línea se me hizo interminable.

—No sé qué decirte. Lo cierto es que todo es un poco raro porque a este niño le han consentido todo, mucho más de lo que se debe consentir a alguien para que se convierta en un adulto feliz. Años y años en la universidad sin terminar de estudiar nada, ropa de marca, coche, dinero para salir, sin trabajar jamás y sin hacer nada más que gastar un dinero que nunca aprendió a ganar. No conoce ni el valor del esfuerzo ni la satisfacción de hacer algo por sí mismo. Se lo han dado todo hecho y le han quitado las opciones de hacerse adulto y volar. Es un desastre que no sabe controlarse a sí mismo: vago, tragón, fumador y empina el codo más de la cuenta. Ya tiene cuarenta y tantos, pero las tías nunca se han puesto firmes y se les cae la baba con él. Me cuesta mucho pensar que tuviera esa ceguera con el hijo de una hermana muerta hace tanto tiempo. Una cosa es mimarlo, darle el mejor hogar y los mejores estudios, pero otra cosa es lo que han hecho ellas. Han dedicado su vida y muchos esfuerzos económicos a que él tuviera todo lo que quisiera. Sin medida. Como si se sintieran culpables de algo y quisieran compensarle. Y te digo, Gracia, que el gran perjudicado es él porque lo que han hecho Sofía y Carmina es fabricar un inepto. Ernesto es buen chico, pero es un inútil total.

—Me dejas de piedra, mamá.

—Esto que te he dicho no lo vayas contando por ahí —me advirtió—. Si se entera Carmina que yo he dicho algo así tendré un problema con esta familia y no quiero terminar mal con ellos. Ahora está aquí el Antonio este, que no lo puedo ni mentar, no lo soporto, pero Carmina, aunque le falte un hervor, es muy buena vecina. Y el ojito derecho de Sofía, que se portó muy bien conmigo.

—No te preocupes que esto no es para chismorrear. Aunque puedo confirmarte que ya se cotillea sobre el origen de Ernesto. De hecho, ya se rumoreaba cuando él era un niño. Solo quería contrastar contigo la posibilidad de que pudiera ser cierto.

—¿Cómo sabes que se cotilleaba? Aunque no me extraña nada. Ya te digo que el comportamiento de ellas con él siempre fue motivo de comentarios entre los que las conocían.

—Me lo dijo Geni, ¿te acuerdas de ella? Del cole. Vivía cerca del Club de Tenis. Su padre trabajaba en la radio y su madre es ginecóloga.

—No sé, no caigo.

—Bueno, da igual, es la mujer del comisario. Van a cerrar el caso como suicidio.

—O sea, que sí que se suicidó. No fue un accidente.

—El cartel de la falda descarta que fuera un accidente.

—Yo aún tenía esperanzas. ¿Por qué no vienes a comer hoy? —me invitó, recuperando su espontaneidad habitual.

—No puedo, mamá. He quedado con Sarah.

La conversación con mi madre había sido mucho más productiva de lo que esperaba cuando la llamé. Yo no habría sido capaz de analizar la relación de Sofía y Carmina con Ernesto desde el mismo ángulo que podía hacerlo ella, después de toda una vida de tratar con la gente en su faceta más personal. Mi experiencia era diferente. Me había focalizado en tratar con inversores, analistas, accionistas, consejeros, políticos y demás fauna del mundo de las finanzas, en el que cada paso que dábamos estaba modelado por años de estudio y práctica de técnicas de negociación. Ya no recordaba el nombre de los indiferenciables *coaches* que llegué a tener en mi vida anterior, con los que analizaba cada operación perdida o ganada, para no volver a cometer el mismo error la próxima vez y para repetir las fórmulas de éxito, fuera a costa de quien fuera. Había pasado muchos años lejos de las personas normales, de la verdadera naturaleza humana, mientras que mi madre no conocía otro mundo que no fuera ese.

Un *whatsapp* vino a sacarme de mis reflexiones.

«A las médicas también nos apetece ser mamás normales. Quiero quitarme la bata blanca por una hora. ¿Me acompañas a la ecografía?» Era mi hermana.

«Cuenta conmigo. ¿Cuándo es?»

«Mañana sobre las cuatro, cuando terminen las consultas externas, así me la hace una compañera en la que confío.»

Necesitaba unas horas de tranquilidad para ver el caso desde la posibilidad de que Ernesto fuera hijo de don Marcelo y la Impugnada o incluso, tal como había apuntado mi madre sin quererlo, de don Marcelo y Carmina. Esta opción me chirriaba más, aunque conociendo a las hermanas, cuadraba más con el carácter de Carmina enamorarse de un militar casado cuarenta años mayor que ella. Sin embargo, me parecía más fácil que Carmina se encariñara con su sobrino, hijo de la hermana que hacía de cabeza de familia, que no al revés. Aunque con el instinto protector de la Impugnada sobre su familia, también podría haber ocurrido que se hubiera responsabilizado de su hermana pequeña, débil y frágil y de su bebé. En ese caso, ¿por qué era ella la representante legal de Ernesto y no Carmina en la escritura del inmueble de la calle Mon? ¿Solo por ser ella quien se encargaba de la economía familiar? ¿Tal vez porque no consideraron a Carmina capacitada para ello? En cualquiera de los escenarios ¿dónde había estado Ernesto sus primeros años de vida? ¿Se había quedado con los abuelos en Valladolid?

Lo que no terminaba de cuadrarme era que Chelo le dejara el inmueble de su familia al hijo de su marido, fruto de una relación adúltera durante el matrimonio. ¿Por qué iba a hacerlo? Ella tenía el doloroso vacío de haber perdido a sus hijos, pero de ahí a encariñarse con Ernesto y dejarle en herencia la mitad de la casa de sus padres había mucha distancia. Necesitaba hablar con Pepe. Tendría que contarle parte de la verdad. Si Pepe era el estafador que estaba buscando, hacerlo me cerraría todas las puertas.

Me arreglé rápido para acudir a mi cita con Sarah. Esa vez la que llegó tarde fue ella. Cuando iba a llamarla, la vi bajar la calle del restaurante a paso rápido con la melena húmeda, unos *leggings* y un ancho jersey rosa con un enorme fular al cuello de tonos rosas y grises. Con una sonrisa permanente y mucha seguridad en sí misma, recibía muchas más miradas furtivas que el resto de sus congéneres.

–Disculpa el retraso, he tenido que darme una ducha a última hora. Se me ha reventado una bolsa de gel frío y me he puesto perdida.

–Ni te preocupes, vamos a comer, que estoy hambrienta.

Hacía días que no nos veíamos y me apetecía pasar un rato con la única amiga cuya compañía me reconfortaba. Había cortado la relación con todos los demás por un tiempo. No me entendieron cuando les expliqué las razones de mi cambio de vida. Muchos pertenecían a mi mundo laboral y entender que yo me sintiera culpable por mi contribución a los problemas de la economía global, aunque no lo fuera legalmente, les habría supuesto cuestionarse ellos mismos y para eso cada uno tiene su momento en la vida. Si era honesta conmigo misma, esa fue la única razón que expliqué, pero no era la principal. La verdad era que no quería nada de la vida que había vivido con Martin. Me torturaba pensando que, si Jorge o yo hubiéramos estado con él en casa en vez de en sendas cenas de trabajo, Martin estaría vivo. Aquella noche, Jorge estaba cenando en Atlanta con los responsables de seguridad de una gran multinacional y yo estaba intentando averiguar qué podía ofrecer a dos comisionados financieros a cambio de su voto positivo. Cuando me encontrara con fuerzas retomaría la comunicación con los que echaba de menos.

Nos fuimos directas al Vinoteo, mi restaurante favorito.

—¿Setas empanadas rellenas de cecina y queso gamonedo? —preguntó Sarah, ojeando la carta en busca de los platos de siempre y las novedades de temporada.

—Estupendo.

—Y ¿si pedimos otro tipo de setas? ¿O va a ser mucha seta?

—Nunca es mucha seta. Estamos en otoño. ¿Qué te ha llamado la atención?

—Los níscalos con patatas, huevo trufado y bechamel.

—¡Qué bien suena! Si nos quedamos con hambre, pedimos un postre.

Casi no nos dimos cuenta de que el pequeño comedor del Vinoteo se había llenado mientras nosotras comíamos. Estábamos dando buena cuenta de los níscalos cuando Sarah, que estaba sentada mirando hacia la escalera, abrió los ojos con estupefacción.

—¿Pasa algo? —pregunté reteniendo el impulso de darme la vuelta.

—Pasa que tu marido acaba de entrar con una rubia imponente y se ha quedado frío al vernos.

Me di la vuelta y allí estaba Jorge, con cara de pasmo y una chica rubia que llamaba la atención por su físico. Era más joven que él. Y, lo que era más importante, más joven que yo.

Jorge se acercó a nuestra mesa. Tenía un talento innato para comportarse con naturalidad en cualquier situación.

—Hola, cariño —me saludó con un beso en los labios—. No esperaba veros aquí. ¿Cómo estás, Sarah? No te levantes,

185

seguid comiendo, que nosotros nos vamos a otro sitio. Aunque me quedo con las ganas de probar... ¿Qué es eso tan bueno que estáis tomando?

—Níscalos —respondió Sarah—. Espectaculares.

—¿Por qué os vais a ir? ¿No nos presentas? —le pregunté con solo media sonrisa porque la otra media se negó a salir, y un poco de cabreo que se negó a quedarse dentro.

—No, mi amor —respondió con una sonrisa de oreja a oreja—. Te veo luego en casa.

—¿Y me cuentas?

—¿Te cuento el qué?

—Por qué no puedes quedarte a comer en el Vinoteo con la persona que has quedado si estamos nosotras aquí.

—Pues no, eso no te lo voy a contar. De cualquier otro tema, te cuento lo que quieras.

Y con un beso en mi moflete derecho, se fue sin dar más explicaciones.

—Hay que reconocer que con tu marido es muy difícil enfadarse —dijo Sarah una vez recuperada de la impresión.

—¿Y esa tía quién era?

—¿Desde cuándo eres celosa? No me preocuparía mucho porque desde luego él no ha disimulado que esté contigo.

—No soy celosa, puede ser cualquier comida de trabajo, aunque los clientes de Jorge no están aquí. Además, si es una comida de trabajo, ¿por qué se van? Has de reconocer que el secretismo ha sido chocante. ¿Por qué no nos la ha presentado?

—Sí, ha sido raro. Y no serás celosa, pero tú a mí no me engañas y estás muy mosqueada. Cuando has intentado sonreír como si no te importara se te ha puesto la misma cara que al Joker de Batman —dijo Sarah con una carcajada.

—Sí que lo estoy, pero lo negaré con cualquiera que no seas tú.

—Bueno, investigadora, aquí tienes un caso paralelo donde husmear.

—No pienso perseguir a Jorge. Solo me faltaría convertirme en una mujer insegura y fiscalizadora —negué con rotundidad.

—No es lo que dice tu cara.

—Vete a cag... —respondí.

Estaba enfadada conmigo misma, no por lo que había dicho Sarah sino porque si no iba a fisgonear no iba a ser por seguridad en la solidez de mi matrimonio, tan malherido como necesario para mí. No estaba preparada para enfrentarme a nada que pudiera hacer tambalear también esa parte de mi vida. No soportaba la idea de perder a Jorge. Vivía con la convicción de que algún día hablaríamos de todo lo que no habíamos hablado en los últimos tres años y todo se arreglaría entre nosotros.

—Olvídalo —me aconsejó Sarah— y no te preocupes, que si tuviera algo con ella no la traería a un restaurante donde os conocen. Ahora vamos a concentrarnos, que tenemos menos de una hora para planificar qué le contamos a Berta Llorente.

Cuando terminamos de comer, nos dirigimos hacia la consulta de Berta.

El portal de la casa de Berta era antiguo, modernizado en los noventa y objeto de un intento de recuperación en las últimas dos décadas cuando lo *vintage*, lo antiguo y lo señorial volvieron a ocupar su lugar de honor en el *top* de la elegancia y el buen gusto. Había cosas que no tenían arreglo, como el modernísimo ascensor más propio de un rascacielos neoyorkino que de un edificio de los años veinte, con voz, pantalla digital que indicaba los números de planta y puertas correderas de acero. Otras, en cambio, se habían salvado de la quema, como las dos columnas de mármol a cada lado de los tres escalones, que partían en dos alturas el rellano. La puerta de entrada, de hierro forjado negro, grande, imponente y pesada, era un intento bastante conseguido de imitar la puerta original, sustituida en los años setenta por unas de aquellas endebles puertas de aluminio que poblaron los portales por más de dos décadas. La recordaba de pasear por allí durante mi infancia. Hasta intuía que más de una vez habría hecho la travesura infantil de llamar a los telefonillos para salir corriendo antes de que respondieran los vecinos. La garita del portero, Joaquín, amigo de Evaristo, conservaba la madera original o algún restaurador había hecho un excelente trabajo. Berta no tenía placa en el portal, así que nos acercamos a preguntarle.

—Veníamos a ver a Berta Llorente.

—Primera planta, puerta D, por la escalera del fondo. Continúen por este pasillo y al final verán la otra escalera, justo al lado del montacargas.

Nos abrió una mujer de unos cincuenta años y nos invitó a pasar a una sala de espera muy amplia ocupada por unos sofás enormes de cuero blanco, una estantería del mismo color que cubría las paredes laterales, llena de libros sobre astrología, vida después de la muerte y relatos sobrenaturales que, en un ambiente tan moderno como el de aquel salón, tenían muy poco de estremecedores. Dos balcones tapados con visillos semitransparentes con la misión de proteger a los clientes de las miradas indiscretas del edificio de enfrente, dejaban pasar la luz del sol que se reflejaba en el blanco del mobiliario. Para entretener la espera, prensa rosa del último mes donde se mezclaban los nuevos y efímeros famosos con los de siempre.

No habían pasado más de diez minutos cuando Berta nos recibió en su consulta. Su despacho era más parecido a lo que podíamos esperar de una vidente. Muy amplio, sobrecargado de libros y objetos en un descuido más que planificado, con mucha madera oscura que contrastaba con el blanco impoluto del salón y las ventanas tapadas por unas cortinas tupidas que no permitían adivinar el momento del día. Toda la habitación estaba decorada con multitud de artilugios étnicos y no tan étnicos, pero relacionados con la más variada chamanería clásica:

desde las tópicas bolas de cristal hasta múltiples barajas de tarot, cuencos tibetanos, palos de lluvia, máscaras africanas, e incluso cerbatanas amazónicas, que no sé si tenían algo que ver con la predicción del futuro pero que, además de ser bonitas, contribuían a crear atmósfera. Un ambientador bien escondido desprendía un olor ambarino.

En el centro de la sala había una mesa redonda, baja, de estilo árabe, acompañada por unos grandes butacones de mimbre con alegres cojines de colores. Había que reconocer que Berta era una gran conocedora de la psicología humana. El efecto de pasar de un salón minimalista, moderno e impecable a su consulta era el mismo que abrir una puerta del tiempo y encontrarse de repente en otro mundo. Te transportaba a otra realidad, colocada en el punto en que a Berta le interesaba para iniciar su sesión.

Me gustaba reconocer la profesionalidad en cualquier tipo de trabajo, aunque fuera el de engañabobos. Como solía decir mi abuela paterna, lo bien hecho bien parece. O como decían los conferenciantes de moda, hagas lo que hagas, hazlo excelente.

Berta nos analizó con mucho disimulo durante unos instantes. Me pareció que estaba decidiendo qué papel le tocaba interpretar. Si era tan buena como parecía, no se mostraría igual ante una clienta como Carmina que ante nosotras.

Extendí la mano para presentarme.

–Berta Llorente, encantada –respondió–. Sentaos, por favor– dijo, y nos señaló los sillones de mimbre cubiertos de cojines de colores que me habían llamado la atención al entrar–. ¿Qué os puedo ofrecer? ¿Una Infusión? Tengo una gran variedad de tés. ¿Zumo? ¿Café?

–Un poco de agua estaría bien, gracias.

Abrió una puerta de madera y, al más puro estilo minibar de hotel, sacó tres botellas de agua mineral fría y tres copas de cristal.

—¿En qué os puedo ayudar?

—Se trata de mi madre —fui al grano. A un grano que habíamos planificado con mucho detalle—. Hace unas semanas murió una amiga suya de forma... inesperada —hice una pausa larga como si me costara encontrar las palabras—. Ahora mi madre está convencida de que siente su presencia en casa y quiere decirle algo, pero no sabe qué.

Me quedé callada, en un intento de forzar a Berta a continuar la conversación. Las personas tendemos a rellenar los silencios con palabras y ahí es cuando hablamos de más. No cayó en la trampa. Berta sabía manejar a las personas sin dejarse manipular.

—¿Siente su presencia?

—Sí. Con ella —seguí muy escueta—. En casa.

—Explícame un poco más.

En ese punto de la conversación, intervino Sarah tal como habíamos programado.

—Adela, la madre de Gracia, está convencida de que la Impug..., perdón, Sofía, su amiga, ronda la casa y quiere decirle algo. La muerte no fue natural, se tiró por la ventana del patio, y a Adela le impresionó mucho el suceso. A Adela y a todos los que la conocían porque no se lo esperaba nadie. No era una señora de las que se suicidan. Era muy cabal, no sé si me explico. Si hubiera sido Carmina... —apuntó Sarah con el más cuidado descuido—, pero bueno, eso no viene a cuento. El caso es que Adela siente que Sofía está intentando decirle algo. Y no piense que Adela está perdiendo la chaveta, ni mucho menos. Ella misma está maravillada con lo que le está pasando. Eran amigas, pero Adela ya sabe lo que es perder gente cercana, mucho más cercana, y esto de sentir a un muerto no le había sucedido nunca. Al principio, creyó que era solo fruto de la impresión. Que se suicide tu amiga y que tú ni siquiera hayas notado que estaba deprimida, da que pensar. Se siente culpable por no haberse dado cuenta de que Sofía tenía problemas y no haberla ayudado a tiempo. Nosotros también pensamos que era fruto de la conmoción, pero pasan los días y cada vez la siente con más fuerza. Creemos que se está asustando. Ha pensado en consultar a un neurólogo por si está teniendo problemas de riego en el cerebro, que no sería extraño a su edad. En cualquier caso, está nerviosa y queremos ayudarla —explicó Sarah, mientras me daba a mí la oportunidad de observar cómo Berta recibía toda esta información.

Berta se mantuvo inexpresiva durante el chorreo verbal de mi amiga. Solo asentía muy seria. No se me escapó que, cuando oyó de quién se trataba, su gesto reflejó algo que me pareció cautela.

– Lo primero que tengo que deciros —empezó Berta—, es que no creo que tu madre se esté volviendo loca, Gracia. Eso tampoco quiere decir que Sofía, su amiga... ¿Cómo la llamabas, Sarah?

—Un apodo familiar, da igual.

—Te decía que eso no significa que Sofía se le esté manifestando ni que quiera decirle algo. Muchas veces los muertos, sobre todo en muertes violentas como la de Sofía, tardan en encontrar su camino. Mientras tanto, deambulan por los sitios que conocen, sin más objetivo que encontrar su nuevo destino. Es posible que tu madre sea más perceptiva que el resto de las personas. Si es así, en unas semanas, esta sensación desaparecerá.

Me pregunté por qué quería quitarnos Berta de la cabeza el hecho de que la Impugnada quisiera decirnos algo. No llevaba mucho de investigadora, pero empezaba a tener deformación profesional.

—Tengo anotado en la ficha que venís de parte de Carmina.

—Eso es. Es la hermana de Sofía. A Carmina no le he contado el motivo real de la consulta porque, con el mal momento que está viviendo, no considero que le venga bien saber que Sofía deambula por la casa de mi madre. Tú conoces a Carmina, Berta. No es la mejor información para darle y mucho menos cuando no tenemos claro si pasa algo grave o si lo que ocurre es que mi madre está muy impresionable.

—Es comprensible. Como dices, es mejor no contarle esto a Carmina. ¿Tu madre sabe que habéis venido?

—No. No te ofendas, pero ella no aprobaría la visita —dije, aunque quizá mi madre habría estado encantada de verse en aquel despacho, preguntando a Berta si volvería a tener nietos o si Bárbara iba a casarse.

—Bueno, mucha gente no acude aquí hasta que se ve en una situación en la que lo necesita —me respondió Berta con una amplia sonrisa—. Seguro que vosotras tampoco habíais pensado nunca en venir.

—No, nunca —admití.

—Gracia ni siquiera sabía quién eras —reforzó Sarah—, pero tienes razón, uno no se plantea ir al traumatólogo hasta que le duele un hueso, ¿verdad? Berta, por favor, dinos, ¿qué podemos hacer? Además de esperar, quiero decir, porque tenemos miedo por Adela, está muy afectada, y también nos preocupa que se lo cuente a Carmina y que entre las dos se imaginen una película de la que nos cueste mucho sacarlas.

La idea de mi madre contándole a Carmina que el espíritu de Sofía la rondaba pareció inquietar a Berta, que se apresuró a responder:

—¿Sería viable traer aquí a Adela? Necesito que esté presente para poder trabajar en esta situación que me planteáis. Podemos intentarlo sin ella, pero va a ser mucho más difícil conseguir resultados.

—Complicado—respondí—. Si la traemos, será a regañadientes y no sé si vendrá muy predispuesta. No lo tomes a mal, hay barreras difíciles de vencer —expliqué con fingida complicidad.

—Las veo a diario. De hecho, me sorprende vuestra apertura a estos temas. Mucha gente se cierra a la existencia de otras dimensiones espirituales.

Sus palabras sonaron como un aviso de que no se estaba tragando del todo la escena que estábamos representando, pero también podía ser solo una suspicacia propia de los que estábamos acostumbrados a desconfiar de todo el mundo. En los negocios hasta los amigos eran potenciales enemigos. Más peligrosos que ningún otro porque la cercanía les da una visión más certera de tus puntos débiles.

—¿No sería mejor verla en su propia casa, Berta? Adela solo nota esa presencia allí —preguntó Sarah como si acabara de tener la idea—. Es una anfitriona estupenda y, si vas tú a visitarla, no querrá quedar mal. ¿Quién sabe? Es posible que tú también sientas a Sofía. Nosotras hemos estado en la casa y no hemos notado nada, en cambio, con tus conocimientos y tu sensibilidad, estar en el lugar puede hacerlo más fácil.

Para mi sorpresa, Berta aceptó la propuesta sin dilación. Antes de irnos, le pidió a Sarah que nos dejara un momento a solas.

—Gracia —me dijo cuando Sarah salió de la habitación—, no te preocupes por tu marido, te quiere mucho. No hay más mujeres en su vida. Y, aunque ahora te cueste creerlo, tendrás otro bebé y serás feliz con él. Tu vida aquí te traerá lo que has venido a buscar.

La parrafada me pilló tan desprevenida que me petrifiqué como si hubiera mirado a una gorgona. Un escalofrío me recorrió la espalda de abajo a arriba, frené a tiempo las palabras que mi cerebro primario envió a mi boca y respondí con un «gracias», tan gutural, que ni al menos observador le habría pasado desapercibida la impresión que me había causado. Berta había dado en el blanco: un tiro certero, directo a mi punto más débil.

—¿Qué te ha dicho? —me preguntó Sarah en cuanto salimos al aire libre de la calle—. Has salido blanca.

—O aprendo a disimular mejor o voy a tener muchos problemas. Desde que he empezado este caso no me reconozco. Antes era mucho más fría.

Le conté la conversación con Berta.

—Esta es una ciudad pequeña. Unos cientos de miles de habitantes parecen muchos, pero no son tantos como para no poder enterarte de la vida pública y la que ellos creen que es privada de los que te interesan. Seguro que esta mujer investiga a la gente que va a su consulta antes de recibirlos. El éxito de su representación consiste en saber cosas que sus clientes creen que no puede saber. Tú pediste la consulta y ella se ha enterado de quién eres, de dónde vienes y qué te pasa. Le has dado hasta la referencia de Carmina, se lo has puesto fácil. Lo que no sabía Berta es que te acompañaba yo y, por eso, a mí no me ha dicho nada. Te ha cogido a solas para evitar que yo le preguntara. No te dejes deslumbrar por un truco barato. No es propio de ti. Te invito a un café caliente a ver si recuperas el color.

—No, café no, que ya me he alterado bastante. Me apetece un helado, que no hemos tomado postre. ¿Vamos a tomar un helado a Verdú?

—¿Quieres un helado? Hace 10 grados, llovizna y está desagradable. Yo prefiero algo caliente.

—Para ti algo caliente y para mí una copa de dos bolas, una de chocolate negro y otra de turrón. Con salsa de chocolate. ¿Cómo sabe lo de Jorge?

—¿En serio, Gracia? No lo sabe. Ha sido una frase a boleo. Ha coincidido con lo que ha pasado hoy. Si le dices eso a cualquier mujer que lleva más de diez años casada, seguro que alguna chica le viene a la mente. Gracia, tía, parece mentira que esta farsante te haya alterado. Tú, mujer de hielo, ¿te estás derritiendo aquí? Berta es muy buena en lo que hace, pero ¡es una actriz! No caigas en la trampa.

—Tienes razón. Ahora me da vergüenza haberme dejado impresionar. —Las palabras de Sarah hicieron su efecto—. Vamos a por ese helado al que le voy a quitar una bola y la salsa de chocolate para no arrepentirme luego y a por ese café.

La lluvia fina y constante que nos caló en las escasas manzanas que caminamos sin paraguas, lejos de molestarme, me relajó y se me ocurrieron mil explicaciones para que Berta Llorente supiera lo que le había ocurrido a Martin. Me sentía avergonzada por haber picado en un truco de mentalista barato. La rubia con la que estaba Jorge dejó de parecerme importante y nada en su actitud decía que debiera parecérmelo. Fuera lo que fuera, no nos iba a afectar. Era un buen día y así iba a repetírmelo a mí misma hasta que me lo creyera. El encuentro con Berta había sido de lo más productivo. Estaba deseando organizar la sesión en casa de mi madre.

—Vamos a ver cómo está de nublada tu capacidad de razonar —retomó Sarah con una sonrisa burlona, una vez que dio cuenta de su café bombón con doble de leche condensada. El dulce nos había mejorado el humor y la aplastante sensación con la que salí de la consulta se había desvanecido.

—¿A qué te refieres?

—¿Te fijaste cuando Berta abrió el armario de la nevera?

—Sí, está pensado para no dejar a nadie solo dentro de su santuario. O, tal vez, es cuestión de comodidad.

—No me refiero a eso. ¿Viste qué más había en el armario?

—¿Copas, posavasos, servilletas? —jugué a adivinar.

—Más arriba.

—No, no vi nada que me llamara la atención. Que el armario tenía cerradura, pero la llave estaba puesta. ¿A qué viene este acertijo?

—A que te voy a dejar en la farmacia y yo me voy a ir a investigar. Bien por lo de la cerradura del armario, pero ¿no viste otra nevera más pequeña encima? ¿Una caja color plata con un cristal en el frontal?

—Había algo en la estantería de arriba, sí, pero no vi lo que era. Tú estabas de frente. En cambio, desde mi sitio, la puerta del armario solo me dejaba ver un hueco del interior de no más de diez centímetros. Suficiente para ver que abría una nevera y que sacaba el agua y las copas. Nada más.

—Venga, vale, te lo paso por eso, no tenías ángulo de visión. Arriba tenía otra nevera.

—¿Tal vez le guste tener cervezas frías? ¿Hielo? ¿Dónde quieres ir a parar?

—Era una nevera con combinación, de las de laboratorio.

—¿Cómo una caja fuerte?

—Exacto, pero de frío.

—¿Para guardar medicinas?

—Todo tipo de sustancias químicas. En los laboratorios se guardan bajo llave las drogas, los cultivos y los venenos. Lo que guarda ella no lo sé, pero tenía la combinación activada. Parpadea una luz roja cuando lo está. La cerradura en el armario con la llave puesta da que pensar. ¿Te fijaste que había más puertas con cerradura, pero ninguna tenía la llave? A lo mejor Berta sí que consigue que algunos de sus clientes vean espíritus. Como tú misma dices, desde donde tú estabas, a su lado, no se ve cómo sirve las bebidas.

—¿Alucinógenos? Lo veo peligroso.

—Dices que Carmina parece ida. Y la ve todos los días.

—Carmina nunca ha estado muy cuerda y eso es anterior a Berta, aunque es cierto que está peor que nunca. No sé, Sarah, si tus sospechas son ciertas, Berta corre muchos riesgos. Jugar con sus clientes a las drogas la puede llevar a la cárcel por homicidio, si alguno muere o enferma como consecuencia de ingerir algo así. ¿Y si le da un infarto a un alérgico después de que esta tipa le dé algo?

—Salvo que se tiren ellos mismos por una ventana, ¿no crees? Error de cálculo.

—¿Qué estás insinuando? ¿Que Berta le dio drogas a la Impugnada para que saltara por la ventana? ¿Cómo? No era clienta suya. Me cuesta incluso pensar que la Impugnada aprobara que Carmina fuera a verla. Además, ¿cómo se calcula lo que va a hacer alguien drogado? Le puede dar por cualquier cosa. Esto es como los borrachos, cada uno saca lo que lleva dentro: Unos lloran, otros cantan y otros cometen asesinatos o maltratan a sus hijos. Eso no lo hace el alcohol, el alcohol solo les ayuda a liberar lo que llevan dentro. Las drogas actúan igual. Si uno quiere suicidarse le ayudan a saltar, pero si no tiene intención de hacerlo... ¿lo pueden provocar? Tú eres la experta.

—Las drogas y el alcohol son distintas. Hay drogas que provocan visiones y si ves en tu cabeza que algo horrible te persigue para torturarte y matarte, es posible que la idea de saltar por una ventana pueda parecerte buena. Por eso son alucinógenos. Con un poco de sugestión previa se puede dirigir la alucinación. No sé lo que ha pasado, solo se me ocurre la posibilidad. Lo que digo es que a Berta se le puede haber ido la mano. Y que la gente mayor es más supersticiosa. En caso de apuro, hay personas que acuden a videntes, curanderos y todo tipo de charlatanes. Crecieron en una época en la que la ciencia no estaba tan avanzada ni al alcance de todos. Me voy por las ramas, no sé lo que ocurrió. Lo que sé es que esta señora tiene una nevera de laboratorio en su despacho, de las buenas, no una cualquiera, con la combinación activada y en un armario con llave, al lado de las bebidas que sirve a los clientes. Es muy fácil hacer cualquier tipo de infusión de una planta alucinógena mezclada con una menta poleo.

También pienso que es la vidente con más éxito que conozco y, si a todo esto le sumamos que la hermana de una de sus mejores clientas se ha suicidado en circunstancias inverosímiles, el día que vaya a ver a Adela vamos a estar las

197

dos muy pendientes de que no se acerque a nada que beba o coma tu madre, ¿te parece?

—Tienes razón. Vamos a observar y a evitar el peligro. Si la Impugnada hubiera tomado alguna droga, ¿no habría salido en la autopsia? —insistí tozuda, aunque conocía la respuesta.

—Ya te dije, Gracia, que hay tantos tipos de drogas que, si no las están buscando, es raro que se descubran. Y no digo que le dieran drogas para matarla, sino que se las pudieron dar para hacerla *creer* y que esto pudo ser un efecto secundario no esperado. O sí.

—Y la relación entre la familia de la Impugnada y el caso de don Marcelo, ¿cómo la explicas?

—Porque el mundo es muy pequeño —replicó Sarah—. De ahí a que alguien se la haya cargado por la pensión de un señor que lleva muerto treinta años, hay un gran salto.

—Por la pensión no, por no ir a la cárcel. En cualquier caso, tienes razón, tenemos que enterarnos de qué guarda ahí esta señora.

—Pastillas para la alergia no son —bromeó Sarah.

—Estoy pensando que, si es tan fácil, ¿cuántos crímenes pasarán por muertes naturales?

—No tantos. Tienen que encontrar en la autopsia una causa natural que explique la muerte o signos evidentes de accidente; si no es así, investigan más. O eso creo. Ya sabes que dicen que, aunque la gran mayoría de las personas condenadas por asesinato son hombres, no hay más asesinos hombres que mujeres. Cambia el método. El hombre es agresivo, usa la violencia. La mujer es más paciente y reflexiva, usa el veneno y otros métodos mucho más lentos, delicados y difíciles de descubrir. Imagina cuántos crímenes no descubiertos ha podido haber a lo largo de la historia. El crimen perfecto no es aquel en el que no se descubre al asesino sino el que nunca se sabe que es un crimen.

Cuando llegué a mi despacho eran casi las seis. Tenía muchas llamadas perdidas, un montón de mensajes no leídos, mucho que hacer y pocas ganas de trabajar. Ni siquiera encendí el ordenador. No podía dejar de pensar en Bárbara, en la Impugnada, en Ernesto, en mi madre, en Jorge, en mí y en todo lo que habíamos perdido por el camino. Sin darme cuenta, empecé a llorar. Lloré por todas las cosas tristes que recordaba, por los ancianos, por las injusticias del mundo, por lo que Bárbara iba a tener que enfrentar, por el bebé que estaba en camino, tan frágil, tan inexperto, con tanto por disfrutar y tanto por sufrir. Y, sobre todo, lloré por Jorge y por mí. Lloré por Martin, nuestro hijo muerto antes de que pudiera descubrir el mundo y lloré por todos los hijos que nunca me atrevería tener.

12

El día anterior había acompañado a Bárbara a la primera ecografía del embarazo. El bebé se había negado a dejar que la ginecóloga viera sus partes íntimas, a pesar de que esta lo intentó durante un buen rato para satisfacer la curiosidad de mi hermana. Por lo demás, todo estaba perfecto, aunque los resultados definitivos del conjunto de pruebas que le habían hecho tardarían una semana. Sería el momento de contárselo a mi madre y, si la conocía tan bien como creía, después del primer disgusto al enterarse de que no habría yerno, empezaría con la ardua tarea de fabricar chaquetas, mantitas y demás enseres de recién nacido. Aunque lo del yerno no se le iba a olvidar tan fácilmente. No iba a quedarse conforme con un simple «no hay». Pero eso era problema de Bárbara. Yo ya iba a tener bastante con aguantar, hasta donde mi paciencia alcanzara, los desahogos de las dos.

Me dirigí a recoger a mi madre. Iba a presentarme en la notaría a la hora de la lectura del testamento de la Impugnada. El mejor plan que se me había ocurrido era simular un encuentro casual y que estuviera mi madre para mitigar lo forzado de la situación. Lo más barato que se podía hacer en una notaría era un testamento, pero mi madre ya tenía y yo también, así que pedí hora para hacer un testamento vital. Nunca me había planteado hacer uno y mi madre se negaba a hacerlo para ella: «Vosotras ya sabéis lo que tenéis que hacer conmigo, os lo he dicho un millón de veces, así que no me metas en esto que me da mucha aprensión» me dijo tajante. Aunque el hecho de que me lo hiciera yo le gustó aún menos, aceptó acompañarme a regañadientes y después de prometerle varias veces que no iba a morirme antes que ella.

Cogidas del brazo como un matrimonio de avanzada edad, nos encaminamos hacia la notaría una hora y media antes de nuestra cita. Quería llegar pronto para tener ocasión de deambular y encontrarnos con Antonio, Carmina y Ernesto. Íbamos con tiempo porque, aunque la notaría estaba a tres minutos de distancia, conociendo a mi madre, nos encontraríamos a más de una persona con quien pararnos a charlar.

Nada más salir del portal, oímos:

—¡Adela, Adela!

Era una señora, desconocida para mí, de edad indefinida entre los setenta y los ochenta, pelo corto, rubio platino y bastón de mango plateado.

—¡Uy! María Oliva, ¿cuánto hace que no nos vemos? —saludó mi madre tan contenta como si acabara de ver a su mejor amiga de la infancia.

—Mucho. Desde el día del concierto aquel en el auditorio el otoño pasado. Te veo estupenda. ¿Esta es tu hija? ¿Tú eres la médico?

Lo de la igualdad lingüística, que hacía algunos años se había intentado imponer desde el gobierno creando incluso un ministerio independiente, no había calado, se había formado un batiburrillo de género entre artículo y sustantivo y cada uno lo mezclaba como mejor le parecía. A mí me daba igual que lo fuéramos con «a» o con «o»; que mi hermana fuera un gran médico, cada vez más reconocida y con un brillante futuro, era lo único que me parecía importante.

—No, esta es Gracia, la mayor. La médica es Bárbara, la pequeña —respondió y después se dirigió a mí—. ¿Te acuerdas de Oliva?

—Ahora mismo, no. Me pillas despistada —dije intentando salir del paso como tantas veces había hecho con multitud de Olivas de similar edad y nombres variopintos.

—Sí, Gracia, seguro que la recuerdas —insistió mi madre—. Es la mamá de Montse, que hacía ballet, y jugabais juntas a veces en el parque de pequeñas. Estudió Derecho.

—Ah, ya caigo, Montse... ¿Cómo está? —pregunté intentando ser amable sin acordarme ni de Montse, ni de Oliva.

—Está en Madrid —respondió la madre de la tal Montse—. Trabaja en un despacho de abogados muy importante. ¿Tú estás de visita? ¿Pasando unos días con tu madre? Te echa mucho de menos.

—No. Ahora vivo aquí.

—¡Qué bien! Tú estabas casada, ¿no? La soltera era tu hermana. Menudo cambio. Tu madre estará contenta, claro. Está muy sola desde que se quedó viuda —dijo, dirigiéndose a ella.

—Sí, es verdad, estoy muy sola, así que estoy feliz de tenerlos aquí. ¿Qué te voy a contar lo que es tener a una hija lejos?

—Claro. ¿Y vivís con tu madre?

—No, hemos comprado un piso en la Losa.

—Dicen que ahora es muy difícil conseguir una hipoteca en el banco. O sea, que no te fue mal en el extranjero —dijo ya sin ningún disimulo.

—Nos fue muy bien y ahora queríamos una vida más tranquila —respondí, ya un poco harta de semejante baile informativo.

—Qué estupendo. Pues nada, nena, que os vaya muy bien aquí, que tu madre os necesita mucho. Y ahora a darle un nieto, que si no se os va a pasar el arroz y no querréis quedaros solos —me aconsejó. ¡Qué impertinente podía llegar a ser la gente con esos comentarios que pronunciaban sin filtro previo! —Ay perdona —continuó—. Tú eres la que... ¡Qué horrible lo que os sucedió! Tenéis que tener otro cuanto antes. Un clavo saca otro clavo. —Y, como si hubiera dicho algo banal, cambió de tema—.

Nosotros también llevamos una temporada malísima –añadió dirigiéndose a mi madre.

En ese punto de la conversación me dejó en paz y comenzó la retahíla de infortunios que le habían sucedido en el último año que incluían: una operación de cadera que la obligaba a usar bastón, una de próstata de su marido, y que la hija, la tal Montse, se había separado del marido dos años después de adoptar dos niñas nigerianas, pero ella no notaba ninguna diferencia y las quería igual que a las del hijo, que eran suyas. La pequeña, al parecer, era una monada y quería mucho a la abuela, o sea, a ella, y «fíjate qué faena, ella sola allí con las dos niñas pequeñas y con un trabajo tan exigente, así que voy para allá a ayudarla todo lo que puedo, pero claro, con el bastón estoy medio inútil, imagínate la situación». Y así siguió la enumeración de detalles estériles y reflexiones sin sentido durante diez minutos más.

–Mamá, si te encuentras con otra señora como esta, por favor, no nos paremos, dile que tenemos prisa, ¿sí? –le pedí cuando reanudamos la marcha, y la tal Oliva estuvo lo bastante lejos como para no oírnos.

–¿Por qué? Si no tenemos prisa –protestó.

–Prisa no tenemos, pero ganas de aguantar otra conversación como esta, tampoco. ¿Cómo se puede ser tan bocazas? ¿Quién es la tal Montse? En cualquier caso, la María Aceituna esta... –empecé a decir cabreada.

–María Oliva se llama –me interrumpió mi madre en su defensa.

–Como si se llama María Paraguaya. Qué impertinente. ¿Cómo se atreve? ¿Buscando carnaza para el cotilleo?

–Pues no sé hija, interés natural. Y lo de Martin, Dios lo tenga en su gloria –suspiró con los ojos aguados–, no lo ha dicho con mala intención. Estás muy irascible con eso. Es natural que se comente. Este decreto de silencio que nos has impuesto a todos por la fuerza no es sano. Si no hablas de tu vida, ¿de qué hablas con la gente?

—¿Del tiempo? Así tardas un minuto en saludar y no dices gilipolleces.

—Pues vaya rollo. Cálmate, no te lo tomes así. Lo nuestro fue una desgracia —sollozó con el recuerdo de su precioso y sonriente nieto malogrado—. Gracia, tampoco puedes esperar que la gente no hable, porque lo de que hayas dejado un trabajo tan bueno para volver aquí a dedicarte a eso que te dedicas, no se entiende bien. ¡Si hasta saliste en el telediario de la Tres!

—Ya veo que tú sigues sin entenderlo y mira que te lo he explicado —no sabía si enfadarme o desistir.

—Es que, Gracia, estar metiendo la nariz en los asuntos de los vecinos en un momento tan malo como el que estarán pasando, ¿qué clase de trabajo es ese?

—No me dedico a meter la nariz en la vida de los vecinos. Que sean vecinos tuyos es una casualidad.

—Bueno, tú sabrás. Si dices que te pagan bien, no digo nada. Tú sabrás lo que haces —aceptó mi madre, resignada.

—Preveo que volveremos a tener esta conversación.

—Igual sí, hija, igual sí.

—¡Qué le vamos a hacer! —exclamé resignada—. No te pares con otra María Aceituna, ¿vale?

No nos volvimos a parar con nadie más, no sé si porque me hizo caso o porque no nos encontramos a nadie que llevara tiempo sin ver.

Llegamos ante un elegante y sólido portón de madera verde con aldabas doradas que daba acceso al edificio de la notaría Solís Goyanes. Parecía cerrado, pero cedió con una facilidad inesperada a la leve presión que hicimos en el pomo. Dentro estaba iluminado y mucho más cálido de lo que se podía esperar. El gran portal, que en sus tiempos había sido la entrada de carruajes, estaba acondicionado para ser un lugar de tránsito donde convivían una notaría, una clínica dental, un ginecólogo, un corredor de seguros, y varias pequeñas empresas que también tenían su gran placa dorada en la pared. Eran las diez y media cuando la recepcionista nos hizo pasar a una sala de espera. Con la excusa de buscar un baño, salí a recorrer la notaría para ver si encontraba a la familia de la Impugnada. Al no encontrar a nadie conocido, volví a la sala que nos habían asignado.

—¡Cuánto has tardado, Gracia! ¿Había cola en el baño? Mira quién está aquí —dijo mi madre.

Quien estaba allí no era otro sino Pepe, que parecía encantado de ver a mi madre.

—Pepe, cómo me alegro de verlo. Iba a llamarlo —dije—. ¿Qué le trae por aquí? ¿Papeleo también? Somos el país de la burocracia, aunque dicen que Italia es mucho peor.

—Le estaba contando que aún estamos a vueltas con lo de tu padre, a pesar de que ya han pasado unos años y de que nosotros no tenemos nada. Pero, incluso así, el papeleo es infinito —corroboró mi madre, informándome así de por qué se suponía que estábamos allí.

—¿Usted, Pepe, también con temas de su mujer? —dije, con la esperanza de que entrara en la conversación y nos contara lo que le llevaba a la notaría, sobre todo si, como sospechaba, era el testamento de la Impugnada.

—No, qué va. De familia, pero de la mía —respondió Pepe esquivo.

—¿Cómo lleva lo del móvil? —pregunté cambiando de tema.

—¿El qué? —respondió despistado.

—El móvil. ¿Se decide a cambiarlo?

—¡Ah! El móvil. Ni me acordaba. Sigue roto. Aún no he hecho nada. A ver si aprovecho que estoy en el centro y me acerco a alguna tienda.

La conversación continuó en términos muy relajados, liderada por la habilidad social de mi madre. Ella y Pepe analizaron la situación económica y política del país, la inmigración, el terrorismo en el mundo y se llevaron las manos a la cabeza con el «dónde vamos a parar». Fue como presenciar un baile de reconocimiento, hasta que ambos estuvieron seguros de que eran del mismo bando político y, solo entonces, empezaron a criticar a los del lado opuesto.

Cuando estaban tan enfrascados en la conversación que ya se habían olvidado de dónde estaban, la puerta se abrió y aparecieron Antonio, Carmina y Ernesto.

Antonio se quedó paralizado al vernos allí charlando con Pepe como si nos conociéramos desde hacía años. Carmina sonrió encantada de ver a mi madre. Y Ernesto, con su inexpresividad habitual, no parecía demasiado contento de vernos, pero no sé si porque éramos nosotras o porque eso le obligaba a un mínimo de relación vecinal que no le apetecía.

—Vaya —dijo Antonio—. Esta ciudad es un pañuelo. No paramos de encontrarnos. No sabía que ustedes se conocían —dijo refiriéndose a mi madre y a Pepe, que estaban allí sentados como viejos amigos.

—Carmina, Ernesto, ¿qué tal? —pregunté y me levanté lo más rápido que pude para evitar responder al comentario de Antonio, besé a Carmina en su cara blanca y suave y saludé a Ernesto, que olía a una mezcla de colonia cara, gel de baño y tabaco rancio.

—¿Cómo estás, Carmina? ¿Papeles de Sofía? —preguntó mi madre sin rodeos mientras yo me sentaba al lado de Ernesto pensando cómo entablar conversación.

Me fijé en que Pepe evitaba mirar a Antonio, que continuaba de pie, descolocado.

—Sí —respondió Carmina—. Después de lo terrible que ha sido perderla, ahora tenemos que hacer todo esto. Es muy desagradable.

—¿Qué me vas a contar? Aquí estoy yo con los papeles de Luis y mira cuánto tiempo ha pasado. Carmina, te presento a Pepe, que también está con los de su familia.

—¡Adela! Si conocemos a Pepe de toda la vida. Venimos juntos, por Sofía —confesó Carmina con el candor habitual en ella.

—Ay, no tenía ni idea de que erais familia —disimuló mi madre, que habría engañado a cualquier polígrafo de última tecnología—. Familia cercana. Como vosotras no sois de aquí, no os relacionaba.

—Somos parientes lejanos, pero llevamos tantos años juntos que es como si fuéramos hermanos.

Antonio se revolvió en el sillón de cuero, haciéndolo crujir.

—¡Qué casualidad! —Mi madre había olisqueado un rastro y no pretendía rendirse tan fácil—. ¿Por su mujer? —le preguntó a Pepe, que vaciló antes de contestar y se le adelantó Carmina.

—No, no —dijo Carmina—. Por su tía, la abuela de Ernesto.

Si en ese momento hubieran hecho una foto a cada uno de los presentes en la habitación habríamos servido de ejemplo para cualquier conferencia avanzada sobre lenguaje no verbal. Pepe quiso balbucear algo, pero no acertó a emitir más que un par de sonidos ininteligibles. Antonio se puso rojo de ira, pero no dijo nada, solo se levantó y empezó a dar vueltas por la sala. Mi madre no sabía qué decir y me miraba para que le diera pistas. Carmina parecía reflexionar, como si intuyera que algo no había ido bien, pero sin comprender qué. Para mi perplejidad, Ernesto estaba pálido, con la mirada perdida, como si acabara de aparecérsele la Santa Cofradía, mientras yo intentaba cuadrar las piezas. Miré a mi madre con gesto de «por favor, continúa la conversación por donde sea» y ella, hábil y obediente, ya se había recuperado lo suficiente como para hacerse la tonta sin que se notara en absoluto.

—Pues me alegro mucho de que seáis familia porque Pepe es muy buena persona. Cuando uno es mayor, como nosotros, es muy importante tener familia. Si yo no tuviera a Gracia y a Bárbara, no sé qué habría hecho cuando murió Luis. Me habría quedado sin motivo alguno para vivir. Mi hermana vive en México desde hace cincuenta años, así que no la veo más que una vez cada dos veranos. Y el teléfono no es lo mismo. ¿Qué habría hecho yo sin las nenas? La soledad es mala siempre, pero en la vejez mucho más. Aunque tengo la suerte de tener buenas amigas como era Sofía, no es lo mismo –mi madre soltó el discurso casi sin respirar.

–La soledad es la mayor desgracia de la vida, Adela. No sabe la suerte que tiene usted con las niñas. Lo que daría yo por estar igual con Lucas –dijo Pepe con pena, como si ya hubiera olvidado lo que acababa de decir Carmina.

No sé si fue porque mi madre fingió no darle mayor importancia a la información que acababa de ofrecer Carmina sobre los orígenes de Ernesto, porque la conversación terminó yendo por otros derroteros o porque estaba ejercitando el autocontrol, pero parecía que Antonio se iba reponiendo. Ernesto, en cambio, seguía noqueado.

–He perdido a Sofía, que era el centro de mi vida –lloriqueó Carmina–, pero si no les tuviera a ellos, la que se suicidaba era yo. Y he recuperado a mi hermano Antonio, que nos llena de alegría –continuó en un chorreo de información esgrimida con tan poco tacto que todos nos quedamos cortados.

Sin preámbulos, como movido por un resorte interno, Ernesto se levantó de un salto y se dirigió hacia la puerta.

–¿A dónde vas? Nos van a llamar ya –le dijo Antonio.

–Pues que esperen a que vuelva. O no. Haced lo que queráis. Como con todo –respondió casi gritando y cerrando la puerta de un portazo.

Antonio volvió al nivel de indignación de minutos antes y Carmina intentó calmarlo.

–Habrá ido a fumar, Antonio, ahora sube. Está nervioso, no se lo tomes en cuenta.

—Esto es el colmo. A mí también me apetece un cigarro y aquí estoy —respondió Antonio.

—La gente joven, Antonio, es de otra manera —insistió ella.

Pensé en lo poco joven que era Ernesto. Había llegado allí con la intención de ser protagonista de una escena, pero me encontraba de observadora privilegiada, como si de una obra de teatro intimista se tratara, intentando no llamar la atención para que la escena continuara sin que fueran muy conscientes de mi presencia. A fin de cuentas, mi madre les resultaba inofensiva. Ella no era más que la vecina de toda la vida, un poco cotilla. Yo había descubierto parte de mis cartas con Pepe al interesarme por la casa. Aunque no sospecharan lo que buscaba, podía despertar suspicacias. A poco que uno quisiera enterarse, no era difícil averiguar cuál era mi auténtica profesión.

—¡Cuánto tardan! —exclamó Pepe.

—¡Ay! Gracia, nena, ahora que me acuerdo. ¿Al final conseguiste cita con Berta? —dijo Carmina poco discreta y sin venir al hilo de la conversación, cogiéndome desprevenida.

—Sí, sí. Me recibió gracias a ti, Carmina. ¡Menuda lista de espera tiene! Es encantadora —me repuse mientras Antonio me miraba atónito y mi madre interrogante.

—¿No es estupenda? —preguntó Carmina encantada del piropo a su guía espiritual o lo que fuera Berta Llorente para ella.

—¿Quién es Berta? —dijo mi madre.

—¿No sabes quién es Berta, Adela? —Carmina parecía escandalizada.

—No, no me suena —respondió mi madre, que seguía sin entender de qué hablaba Carmina y me miraba reclamando alguna indicación que no podía hacerle porque los ojos de Antonio estaban clavados en mí. Y no era una sensación agradable.

—Berta Llorente. Es maravillosa. Un ángel –le dijo Carmina.

—¿Berta Llorente, la adivina? –la pregunta de mi madre iba dirigida a mí.

Se abrió la puerta y la recepcionista que nos había acompañado a la sala reclamó nuestra presencia.

—¿Gracia San Sebastián? El notario las espera.

Antes de salir, mi madre, aprovechando la confusión, cogió a Carmina del brazo.

—Carmina, sé fuerte, que va a ser duro. Si me necesitas, llama y voy a hacerte compañía.

—¡Ay, Adela! Te lo agradezco mucho. Pensaba ir a la parroquia al salir de aquí, pero no sé cómo me encontraré de ánimo.

—Ven para mi casa cuando salgas y tomamos un café tranquilas. Que Antonio y Ernesto serán muy buenos, pero con ellos no puedes desahogarte igual que con una buena amiga.

—Cuánta razón tienes, Adela. Cuando salga voy para tu casa —aceptó.

Ya en el pasillo nos cruzamos con Ernesto, que subía colorado y sudoroso. Al darme unas escuetas gracias por darle ánimos para la lectura del testamento su aliento penetró en mi nariz dejando un potente rastro de tabaco y alcohol recién tomado.

Después de redactar un testamento vital que no necesitaba, acompañé a mi madre a casa para asegurarme de que estaría allí cuando llegara Carmina. No quería que perdiera la oportunidad de que Carmina se desahogara con ella y, aunque no tenía ganas de comentar la información recibida, no pude librarme de pasar allí un buen rato hasta que conseguí explicarle por completo y dejarla convencida de que si había ido a ver a Berta Llorente era porque el caso lo necesitaba y no porque me pasase nada. Aproveché para convencerla de que recibiera a la vidente en casa y aceptó a regañadientes, aunque yo sospechaba que en el fondo estaba encantada de montar la escenita para Berta y verla actuar en persona. Después de todo, era un personaje conocido.

—¿Le puedo preguntar si voy a tener más nietos? Ya que viene...

—Mamá, mejor cíñete al guion. ¿Qué sabe Berta Llorente si tú vas a tener nietos o no? —respondí, sin poder evitar pensar en el bebé de Bárbara.

—Pues si dicen que es tan buena, igual sí que lo sabe —respondió mi madre en modo infantil.

—¿Desde cuándo crees en estas cosas, mamá?

—Hija, yo que sé. ¿Qué daño va a hacer?

—Por favor, mamá, concéntrate en lo que queremos saber. Insiste en que sientes la presencia de Sofía en casa.

—Es cierto que la siento. No puedo dejar de pensar en ella.

—Tú cuéntale lo que te he dicho. Que sea creíble, ¿vale, mamá?

—Claro, que tengo al fantasma de la Impugnada metido en casa queriendo contarme algo es muy sensato, pero preguntarle si voy a tener nietos, no —protestó mi madre con una lógica demoledora.

—Visto así hay poco que rebatirte. Pregúntale lo que quieras —cedí.

Ya en la calle llamé a la asistente de Berta para fijar la cita. Tenía que decidir si iba a invitar o no a Carmina a la sesión. Podía ser que eso forzara a que salieran a la luz nuevos datos o que me expusiera demasiado y me quedara sin fuentes de información.

La mañana me había revelado detalles inesperados. ¿Consuelo era la abuela biológica de Ernesto o Carmina lo había dicho queriendo decir que era como su abuela? Si era la abuela ¿cómo? ¿La madre de su padre? ¿Ernesto no era hijo de don Marcelo? Pepe había dicho que eran familia y así debía ser, porque él había asistido a la lectura del testamento. Si Carmina hubiera querido decir que Consuelo había sido como una abuela para Ernesto, tendría poco sentido que

Pepe estuviera allí. ¿O Sofía le había dejado un legado? Era poco probable. El vínculo de sangre explicaba mucho mejor la vinculación económica entre las dos familias, a la que hasta ahora no había encontrado una razón de peso.

Tenía una información muy fresca con la que trabajar. Necesitaba construir todas las posibilidades en las que Consuelo pudiera ser la abuela de Ernesto. Pero esa tarea tendría que esperar. Antes, iba a ir a casa a convencer a Jorge de que parara un rato y comiera conmigo. Y, si era posible, algo más. Aún tenía a la rubia desconocida en la cabeza.

El día se había levantado gris, pero el sol se había abierto camino en medio de un cielo azul salpicado de nubes esponjosas y blancas, como recién lavadas. Aunque en el centro de la ciudad todas las distancias eran cortas, llevaba varias horas de arriba a abajo y mis zapatos, recién estrenados, me estaban haciendo daño. Mi dedo meñique derecho empezaba a despellejarse bajo las medias y la piel del zapato me rozaba como si fuera papel de lija. La incomodidad no me dejó pensar con coherencia en el caso hasta que no llegué a la habitación y los sustituí por las cómodas chanclas que usaba en casa. Cuando llegué, Jorge no estaba. «Hola, tío bueno. He venido a casa a ver si me hacías el honor de comer conmigo. Comer y lo que surja» le escribí.

Decidí prepararme algo rápido después de treinta minutos sin respuesta y una decepción creciente. Estaba husmeando en la nevera cuando oí la puerta de entrada y apareció Jorge, sudoroso y congestionado, con expresión de felicidad.

—¿Has salido a correr?

—¡Hola! ¡Qué inesperado verte aquí! ¿Comes conmigo? He tenido una discusión con un cliente y he salido a machacarme un poco a ver si me despejaba aprovechando que ha salido el sol.

—¿Cómo te ha ido?

—Tiempazo y pulsaciones bajas. Hecho un toro y mucho más relajado que cuando he salido.

Jorge era tan competitivo que competía consigo mismo.

—¿Qué quieres comer?

—¿Qué hay?

Mi primera respuesta fue «lo mismo que ayer por la noche a no ser que hayas ido al súper». Cada día me irritaban más esas pequeñas costumbres suyas que antes me parecían cotidianas, pero frené a tiempo y, como siempre, me tragué la indignación desproporcionada y le recité las potenciales opciones que requerían un máximo de veinte minutos de preparación y puesta en la mesa. Nos decidimos por una ensalada y una presa ibérica a la plancha, cocinada entera y fileteada en la mesa para que el interior quedara crudo y caliente. Un poco de sal Maldon en el momento de servir y resultaría deliciosa.

Decidí comportarme como haría cualquier mujer celosa y salvar las apariencias, aunque me aterrara que a Jorge le diera por confesar algo que yo no quería que confesara. Supuse que estaba a salvo, él no era de ideas impulsivas. No imaginaba a Jorge admitiendo una infidelidad salvo que lo tuviera muy decidido y planificado. En ese caso ya no habría nada que hacer: lo haría, preguntara yo o no.

—Había pensado invitarte al Vinoteo. Como el otro día tuviste que irte, me imaginé que te quedaste con las ganas. —Le pinché antes de meter un bocado de la carne tierna y jugosa en la boca.

—No te preocupes. De todas formas, disfruté de una maravillosa comida —se rio, sin entrar al trapo y devolviéndome el rejón.

—¡Qué bien que ninguno os atragantarais ni os provocara una diarrea épica! —dije, llegando al máximo órdago que me iba a permitir echar.

—Y ¿tú decías que no eras nada celosa?

—No lo he dicho nunca. Claro que soy celosa. Lo que no soy es obsesiva ni desconfiada. No voy a cotillear los mensajes de tu móvil buscando infidelidades.

—¿No tengo que cambiar la contraseña?

¿Jorge bromeaba o tanteaba hasta dónde podía llegar sin que yo me diera por enterada?

—No cariño, tú solo procura tener actualizado tu seguro de vida, que ahora que me da por investigar muertes raras, igual aprendo algo —respondí con mi mejor sonrisa y cada vez más enfadada con él.

¿Por qué no me contaba quién era la chica? No le creía tan tonto como para, si tenía una amante, llevarla a comer al restaurante preferido de su mujer y, si no había nada que ocultar, ¿a qué venía tanto secreto?

—Sabes que no tienes por qué preocuparte. No tengo ojos para ninguna que no seas tú —dijo serio.

—Ojos sí que tienes. No mientas. Y a mí me parece bien —reí con picardía, tentándole para que me diera si no lo que quería, al menos sí lo que esperaba de él.

—Tienes razón. Ojos sí. Pero corazón, no. Eso es todo tuyo. Y lo es para siempre.

—¡Qué cursi! —me burlé, aunque sus palabras me tranquilizaron.

Después de un rato juntos, jugando a satisfacer el instinto y a proporcionarnos una dosis de placer mutuo, ya no me dolían los pies y sentía la cabeza despejada para ponerme a trabajar en el tema que me había dejado tan despistada por la mañana.

Las explicaciones más probables suelen ser las más simples y la persona que yo conocía que razonaba con menos complicaciones era sor Florencia. Con los pies llenos de tiritas y los zapatos viejos que rescaté del cubo «para el contenedor de ropa», me fui dando un paseo hasta la Casa de los Curas.

Oviedo me pareció aún más bonita que otros días, alegre y soleada, aunque apenas quedaban un par de horas para que oscureciera. Paseé disfrutando de la gente, de los niños que salían del colegio vestidos de uniforme, con la merienda en la mano, de los adoquines que aun cubrían las calles peatonales más antiguas, de los comercios de siempre y de los nuevos, pequeños y coquetos, que se abrían cargados de esperanzas. Aún no me había acostumbrado a la sensación de libertad que da poder pasear un día laborable. No me había percatado de la cantidad de tiendas de productos *gourmet* que habían proliferado en la zona vieja, la más turística. Escaparates repletos de productos tradicionales: chorizos que olían a pimentón y especias, quesos envasados al vacío, presumiendo de su envoltorio de hojas de un verde tan oscuro que parecían negras, tartas de almendra empaquetadas para llevar, o latas de conserva con lo mejor del mar, entre las que se encontraban las algas de las frías aguas cantábricas, tan de moda y tan cotizadas. Cada vez más, se veían productos impensables hacía solo unas décadas como el vino local –en una zona en la que nunca había habido viñas ni bodegas–, a precios desorbitados, fruto de la escasez y no de la calidad del producto, o nuevos postres llamados Alonsos o Letizias.

El conjunto era atrayente, daban ganas de entrar, aspirar el aroma a despensa de la abuela y retar al colesterol con unas buenas tablas de quesos y embutidos. Los negocios estrella de la zona seguían siendo las sidrerías y los restaurantes, con una oferta cada vez más ajustada a los bolsillos de los turistas, de mayor calidad y más salpicada de innovaciones en los platos de siempre.

Iba perdida en mis ensoñaciones cuando me pareció oír el pitido del móvil que indicaba mensajes nuevos. No acostumbraba a hacer caso de inmediato, pero me apetecía tener una excusa para sentarme unos minutos en un banco a disfrutar de los preciados rayos del sol, a pesar de saber que eran engañosos y la humedad traicionera.

«La rubia no es de aquí. La he visto salir del hotel que está en la calle del auditorio.» Era Sarah.

«O sí que es de aquí y se dedica a una profesión que no paga impuestos. O ha ido a la cafetería» repliqué tecleando a toda velocidad.

«Si se dedica al negocio que insinúas debe ser de rollo fetichista porque ha salido con dos maletas grandes y se ha metido en un taxi que estaba esperando fuera. *Emoticono guiñando el ojo.* Se llama Sloane Miller y seguro que no es de aquí.»

«¿Por qué lo sabes?» La última información me había dejado perpleja.

«Porque el taxista preguntó: "¿Sloane Miller?" Y ella respondió en perfecto español con un fuerte acento americano.»

«*Emoticonos aplaudiendo.*» Esa era yo.

«¿Estabas preocupada por la competencia? *Emoticonos llorando de risa.*»

«No.»

«No te lo crees ni tú.»

«Vete a cag...»

«Ya. Te dejo que Álex y Hugo están intentando subirse al Tartiere.»

Sarah se refería a una estatua del parque, de un señor sentado, encima de un alto pedestal, por la que todas las generaciones de niños habíamos escalado para sentarnos sobre él. Y más de uno había estado a punto de descalabrarse en el intento.

«Gracias. Me has alegrado la tarde».

El día empezaba a ser redondo. Información, buen tiempo, sexo inesperado con Jorge y rubia espectacular rumbo a algún sitio lejos de nosotros.

Cuando llegué a la Casa de los Curas me encontré a sor Flo arrancando hojas de las macetas del patio de la entrada.

—Hay que aprovechar que ha salido el sol —me explicó—. Iba a merendar, ¿te apetece un café? Quitando al hermano Mariano, el de la silla de ruedas, no hay ningún padre en la casa. Son tan poquitos... Se han ido todos como lagartos a disfrutar de este sol de invierno.

—Venga, la acompaño con ese café, pero descafeinado, que si me tomo uno de los suyos no duermo en tres días.

—No te creas, que ya voy notando la edad. El de antes de dormir ya no me lo tomo porque luego me cuesta conciliar el sueño.

—Es que, sor, hay poca gente que se tome un expreso cargadito a las doce de la noche y se vaya a la cama a dormir como un lirón. Da igual la edad. En la universidad, cuando íbamos asfixiados para los exámenes, hacíamos eso para estudiar toda la noche.

—Pues yo lo he hecho toda la vida y siempre me había sentado bien. Es una pena porque me gustaba mucho.

—¿Cuántos toma ahora?

—Cuatro o cinco. No más. Cargaditos, eso sí. El aguachirle no me gusta —respondió sor Flo a sus ochenta y tantos, con total naturalidad.

Una vez que dimos cuenta de los suspiros de almendra y el café, pasamos al tema que me había llevado hasta allí.

—O sea que, según Carmina, la tía de Pepe es la abuela de su sobrino Ernesto. Pues sí que se te ha enredado todo con lo del fraude del bar. ¿Sabes si Pepe tenía más tías? —apuntó Sor Flo.

—Pues no, no se me había ocurrido. He pensado en Chelo, en la mujer de don Marcelo, pero podría haber más. En el registro de la propiedad no aparece ningún otro propietario de la casa de la familia. Eso sería raro en el caso de haber más hermanos. ¿Usted cree que, si hubiera sido un hijo ilegítimo de don Marcelo con La Impugnada, Consuelo habría ejercido de abuela del niño después de morir sus hijos? —insistí en mi teoría, resistiéndome a abandonarla, aunque cada vez parecía menos probable.

—Se me hace extraño. Uno nunca sabe cómo se va a comportar la gente con los sentimientos, pero de lo que sí estoy segura, Gracia, es que una cosa son los sentimientos y otra los dineros.

—No la entiendo, sor.

—Aunque pueda llegar a comprender que en la vejez quisiera al hijo ilegítimo de su marido por mil razones, no puedo encontrar ninguna por la que le dejara el dinero de su propia familia. De la suya, que no de la de su marido. Estás hablando de una generación en la que el dinero va asociado a la sangre. No sé si con la gente joven eso ha cambiado mucho: cuando lleguen a viejos, lo sabremos. Nadie de la generación de doña Chelo permitiría que la casa de sus padres fuera a parar a un niño que no solo no era suyo, sino que era la consecuencia del adulterio de su marido. La vida da muchas sorpresas, pero el ser humano es muy poco original. Los cariños, las visitas, incluso los caprichos, podrían ser. Insólito, pero posible. ¿La casa de su familia? Eso sí que no. ¿Tú crees que esto te va a llevar a encontrar al defraudador que persigues?

—Al defraudador creo haberlo encontrado. Y me da mucha pena si tengo razón. La orden judicial para descubrir al que gestiona la cuenta de don Marcelo está en proceso, aunque tardará dos o tres meses. Antes de eso me gustaría entender los motivos. Estoy segura de que la clave está en la familia de la Impugnada. Sobre todo, me gustaría quedarme convencida de que la muerte de Sofía fue un suicidio.

—¿Todavía sospechas que pudieron matarla? Si tienes razón y sigues metiendo la nariz, puede ser peligroso. Si tienes esas dudas, ¿no deberías denunciarlo a la policía?

—Este sábado voy a ver a la policía. Por la puerta grande: en su casa y con cena incluida —respondí pensando en Geni.

La conversación con sor Flo no me despejó las ideas como había esperado. Me fui con el convencimiento de que Ernesto no era el hijo de don Marcelo y la sensación de que me estaba equivocando. Había encajado mal alguna pieza del puzle.

13

La modernización tecnológica de los servicios que nos presta el Estado llegó cuando ya pensábamos que se iban a quedar arcaicos para siempre. En plena era digital y después de tanto retraso, parecía milagroso lo bien que funcionaban.

Con Jorge de viaje, me encontraba sola en la cocina, impregnada de olor a café recién hecho. Mordí mi tostada, rebosante de mantequilla, mientras me maravillaba de que tuviéramos acceso *online* a los certificados digitalizados de todos los nacimientos posteriores a 1870. Solicité el de Ernesto Blanco Álvarez en el Registro Civil Central. En cuatro días lo tendría en mi buzón de correo ordinario, el mismo que solo abría cuando rebosaba la publicidad que dejaban los buzoneros a los que no frenaba la cámara del telefonillo.

Con el estómago lleno y la cabeza repleta de hipótesis que no me convencían, dudé de cuál debía ser el siguiente paso. La cena en casa de Geni se me hacía un poco más apetecible. La experiencia me había enseñado que la mejor forma de conseguir nueva información era hablar con la gente y, en una ciudad donde charlar era deporte, yo iba a cenar con la capitana del equipo campeón. Compré unos bombones en *Ovetus*, una de las bombonerías orgullo de la localidad, y unos *cupcakes* cubiertos de *fondant* de colores para las niñas, en el Dos de Azúcar. Sin frutos secos, por si acaso.

Con el gluten y el huevo no podía hacer nada. Esperaba que ninguna fuera alérgica. Siempre me habían desagradado las primeras visitas a la casa de personas con las que no tenía mucha relación porque nunca tenía claro cómo comportarme. En Estados Unidos era más fácil. Siendo españoles, siempre esperaban de nosotros una botella de vino de Rioja. La mirada ilusionada cuando veían la palabra Reserva en la etiqueta nos decía que nuestra aportación a la cena era del agrado del anfitrión. Yo me sentía más cómoda cuando la confianza llegaba a que cada uno se sirviera las bebidas de la nevera y echara una mano en la cocina. Claro que, para llegar a eso, siempre tiene que haber una primera vez. Con el tema de la cena del día siguiente resuelto me quedé sin nada más que hacer. Al menos sin nada de lo que me apeteciera ocuparme.

Después de consultar el correo varias veces sin ninguna novedad, repasar las notas simples del Registro de la Propiedad sin que, como era de esperar, hubieran cambiado ni un ápice y meterme en la web de Idealista para comprobar los precios de las casas en el casco antiguo y refrescar mi información con vistas a una potencial conversación con Pepe, decidí aprovechar un poco el tiempo yendo al gimnasio. Las musas investigadoras no tenían ganas de madrugar y habíamos conseguido una oferta anual en un moderno club deportivo que nos estaba costando amortizar. Eran más de las once cuando, agotada y con una clara perspectiva de agujetas al día siguiente, me metí en la ducha. No me sequé el pelo porque iba a volver a mojarse en las dos manzanas escasas que separaban el club de mi casa. Llovía, advirtiendo que no era de esos días en los que tuviera intención de parar. Era lluvia intensa de invierno, mucho menos habitual que el *orbayu* que mantiene el paisaje siempre verde. Cuando entraba en el portal, sonó mi teléfono. Era Bárbara.

—Hola, futura mamá ¿Cómo te encuentras?

—Muy bien. Las náuseas me están dando tregua. Iré al hospital a las doce. Tengo dos preguntas para ti —dijo mi hermana.

—Pues pregunta.

—La primera: ¿puedes venir a verme ahora? Tengo los resultados de la ecografía y me gustaría abrirlos contigo.

—Claro, ¿no tardaban una semana?

—Sí. Es lo que tiene tener enchufe en el hospital.

—Estoy entrando en el portal con el pelo empapado, pero voy para allá. Me prestas el secador en tu casa, ¿ok? Así no perdemos tiempo. Me pongo un vaquero y salgo volando.

—¿De dónde vienes?

—Del gimnasio.

—¿A esta hora?

—Sí, me he bloqueado con el caso. Bueno, cuelga que me meto en el ascensor.

—Sube por la escalera, so vaga, que me falta la otra pregunta.

—Que vivo en el ático —protesté obedeciendo.

—He quedado para tomar unas cañas con Teo Alborán esta tarde, ¿te apuntas?

—¿Con quién? —pregunté despistada.

—Las que perdemos la memoria somos las embarazadas, tú no tienes excusa. Hablamos de esto el otro día: mi compañero, vecino nuestro de la infancia, amigo de Ernesto...

—Ya me acuerdo. ¿Hemos quedado solo con él? ¿Y Ernesto?

—Con Ernesto también. Hemos quedado a las ocho en Los 4 Gatos. ¿Ya has llegado a casa?

—No me presiones que aún voy por el cuarto. Te recuerdo que me has enviado por las escaleras.

—Vas a tener que ir más a menudo al gimnasio —se burló mi hermana—. Yo no creo que aguante mucho esta noche, estoy como si me hubiera picado la mosca tsé-tsé. Dile a Sarah que venga si quiere y así os podéis quedar vosotras con ellos.

—Hecho. Cuelgo. En diez minutos estoy allí. No abras el sobre.

—No seas antigua, que es un correo electrónico y no lo voy a abrir, pero la manicura para arreglarme las uñas mordidas me la pagas tú —advirtió mi hermana.

—¡Tú no te has hecho una manicura en tu vida! —repliqué con conocimiento de causa.

Me dirigí a casa de Bárbara lo más rápido que pude. Obviando las reglas de respeto a la intimidad de mi hermana, abrí las puertas de su casa con mis llaves y entré jadeando como un bulldog inglés que hubiera intentado echar una carrera. Bárbara me esperaba en la entrada haciendo señales para que me diera prisa.

—¿Cómo sabías que llegaba ya? —pregunté inclinándome sobre mi cintura para intentar recuperar el resuello.

—Porque tal como has subido las escaleras creo que se ha enterado hasta el anciano sordo del último piso. Si has venido a esta velocidad desde tu casa, retiro lo dicho del gimnasio, parece que funciona: has llegado viva.

Bárbara me sirvió un vaso de agua y me entregó el iPad:

—Ábrelo tú y lo leemos las dos.

El informe tenía cinco páginas, con un texto en columnas donde se detallaba en lista una serie de enfermedades que, a excepción del síndrome de Down, para mí eran ininteligibles. En la columna de la derecha, lo que me interesaba: el nivel de riesgo.

Cuando llegamos a la página cinco, todos los niveles de riesgos eran bajos. Bárbara se echó a llorar. Primero le cayeron unas lágrimas por los mofletes que enmarcaban una sonrisa de alivio. A los pocos segundos empezó a llorar a moco tendido hasta que se le enrojeció la cara. Seguí a su lado sin agobiarla ni intentar calmarla. Hay veces que uno aguanta tanto dentro, que se va inflando de preocupaciones difíciles de resolver y de situaciones inesperadas hasta que el globo se pincha y sale a raudales por los ojos. Cuando eso ocurre, lo mejor es dejar que se vacíe. No era fácil digerir un hijo inesperado, sola, y mucho menos tomar la decisión de excluir al padre. Eso y las hormonas del embarazo a las que no quiero quitar mérito en la llorera de Bárbara.

Cuando dejó de llorar, fui al baño en busca de un algodón y algo que sirviera para calmar la piel sensible. Ya de niña, cuando lloraba, parecía uno de esos muñecos que se iluminaban con una bombilla roja dentro y, por lo que podía ver, no había cambiado. Me di cuenta de la cantidad de años que hacía que no la veía llorar. Mi hermana era una chica dura.

Mientras le extendía la loción calmante por las mejillas, apareció una sonrisa burlona en su cara y me preguntó de golpe:

—¿Decepcionada?

—¿Por qué? ¿Por la llorera? Me parece lo más normal. Has acumulado mucho estrés. La situación no es fácil y estás aguantando como una campeona. Por algún lado te tienes que desahogar; si no, explotarás.

—¡Porque tu sobrina es niño! —Bárbara empezaba a perder la paciencia. Había vuelto a su ser.

—¿Niño? ¿Cómo lo sabes?

—Gracia, nena, porque lo pone en el informe. ¿No lo has visto? Ven, trae el iPad. Mira —dijo y me señaló en la segunda mitad de la tercera página, en la columna de la izquierda un texto que ponía: «Sexo: XY. Masculino».

—¡No lo había visto! Solo he mirado la columna de riesgo buscando que todos fueran bajos. Es un nene. ¡Qué bien! A mamá le va a encantar que sea un niño.

—Te has quedado sin sobrina.

—¡Tengo un sobrino! Somos ya un montón de mujeres —dije desoyendo mi lado más irracional, que se resistía a que fuera niño. No quería que me trajera un aluvión de recuerdos consigo. Una niña habría sido diferente. Diferente a Martin.

¿Estás segura? —Bárbara adivinaba mis miedos, ese desasosiego que me había invadido y que tan bien creía estar disimulando.

—No te muevas, que vas a acabar con el liquidillo de la ampolla calmante en el ojo y no creo que para el ojo sea igual de agradable. ¿Cómo lo vas a llamar?

Mi sobrino sería un niño y yo tenía varios meses para darle una identidad distinta a Martin en mi corazón.

—Marcos —respondió Bárbara después de solo unos segundos de reflexión.

—¿Ya? ¿Tan claro?

—Sí, me gusta. Ventajas de no tener un padre con el que negociar el nombre.

—Marcos San Sebastián. Suena genial. ¿Estás contenta?

—Mucho —respondió mi hermana con los ojos más rojos de lo que se los había visto jamás. Y el pelo más sucio que nunca.

—Habrá que contárselo a mamá. Después del *shock* va a estar encantada.

—¿Cuánto le durará el impacto?

—No sabría decirte. Invítala a acompañarte a la siguiente ecografía. Según lo vaya viendo se sentirá más abuela. Le va a llenar de mimos desde que nazca y yo la voy a ayudar.

—¿Sabes qué? Nunca he visto a los colegas de psiquiatría tratar a nadie con un trauma por haber recibido exceso de cariño y las dos necesitáis un bebé al que mimar.

—Tengo una nueva oportunidad de comprar cosas para la llegada de un niño a casa. Por cierto, Bárbara —dije a modo de despedida—: Lávate el pelo antes de ir a trabajar.

—¡Qué borde! No está tan mal —oí que protestaba mientras yo bajaba la escalera.

La imagen de mí misma arrullando al futuro Marcos San Sebastián me produjo una fuerte sensación de angustia y me hizo huir para poder refugiarme en mi caso. Concentrarme en el trabajo era mi mejor terapia.

Me dirigí a casa, con la esperanza de encontrar un punto por el que seguir la investigación. No tenía muy claro qué esperaba sacar de las cañas con el compañero de mi hermana y Ernesto. En cualquier caso, tenía poco que perder y algo que ganar así que decidí seguir el consejo de Bárbara e invitar a Sarah. Para animarla a venir a la cita, describí a Teo como un atractivo médico soltero. En realidad, sabía que no tenía pareja, pero no tenía ni idea de si era guapo o feo.

—A lo mejor le gusta a tu hermana. Ahora que, por fin, se ha desmelenado...

—Sarah, no digas chorradas. Está embarazada.

—¿Qué tiene que ver que esté embarazada para querer darse una alegría? Eres una antigua. Debería aprovechar ahora porque le van a venir tiempos difíciles en ese sentido.

Los 4 Gatos era un local pequeño, íntimo, como dirían los diseñadores modernos por la decoración en piedra oscura y madera. Imitaba el estilo de las nuevas bodegas de diseño que proliferaban por La Rioja y La Ribera del Duero para hacer frente a la demanda de los turistas gastronómicos. Era bonito, distinto al resto de los locales de la zona y muy apropiado para provocar conversación, con tapas bien elaboradas y una selecta carta de vinos. Cuando entramos, vimos a Bárbara con un chico que supusimos que era Teo. Ernesto no estaba. Tardó casi una hora en aparecer. El tiempo se nos pasó volando. Teo no era guapo. Ni feo. Era un tío que pasaba desapercibido a primera vista. Era al hablar con él cuando resultaba atractivo. Serio y, a la vez, divertido. Sarah desplegó todo su encanto. No el seductor, que guardaba para otro tipo de situaciones, sino el que resulta atractivo a hombres y mujeres porque es ameno y ocurrente.

Bárbara, con el pelo limpio a pesar de las protestas de la mañana, y más arreglada de lo que era habitual en ella, nos hizo reír con su humor ácido. Yo no tenía ningún talento social que destacar. Carecía del carisma necesario para ser la reina de la fiesta, ese era el papel de Sarah. Tampoco era como Bárbara, que o la adoraban o no la soportaban. Para bien o para mal, ellas no dejaban indiferente a nadie.

Charlábamos muy animados cuando llegó Ernesto.

—Tío, no cambias. Entusiasta de la impuntualidad —le dijo Teo. El tono era jovial, el mensaje directo.

Con una excusa que solo entendieron las solapas de su chaqueta, Ernesto se unió al grupo. A mí me conocía, a Bárbara también, desde niños, aunque nunca hubieran cruzado más que algún saludo de compromiso en el ascensor. Ernesto no intentó disimular que Sarah había despertado su interés. El hombre con sangre de horchata tenía buen gusto.

En la segunda ronda de vinos para nosotros y la primera para Ernesto —al menos en nuestra compañía—, surgió la cuestión de dónde ir a picotear algo.

—¿Ya queréis cenar? —Se sorprendió Ernesto—. Son poco más de las nueve.

—Y cuando queramos sentarnos a cenar en algún sitio, entre que nos tomamos el vino aquí, vamos para allá y conseguimos mesa, son más de las diez y media. ¿Tú a qué hora cenas, tío? —quiso saber Teo.

—Más tarde.

—Eso es el efecto de no tener que madrugar al día siguiente —replicó Teo.

—Ni tú tampoco, que mañana es sábado —respondió Ernesto, que empezaba a mosquearse.

—¿Qué os apetece? ¿Nos vamos para el casco antiguo? —interrumpió Sarah antes de que la conversación se volviera incómoda—. Me encanta la zona vieja, ahí se me nota que no soy de aquí. —Sarah explota el arma del exotismo cada vez que la necesita a pesar de llevar en España veinte años—. Tiene un toque especial que vosotros no notáis por haber nacido aquí. Se respira arte e historia. La arquitectura del casco histórico es extraordinaria.

—¿Te gusta el arte? —preguntó Ernesto con un brillo en los ojos. Eso sí que era una novedad. Parecía que había algo que a Ernesto le despertaba el interés.

—Me apasiona —respondió Sarah.

Para mí era agotador pasar las vacaciones con Sarah salvo que fuéramos a una playa sin ningún atisbo de monumento que visitar. Cuando no era así, ella tenía que ver cada iglesia, cada escultura, cada edificio, cada lugar. Podía pasar una hora mirando un cuadro o dos mirando un suelo. Esto último, lo de mirar el suelo, lo hizo en la catedral de Siena mientras yo, harta de esperarla, me senté a disfrutar de un delicioso café en una terraza a la sombra, después de recorrer las calles de la ciudad. El suelo del *Duomo* también me había parecido impresionante, distinto en cada sitio que mirabas, pero diez minutos de observación de mosaicos fue todo lo que mi curiosidad, mucho más lógica que artística, necesitó para verse satisfecha.

Aunque había intentado entablar conversación con Ernesto y monopolizar su atención para dirigir el tema hacia donde me interesaba, llegó un momento en el que entendí que sobraba. No podía competir con el apasionado debate sobre arte que tenían Sarah y él, no era mi punto fuerte. Tenía que confiar en que Sarah le sacara algo que me pudiera interesar y me acoplé a la charla entre mi hermana y Teo, mientras mantenía un oído alerta a lo que decían Sarah y Ernesto.

Tal como había propuesto mi amiga, nos dirigimos hacia el casco, a la zona de los locales de «treinta y tantos para arriba». Me las arreglé para bajar por la calle de La Tapilla Sixtina. Bárbara, Teo y yo íbamos delante. Teo nos contaba una divertida anécdota sobre su primer trabajo en el hospital de la cuenca minera y ni se planteó por dónde íbamos. Mi hermana en cambio me sonrió cómplice. Cuando pasamos por delante de la casa de Consuelo, la mujer de Marcelo Pravia, contigua a La Tapilla, oí a Sarah decir:

—Mira, todavía quedan algunas casas vacías en la zona. ¡Qué pena! Son preciosas y, a la vez, discretas. Sin la ostentación de los escudos de los palacetes de la aristocracia, pero con todo el encanto de la antigua burguesía. Me encantaría vivir en un sitio así, aunque con niños es muy incómodo.

Noté que se paraban a observarla así que interrumpí a Teo con la primera excusa que se me ocurrió.

—Esperadme un momento, que me está rozando la bota —dije mientras me apoyaba en un portal haciendo el gesto de arreglarme una arruga en el interior de mis cómodas botas de invierno.

—Esta, en concreto, es mía —dijo Ernesto.

—¿Esta qué? ¿Esta casa? ¡Anda ya! —respondió Sarah confirmando mi opinión sobre su gran talento para la actuación.

—Lo digo en serio.

—¿Y la tienes cerrada? Me estás tomando el pelo.

—No te tomo el pelo; es mía, te lo aseguro. Lo que pasa es que me he enterado esta semana. Parece que era de mis abuelos. De unos abuelos que tampoco sabía que tenía.

—No te entiendo.

—Son las cosas que pasan cuando uno nace en la familia Monster —le respondió Ernesto.

—La familia Monster con este tipo de propiedades se lleva mejor.

—No te creas. En cualquier caso, si quieres verla, tengo las llaves. Aún no he venido ni yo.

—¿Lo dices en serio? Me encantaría ver una por dentro.

—No sé cómo estará, lleva algunos años vacía porque, al parecer, mis abuelos murieron hace más de treinta años y uno, que ahora resulta que es mi primo, el dueño del bar de al lado, vivió aquí un tiempo, pero ya no.

—¿El dueño de ese bar es tu primo?

—Eso dicen. Es primo más o menos, su padre es sobrino de mi abuela. Quiero decir, de la que me he enterado que era mi abuela. Aunque tampoco es mi abuela, porque es abuela adoptiva por parte de padre. De un padre adoptivo que tampoco he llegado a conocer.

—¿Estás hablando en serio o me estás tomando el pelo? Parece un guion de culebrón. —Sarah no dejó atisbar ni una sombra de emoción a pesar de la información recibida.

—No, qué va. Es mucho peor. No hay telenovela que pueda competir con mi lío familiar.

—¿Y te has enterado de todo eso esta semana?

Yo seguía agachada en el portal, sin moverme ni un milímetro, escuchando la conversación e intentando hacerme invisible. ¿Adoptiva? ¿Adoptiva por parte de padre? ¡Claro! Todo cuadraba. Ernesto era el bebé, el nieto de Consuelo y Marcelo. ¿Qué hacía entonces con La Impugnada y Carmina? Sarah continuaba hablando, pero ya no me enteré de más.

—Gracia, ¿estás bien? —oí decir a Teo, que ya se había dado cuenta de que llevábamos un rato parados a cuenta de una rozadura en la bota.

—Ya voy.

Como no podía alargar la excusa, me enderecé y seguimos andando los tres, sin prestar atención a Ernesto y a Sarah, que se quedaron demasiado rezagados y no pude oírlos más.

Teo había llamado al restaurante Ca Suso antes de encaminarnos hacia la zona antigua y, gracias a una cancelación de última hora, nos habían reservado una mesa. La cena transcurrió sin novedades sobre el caso. Sarah y Ernesto se integraron en la conversación general, que no giró ni sobre medicina ni sobre historia. Hablamos de la comida, que resultó ser estupenda, sobre vinos, en los que Teo reveló ser un gran entendido, aunque eso me sorprendió menos que la pasión de Ernesto por el arte. Pensé por un momento que me habría gustado tener un *hobby* que me proporcionara anécdotas para triunfar en las reuniones sociales, como el esquí fuera de pista, el paracaidismo o la escalada. O uno que diera mucho pie a conversaciones con conocidos y desconocidos como el fútbol o la Fórmula 1. Quizá uno para grupos de «raritos» como esos locos por *La guerra de las galaxias*. Al instante pensé que, en realidad, no me gustaría tanto tenerlo o habría hecho algo al respecto.

Alabamos las virtudes del chef nada más probar un chosco de Tineo con huevo líquido, que nos fascinó a todos. El único que sacaba pegas era Ernesto que, como todos los que nunca hacen nada por sí mismos, asumía como misión encontrar defectos a la excelencia del trabajo de los demás. Continuamos con las alabanzas después de probar las croquetas líquidas de queso la Peral y la presa con salsa de sidra. Cuando llegamos al *coulant* de casadiella mi hermana se levantó de la mesa y yo la seguí.

—Y yo que creía que ibas a la cocina para declararte al cocinero –bromeé cuando entré en el baño detrás de ella.

Bárbara estaba cansada y, aunque las náuseas la estaban respetando gracias a que había comido menos que nadie, se encontraba somnolienta y con ganas de acostarse.

—¿Teo sabe lo del embarazo?

Mi hermana asintió con la cabeza mientras se echaba un poco de agua fría en la nuca.

—Entonces no tienes que poner excusas para irte. No quiero que vuelvas tú sola a casa, estás pálida. Te acompaño.

—Gracia —me dijo con sonrisa cómplice—, ¿Sarah está intentando ligar con Ernesto? No le pega nada. Pensé que iba a lanzarse a por Teo.

—Sarah está jugando a los detectives y lo está haciendo fenomenal. Ya te contaré luego.

Cuando volvimos a la mesa, Ernesto se había levantado y estaba hablando con unos hombres que no conocíamos, así que aproveché para comentar a Sarah y a Teo que Bárbara tenía que irse a descansar y que iba a acompañarla. Teo se mostró inflexible e insistió en hacerlo él. Sarah y yo nos quedamos solas esperando a Ernesto.

—Estoy en ascuas —le dije a Sarah en cuanto Teo y Bárbara salieron por la puerta.

—¿Qué has oído? Parecías un rastreador comanche agazapada en ese portal. Para ser detective, la discreción no es tu fuerte.

—No soy detective, soy investigadora. De fraudes a la Administración Pública. La discreción no era un requisito para sacar la licencia de colaborador, aunque empiezo a pensar que es más que necesaria. He llegado hasta que la casa de don Marcelo es suya y lo de la abuela adoptiva.

—Pues lo has oído casi todo.

—Un millón de gracias por perder el tiempo con él, que me di cuenta cuando entrábamos en la vinoteca que te gustaba Teo y no le has hecho ni caso.

—No me lo agradezcas. Teo me ha parecido un tipo atractivo, pero no está disponible.

—¿Y eso?

—Está colado por tu hermana y no me parece que sea un capricho de ahora.

—¿Por Bárbara?

—¿Tienes otra hermana oculta? Pues claro que por Bárbara. Se nota a la legua.

—Eso es imposible —negué con rotundidad.

—Chica, no sé, Bárbara, en su estilo, es mona. Un poco fría y distante, demasiado seria y un poco ácida. Marimandona, diría yo. Seguro que tiene su público. Y es brillante. Si no te acogota su perfección, claro.

—Claro que no es fea y que es brillante, aunque la has puesto verde en un segundo —protesté perdiendo la paciencia—. Teo sabe que está embarazada.

—¿Y qué?

—¿Cómo que «y qué»? Que no creo que quiera comerse ese marrón.

—No he dicho que quiera casarse con ella y adoptar al niño. Lo que te digo que está loquito por ella. Lo que haga en esta situación ya será otro tema.

Cuando Ernesto volvió a la mesa se extrañó de no encontrar a su amigo, pero no pareció muy desencantado.

—¿Teo va a volver? —preguntó.

Me di cuenta de que había sido muy grosera con Teo al no ofrecernos a esperarle en el restaurante para ir a tomar algo cuando dejara a mi hermana en casa.

—Es un soso —dijo Ernesto—. Seguro que se va para casa después de dejar a tu hermana. ¿Vosotras os tomáis una copa? Es muy temprano para retirarse. Podemos ir con estos colegas con los que estaba hablando que van a empezar la noche por esta zona y luego irán hacia el lagar nuevo que han reconvertido en discoteca, ¿sabéis cuál es?

Ni me sonaba, pero la mera idea de irnos en coche con Ernesto a una discoteca en las afueras me horrorizaba, así que rechacé la oferta con toda la elegancia que pude.

—No es una discoteca al uso, es rollo *chill out* —aclaró Ernesto al mostrarle mis reticencias—. Está muy bien. Hay varios futbolistas famosos que son socios y estos colegas míos son los que han montado el local. El fin de semana estaba allí toda la gente guapa.

—Suena bien. Nos apuntamos —asintió Sarah aceptando la invitación con mucho más entusiasmo del que esperaba.

Habría rechazado una y mil veces el plan, pero no quería dejar sola a Sarah, después de haberme hecho el favor de asistir a la cena y de su fantástica labor de campo con Ernesto.

Los amigos de Ernesto eran unos mafiosos con Ferrari rojo incluido. En una ciudad de menos de medio millón de habitantes eran cualquier cosa menos discretos. Estaban fuera de lugar en todos los locales, no por el Ferrari, sino porque el coche iba acompañado de un estilo que no era el del de James Bond, sino más bien del *Super detective en Hollywood*, cadenas de oro incluidas y, lo más doloroso de todo, los modales. Trataban a los camareros como colegas sin conocerlos, les decían burradas a unas camareras que, con una sonrisa forzada, se debían de estar tragando las ganas de estamparles la copa en la cabeza, en aras de conservar el empleo. Cuando sacaron las rayas de coca sin ningún disimulo en medio del local y empezaron a enrollar un billete de 200 euros, decidimos que era el momento de volver a casa. Si se metían en líos, mejor estar lejos. A mí ya ni siquiera me apetecía terminar la copa, me estaban revolviendo el estómago con su prepotencia.

—¡Menos mal! ¡Qué ganas tenía de perderlos de vista! —dijo Sarah con una mueca de asco en cuanto salimos del local—. ¿Has visto lo que le ha dicho el bajito a la camarera? La chica no le ha cruzado la cara porque está trabajando y porque se le nota que tiene las tablas suficientes para tratar con este tipo de personajes.

—A mí me extrañó cuando aceptaste la invitación tan entusiasmada.

—Me dio la sensación de que Ernesto iba puesto de coca cuando íbamos hacia la cena y quería comprobarlo. Al menos, le ha soltado la lengua.

—Yo también me di cuenta. Llegó a la vinoteca con, parafraseando a Fito, «los ojos como el coyote cuando ve al correcaminos». Ahora ya lo sabemos seguro y esta copa nos ha abierto las puertas a quedar con él otra vez si lo necesito. Le has encantado –bromeé con sorna.

–Ya, qué suerte la mía. ¡Vaya joya!

La noche estaba preciosa, llena de estrellas, muy fría y húmeda. Caía una de las primeras heladas que anticipan el invierno. Mientras esperábamos un taxi para volver, Sarah me hizo un resumen de todo lo que le había contado Ernesto. La coca y una cara bonita prestándole atención habían derribado su timidez. No podía ser el estafador porque no tenía edad y porque, o era un gran farsante o se había enterado de muchas cosas sobre su origen esa misma semana. A raíz del testamento de su tía Sofía.

Cada vez me daba peores sensaciones el suicidio de la Impugnada. Por un momento, dudé de que las confesiones de Ernesto a Sarah pudieran ser una treta para despistarme y alejarme de lo que querían ocultar, pero luego me di cuenta de que ni Ernesto ni su familia tenían motivos para sospechar de mí. Era la hija de la vecina y excepto Jorge, Sarah y Bárbara nadie sabía a qué me dedicaba. Ni siquiera mi madre lo entendía bien ni mucho menos era capaz de explicarlo. En eso consistía el secreto de la discreción. Si lo hubiera entendido, no habría podido evitar contarlo y hubiera sido mucho más difícil pasar desapercibida. Cuando Teo en un intento de ser cortés me había preguntado durante la cena le había dado la respuesta estándar: temas financieros, fiscales e inmobiliarios. No era la forma más clara de explicarlo, pero tampoco era mentira y acostumbraba a describirlo con esas palabras porque eran una respuesta mágica. Nadie profundizaba más. Sonreían y dejaban de preguntar. Sonaba al trabajo menos interesante del mundo. A veces, las cosas son diferentes a lo que parecen.

Esa noche, sin Jorge al lado para darme calor y seguridad me dormí pensando en Martin. Mi hijo se había llevado mi sueño cuando se fue. Durante mucho tiempo no pude dormir con normalidad y no me importaba, porque esos ratos de vigilia eran nuestros. Martin y yo los pasábamos juntos en mis pensamientos. Con el tiempo, habíamos aprendido a compartir los sueños. Seguíamos estando juntos.

14

El sábado amaneció con un sol inesperado. Me levanté entrada la mañana, con el cuerpo más perezoso de lo habitual, regalo de las dos copas que me había tomado después de la cena. Eché de menos salir a correr con Jorge para despejarme. No me apetecía salir sola. Por la noche iríamos a cenar a casa de Geni. Tenía tantas novedades que procesar de la noche anterior que me apetecía muy poco pasar la velada con ellos. Sabía que para obtener el contacto del comisario tenía que pagar el precio de darle a Geni materia para comentar. Geni era como las revistas en busca de exclusivas. Me acordé de la película de *Pretty Woman*, en esa escena genial en la que Richard Gere, en el personaje de Edward, está perdido en la ciudad, conoce a Vivian, interpretada por Julia Roberts, mientras ella trabaja haciendo la calle.

«Hola, cariño, ¿buscas una cita?» pregunta Vivian.

«No, estoy buscando Beverly Hills. ¿Me podrías decir cómo llegar?»

«¡Claro! Son cinco dólares.»

«Eso es ridículo» protesta Edward ofendido.

«El precio acaba de subir a diez.»

«¡No me puedes cobrar por decirme cómo llegar a un sitio!»

«Puedo hacer lo que quiera, cariño. Yo no estoy perdida» sentencia ella antes de que él, ante la rotundidad del razonamiento, acceda a pagar los diez dólares por las indicaciones.

Me di cuenta de que, en estos tiempos, esa historia de amor, que había encandilado a toda una generación, habría sido muy cuestionada por el rol asignado a la mujer. Además, la escena habría resultado anacrónica en un momento en el que los coches llevaban instalado el GPS de serie.

Como le había ocurrido a Richard Gere, yo también iba a pagar un precio por conocer al comisario.

Con tantas ganas de que volviera Jorge como pereza por la cena con Geni, no pude evitar pensar en la celebración de su próximo cumpleaños. Quedaban dos semanas para irnos a Madrid con su familia y no quería pensar en ello. Ya había decidido no ir. Mientras me afianzaba en la idea de no querer pasar de nuevo por una cena tan dolorosa como la del año anterior con la familia de Jorge, me dieron las doce. Me sacó del ensimismamiento un mensaje de Sarah.

«Adivina quién me ha escrito.»

«¿Thor?»

«Ernesto.»

«¿Ernesto? Sí que lo has impresionado.»

«Quedamos ayer en eso, pero yo tampoco pensé que se levantaría. Es para enseñarme la casa de la abuela. ¿Te vienes?»

«¿No quedará raro? Supongo que con quien quiere quedar es contigo. *Emoticono corazones*».

«¿Y qué más da? Una vez que estemos allí no va a dejar de enseñárnosla.»

«Hecho.»

Al dejar el móvil, caí en la cuenta de un detalle del que no me había percatado antes. ¿Por qué no estaba Lucas Ramilo en la lectura del testamento acompañando a Pepe? Lo investigaría después, tenía el tiempo justo para arreglarme.

La casa era preciosa, un verdadero tesoro para los amantes de las casas antiguas. No era mi caso, pero sí podía admirar la belleza de la historia en ella. Sarah parecía encantada. Estaba amueblada y llena de un polvo que se estaba cebando con mi alergia. Debía de tener los ojos como un vampiro a juzgar por cómo me escocían. No se trataba de una casa abandonada, solo deshabitada. Estaba muy sucia, pero tenía el olor humano de las visitas frecuentes. La mezcla de mobiliario antiguo y moderno era curiosa y se notaban los huecos de los muebles que alguien se había llevado. Imaginé que habría sido Lucas, para su apartamento nuevo. El sótano era el almacén de La Tapilla, lleno de barriles de cerveza y cajas de refrescos, de limones y naranjas, de patatas y de botes de todo tipo para la cocina. También había un enorme refrigerador y un arcón congelador.

En la primera planta estaba el portal, un precioso patio interior que daba luz a toda la casa, un cuarto vacío y negruzco que debía haber sido la carbonera original y un pequeño apartamento casi diáfano. Reconocí en él el estudio que don Alfredo me había dicho que se alquilaba a un pintor en época del Lucas Ramilo original, el padre de Pepe. En el apartamento había restos de cigarrillos recientes, copas y sábanas revueltas. Deduje que era el lugar que los camareros utilizaban para tener un rato a solas con sus ligues o sus novias. No quería preguntarme cómo se lavaban esas sábanas, pero supongo que a los dieciocho años esa pregunta no es tan importante. Me estaba haciendo mayor. El resto del inmueble, que empezaba en la primera planta, era la vivienda, más amplia de lo que parecía desde fuera. Nada más entrar había un bonito y luminoso salón con dos balcones. Junto a la sala principal estaba la cocina, también grande, que no parecía haber tenido muchas reformas en todos sus años de vida, y un aseo decorado según los gustos de los ochenta con azulejos azul marino de flores y sanitarios azul celeste.

El salón estaba amueblado con un sofá moderno y feo, marrón y naranja, orientado hacia el lugar en el que parecía haber estado la tele y donde ya solo quedaban un vídeo VHS y un DVD abandonados. En las estanterías de una librería antigua, donde convivían una enciclopedia encuadernada en cuero con libros de El Barco de Vapor y con *El diario de Bridget Jones*, había figuras sin valor, recuerdos de viajes y algunas fotos enmarcadas. Reconocí a la mujer y a los hijos de Lucas Cara de Rata, a Pepe, a su mujer, y a Lucas en todas las edades. También había varias fotos de un hombre de porte militar que supuse era don Marcelo, con y sin la que me figuré que era Consuelo, su mujer. No encontré nada que me aportase más información sobre el caso, pero todo confirmaba los datos que había recabado hasta el momento.

Pasé rápido por la planta de arriba, deseando huir del polvo cuanto antes: cuatro dormitorios y un solo baño, del mismo estilo que el de abajo, pero con una enorme bañera y en tonos amarronados. Se podía reconocer la habitación del hijo de Lucas, con pósteres de motos y moteros; la de la hija, con la colección de peluches conservados de una infancia recién terminada; el dormitorio de matrimonio y otro, con muebles mucho más antiguos, que haría las veces de cuarto de invitados. Eso era todo. Nada que me diera nuevas pistas sobre el caso.

—¿Qué vas a hacer con la casa? —oí que preguntaba Sarah.

—No lo sé. Está hecha una pena, pero aun así me parece muy bonita. Tiene algo especial que te conecta con el pasado.

—Es preciosa —respondió Sarah—. Y no está tan mal, solo un poco sucia y destartalada, pero es sólida y amplia. Con una buena limpieza es habitable.

A mí me costaba identificarme con su ilusión. Prefería las casas modernas, llenas de comodidades, con más baños, con domótica, muchos enchufes y fibra óptica en cada habitación. Por no hablar de cómo estarían las cañerías. Al menos tenía calefacción. Antigua, pero calefacción, al fin y al cabo, que proporcionaría el calor que iba a escaparse por las ventanas de madera, llenas de agujeros de carcoma. En cuestiones inmobiliarias yo no entendía el romanticismo.

Los esperé en la puerta del caserón, mientras buscaba en el bolso una ampolla de suero fisiológico con la que aliviarme los ojos. Ellos tardaron un largo rato en salir.

—Lástima que no tenga garaje —dijo Ernesto ya en la calle.

—No sé si te dejarán abrir una puerta —respondió Sarah—. Toda esta zona está muy protegida por Urbanismo. Hay sitio de sobra. En el apartamento ese con pinta de picadero o en el otro cuartito, ¿qué sería? ¿La carbonera?

—Podría intentarlo, pero como tú bien dices, toda esta zona está tan protegida que supongo que será difícil conseguir el permiso.

—Y la obra costará un dineral —apuntó Sarah.

—Tengo un fondo desde hace tres días, pero no lo administro yo.

—¿También has heredado un fondo? ¿Cómo un fideicomiso? Me recuerdas a esos cuentos de gente que les llega la herencia de un tío en América que ni siquiera conocían —dijo Sarah—. ¿Cómo es que no lo administras tú?

—¡Pues eso digo yo! Lo administra un señor al que conocía como amigo de la familia, pero no sabía que éramos parientes. El padre del dueño del bar de al lado. Bien pensado podría ser incluso más grotesco: podrían administrarlo mis tíos. No sé cuál sería peor, si el aprovechado de mi tío o la cabeza loca de mi tía. Que es muy buena persona, pero está como un cencerro. De mi tío no puedo decir lo mismo. Lo bueno es que este señor, Pepe, el administrador, pasa de los ochenta, no puede durar siempre.

—Puede ser que no te ponga problemas si quieres reformar esta casa y presentas un buen proyecto.

—No sé si quiero. Claro que si mi tío Antonio se queda a vivir en casa con nosotros va a ser insoportable. Ahora que ha visto que puede vivir de la sopa boba de sus hermanas, la viva y la muerta, va a ser difícil despegarlo de allí. Al menos, mi tía Sofía tuvo el buen criterio de no dejar nada a su nombre. Se lo ha dejado todo a mi tía Carmina con unas condiciones en las que no puede vender nada.

Ernesto hablaba con Sarah como si yo no estuviera allí, como si no recordara que yo también conocía a Pepe. Sarah tenía ese efecto en la gente. A todo el mundo le interesaba contarle su vida. Lo curioso es que a ella poco le interesaba la vida de los demás.

Me resultaba llamativo ver cómo Ernesto se indignaba con el caradura de su tío Antonio, que acudía al olor de la sopa boba de sus hermanas cuando él llevaba haciendo lo mismo toda su vida adulta. Le trataban como a un niño, incluso en el testamento y él parecía verse a sí mismo de igual manera, como si tuvieran obligación de cuidar de él. Era sorprendente que una familia con tanto vago pudiera vivir así de holgada con el sueldo de una maestra, que supuse suficiente para vivir sin que sobrara nada a fin de mes. El instinto me decía que la pensión fraudulenta de don Marcelo no andaba lejos de allí. Quizá no fuera Pepe el defraudador después de todo, aunque estaba cada vez más segura de que sabía mucho más de lo que contaba.

Cuando entramos en La Tapilla, Lucas Ramilo nieto, Cara de Rata, estaba detrás de la barra. No dio muestra alguna de haberme reconocido. Ya había transcurrido casi un mes desde mi primera visita, así que mis inquietudes iniciales se apaciguaron.

—¿Nos pones un vermú y dos cañas? —pidió Ernesto, ignorando cualquier relación entre ellos.

—¿Este es tu primo? —preguntó Sarah susurrando a su oído con una sonrisa cándida que nada hacía sospechar de sus intenciones.

—Eso dicen.

—¿Es tu primo y no lo saludas? —pregunté como si no supiera nada.

—Pues es que conocerlo, en sentido estricto, no lo conozco, pero sí sé que es él. Es el hijo del señor que te comentaba, el administrador del fondo —dijo dirigiéndose a Sarah.

Lucas volvió con las bebidas y con su habitual cara de malas pulgas le espetó a Ernesto:

—Tú eres el de la casa de mis abuelos, ¿verdad?

La pregunta dejó a Ernesto descolocado. Tardó unos segundos en reaccionar. No era un hombre ni rápido ni listo y además era bastante tímido, por eso me sorprendió cuando consiguió recuperarse y responder con una sonrisa de medio lado.

—Si es la misma que la de los míos, sí, ese soy yo.

—Y la vas a vender, claro, a juzgar por las compañías —le acusó Lucas mientras yo valoraba las opciones de finalizar la conversación sin descubrirme.

—Pues no lo sé —dijo Ernesto confuso.

—Eso es lo que ocurre cuando a uno le caen las cosas del cielo y no les tiene ningún aprecio. Para un centro de ocio juvenil, nada menos. Pues que sepas que esta casa lleva en la familia varias generaciones para que llegue un advenedizo a hacer negocios con ella.

—Pero ¿qué dices, tío? Déjame en paz. Nosotros hemos venido aquí a tomar el aperitivo entre amigos y no nos hemos metido contigo.

—Pues anda que no habrá bares aquí. Porque aquí, ni tú ni esta —dijo Lucas señalándome a mí— sois bien recibidos.

—Y esta, ¿por qué? —preguntó Ernesto, descolocado.

—Déjalo estar, Ernesto, vámonos. Cóbrese y quédese el cambio —dije dejando un billete de diez euros sobre la barra.

Mi única obsesión era salir de allí antes de que Ernesto se enterara de la verdad. Me costaba mucho explicar que había estado interesándome por comprar su casa y ahora iba a verla con él sin decirle nada. Pepe podía contárselo en cualquier momento, pero también podía ser que no lo hiciera y, mientras eso no ocurriera, tendríamos su confianza y una vía de acceso a información que yo necesitaba. Ya entendía por qué Lucas no había ido con su padre a la lectura del testamento de la Impugnada. Para él debía de haber sido tan sorprendente como para Ernesto. El secreto se había quedado entre los miembros de la generación anterior. Hasta entonces.

—Sí, Ernesto, vámonos —dijo Sarah con voz dulce y tranquilizadora.

Ernesto, dócil, se dejó guiar por Sarah hacia la puerta, mientras Lucas nos decía en voz más alta de la que podía considerarse educada:

—Sí, eso, sanguijuelas, aprovecharos del trabajo de mi familia y ¡qué se os atragante!

Ernesto, encaminado por Sarah, que le cogía del brazo como una novia camino del altar, no hizo ademán de darse la vuelta.

Cuando respiramos el aire fresco de la calle, Ernesto se encendió un cigarro con las manos temblorosas del sofocón y de los excesos alcohólicos del día anterior, no contrarrestados con el vermú, que había quedado entero en la barra.

—Toda herencia tiene dos caras —empezó Sarah—. La casa es preciosa, Ernesto, pero tu primo es un gilipollas.

—Gilipollas integral. ¿Qué decía? ¿De qué hablaba? —dijo Ernesto mientras bajábamos la calle en busca de otro bar donde relajarnos, lejos de La Tapilla.

Por un momento valoré contarle lo del centro de ocio juvenil de forma que me favoreciera. Decidí callarme porque no se me ocurría ninguna explicación razonable a no haberle mencionado el tema antes.

—¿Tú lo conocías? —me preguntó, poniendo fin a mis aceleradas reflexiones.

—¿Al chiflado del camarero? —Mentí como un timador profesional—. Sé que es el hijo de Pepe, pero no lo conozco de nada. A Pepe sí, ya sabes, pero Pepe y él no se llevan bien. Es triste porque están los dos muy solos —expliqué intentando desviar la atención hacia otro tema mientras pensaba en cómo responder a la potencial pregunta de por qué conocía a Pepe. Pregunta que no llegó.

—¡Bah! Olvidémoslo, que nos va a amargar el aperitivo. ¿Qué os parece este? — Sarah salió a mi rescate señalando un bar feo y oscuro en la esquina de la calle.

—Para un vermú, me vale —respondió Ernesto.

—Tu primo está mosqueado por no haber heredado él y pensará que se va a quedar sin almacén. ¡Que le den! Vamos a brindar por tu nueva casa y, al que no le guste, que se aguante —apuntó Sarah entrando la primera en el local.

A los diez minutos me despedí con la excusa de recoger a Jorge y con prisa por no estar a la vista cuando el ralentizado cerebro de Ernesto llegara a las preguntas que no quería que me hiciera.

El avión de Jorge aterrizaba a las 14.20. Tenía tiempo suficiente para preparar un plato de pasta fresca y una ensalada con uno de esos últimos tomates del otoño, de las huertas de los pueblos de alrededor, que hacían que toda la cocina oliera a tomate tan solo con dejarlos cinco minutos en la encimera.

El reencuentro y la buena comida dieron lugar a una tarde de otoño, de esas en las que dan ganas de acurrucarse con una película, que se detiene para disfrutar de las caricias en la intimidad y, después del sexo, apetece un paseo campestre abrigados para disfrutar de los últimos rayos del sol del otoño. Aquella tarde me sentí cerca de él, como en los viejos tiempos, antes de que naciera Martin.

Cuando nos dimos cuenta, teníamos el tiempo justo para llegar a la cena con Geni y no quería presentarme tarde.

Bombones y *cupcakes* en mano, oliendo a ducha y a colonia recién pulverizada, llegamos al chalet de Geni. Para ser la casa de un comisario, la seguridad era ínfima. La casa estaba situada en una calle estrecha, sin aceras, con escaso espacio para que pudieran pasar dos coches, sin líneas pintadas, flanqueada por los muros y las verjas de las casas a los dos lados, por las que sobresalían ramas de manzanos, sauces llorones y otros árboles que no reconocí. Entramos con el taxi por la verja de hierro forjado, abierta de par en par, supusimos que porque esperaban visita. La cancela abría paso a un camino asfaltado que partía el jardín, salpicado de hortensias y rosales, y terminaba después de unos metros en una pequeña explanada delante de la puerta principal donde estaban aparcados sus coches.

Geni nos abrió la puerta con una gran sonrisa, sus dos niñas y un precioso perro de aguas negro, seguidos todos ellos por Rafa. Me recordaron a las familias de las comedias de Hollywood. Por un momento, olvidé ese carácter metomentodo que tanto me disgustaba de Geni y me parecieron enternecedores. El perro se llamaba Dragón y cuando me miró con sus ojos castaños demandantes de caricias y me llenó la mano de lametones antes de atreverse a subirse a mis preciados pantalones de seda para intentarlo con la cara, me conquistó. La casa olía a comida de Navidad.

—¡Qué bien huele! Huele a festín navideño.

—Casi. De Acción de Gracias. Ha cocinado Rafa, que, después de hacer la carrera en Estados Unidos se vino con algunas costumbres de allí. Prepara un pavo exquisito y, en verano, sus barbacoas son famosas en el vecindario. Tenéis que venir a probarlas. Ahora que te he reencontrado no te voy a permitir que vuelvas a escaparte —aclaró Geni mientras me guiñaba el ojo. Me sonó más a amenaza que a cumplido.

Después de las presentaciones de rigor en las que Jorge se mostró encantador y Rafa, padrazo, bonachón e inteligente, muy distinto a cómo me había imaginado que sería el comisario, Geni monopolizó a Jorge, al que supondría una presa más fácil que yo. No sabía bien con quién se las estaba viendo. Jorge era capaz de mostrar una actitud de estar haciendo las confesiones más íntimas sin contar nada de la más mínima entidad, aunque el interlocutor, encantado con la magia de su conversación, solía tardar en darse cuenta.

Rafa sirvió cuatro copas de un aromático blanco australiano y dos Fantas de naranja en unos vasos fucsia donde habitaban todas las princesas Disney, y me invitó a entrar con él a la cocina.

—¿Me ha parecido por tus comentarios que te gusta cocinar?

—Me gusta comer, admiro a los que cocinan y, de vez en cuando, lo intento. Y me encanta probar cosas nuevas.

—Y a mí, pero se me nota mucho más que a ti, mira que michelines tengo —afirmó Rafa con una carcajada mientras se agitaba la oronda tripa—. No me suena tu cara. Me decía Geni que seguro que te recordaba. Al menos de vista. ¿Has cambiado mucho?

—Alguna arruga de más y unas gafas de menos, gracias a la cirugía láser. Lo demás sigue parecido.

—Pues es definitivo: No me acuerdo de ti.

—Así que sí que es posible crecer en el mismo ambiente y por las mismas zonas y no verse nunca. Pensaba que no.

—Yo tampoco y soy muy observador.

—Ya imagino. Con el trabajo emocionante que tienes, supongo que es una competencia imprescindible.

—Es más aburrido de lo que parece desde fuera. Te diría que tiene un cincuenta por ciento de política, un treinta por ciento de gestión y solo un veinte de investigación. Y estoy siendo generoso con esto último.

—O sea, que lo de la política es cierto. Como en las novelas policíacas clásicas. Un inspector preocupado por descubrir asesinos y un comisario obsesionado por tener contentos a los políticos. No me digas que es así.

—Lo es. Pero las novelas se ensañan con nosotros. El bueno siempre es el inspector rebelde que no quiere doblegarse a los intereses políticos. La imagen de la ciudad es importante, genera ingresos del turismo y cualquier cosa que pueda afectarla se convierte en una prioridad para el alcalde, el presidente de la Comunidad y pone al concejal de turismo al borde de un ataque de nervios. Necesitamos tenerlos contentos, que ellos son los que nos adjudican los fondos para mantener la ciudad segura. Por otro lado, los fondos salen de los impuestos y los impuestos del turismo y todo es una cadena.

—Al menos, los políticos se preocupan.

—Es su mejor baza para mantenerse en el cargo y ser reelegidos.

—Eso ya me cuadra más con los que conozco.

—¿Has tenido relaciones con políticos?

—Mucha. Con los americanos, no con los de aquí. En mi anterior trabajo lidiaba con fiscales, miembros de comisiones financieras y otros altos cargos, que allí son puestos políticos. No son funcionarios como aquí. En Estados Unidos todo está politizado. Los bancos de inversión mantienen una relación muy estrecha con la clase política y eso era parte de mi trabajo. El banco necesitaba conseguir su apoyo para las operaciones complicadas y para el lanzamiento de nuevos productos financieros. Lo mejor que se puede hacer para conseguirlo es salvaguardar sus capitales con un rendimiento generoso, dentro de la ley. Y ahí estaba yo, encargada de retorcer la ley y los productos financieros hasta que encajaran el uno con el otro, aunque no les quedara un milímetro para respirar. Si conseguíamos garantizarles que no podían procesarles y que los beneficios serían astronómicos, les teníamos de nuestro lado.

—Veo que sabes de qué te hablo —afirmó Rafa con una sonrisa cómplice.

—Y aquí, ¿qué les preocupa?

—Cosas variopintas —respondió mientras removía una especie de engrudo burbujeante que olía delicioso—. Por ejemplo, que se incremente el número de personas pidiendo en las calles. No queda bien e incomoda a los turistas. Excepto en las puertas de las iglesias, que ahí parece que sí que cuadran con el ambiente. Como si le dieran un toque costumbrista a la escena.

—Ya entiendo por qué dicen que hay encarnizadas luchas internas para conseguir un sitio en la puerta de una iglesia.

—Es una mafia. Los sintecho pagan cifras impensables por conseguir un sitio en las iglesias de las zonas turísticas.

—Perdóname, que te he interrumpido. Preocupa que las calles estén libres de mendigos, y ¿qué más provoca el dolor de cabeza de los políticos locales? Los carteristas, rateros varios y maleantes de poca monta, supongo.

—Los carteristas en las zonas frecuentadas por turistas. Son inevitables, pero hay que mantener un número equilibrado. Si se multiplican las carteras birladas, tenemos que intervenir. También les preocupan mucho los asaltos con violencia, aunque aquí son escasos, y las reyertas nocturnas en las zonas céntricas. En los barrios marginales no preocupan tanto.

—Y, ¿el tráfico de drogas?

—Solo si provoca otro tipo de delitos o son visibles en la ciudad. Mientras los trapicheos se limiten a drogas de diseño en las discotecas y a drogas de pobres en poblados alejados, todo está en orden.

—¿Los crímenes o la violencia de género?

—No afectan al turismo. La violencia doméstica no hace que el visitante se sienta en peligro. Les preocupa por un tema de imagen. Venden mucho los políticos masculinos con discurso feminista. Y los crímenes, ¿a qué te refieres?

—A personas envenenadas en sus casas o algo así, al más puro estilo Agatha Christie.

—Pues de eso no hemos tenido ninguno desde que soy comisario, ¿en qué estás pensando? —preguntó riendo Rafa.

—Pensaba en las posibles explicaciones del suicidio de una anciana, vecina de mi madre, que no me lo saco de la cabeza. La conocía de verla desde niña y supongo que me ha impresionado.

—¿Te refieres al de Sofía Álvarez? Me contó Geni que tenías cierta relación con ella. Aún no hemos cerrado el caso. Puede que tus impresiones sean ciertas —me dijo con voz misteriosa.

—¿En serio? —piqué.

—No, claro que no es en serio —se rio—. La única razón por la que aún no lo hemos cerrado es que hay que investigar todas las posibilidades. Sobre todo, porque a todas las personas que han declarado en el caso, les parece inverosímil que esa señora haya tomado semejante decisión. Nos llama la atención, aunque nada evidencie que sea algo distinto de lo que parece. No hay móvil ni sospechosos factibles. Lo cerraremos en cuanto termine la burocracia. Como suicidio. Con nota incluida.

—¿Dejó nota la Impugnada? —pregunté haciéndome la sorprendida.

—¿La Impugnada? ¿Tú también la llamas así?

—Todos los vecinos. Una comunidad con sentido del humor. Un mal día en una reunión de vecinos y te ponen el mote para siempre.

—Sí que dejó nota. Muy en la línea de la personalidad que todos los que la conocíais describís. Parece una lista de tareas más que una nota de despedida. E incluye un inventario de documentos para la familia. Es algo del estilo de «En caso de que pase equis, buscad esto que tengo guardado en...». Ni un os quiero, ni un adiós. Solo un «Recordad siempre que lo más importante es la familia».

—Pues ese tipo de nota sí que le pega. ¿No se va a hacer pública? ¿Es secreto de sumario?

—No. Ni hay secreto de sumario ni hay nada en ella que proteger. Tampoco hay ningún interés policial en hacerla pública. En cambio, hay que garantizar al máximo la intimidad de la familia antes de que algún periodista en busca de carroña se abalance sobre los detalles morbosos.

—¡Qué pena! —exclamé sin pensar.

—Eso no ha sonado bien.

—No. Ha sonado fatal. Te explico: estoy trabajando en un caso de fraude a la Seguridad Social y la investigación me ha dirigido a la familia de la Impugnada, quiero decir, de Sofía. El hecho de que, justo ahora, cuando se está investigando un fraude que puede llevar al estafador a la cárcel durante muchos años, ella se suicide, me parece una coincidencia para tener en cuenta.

—¿Sabes que, como comisario, cuando me cuentas esto, tengo la obligación de pedirte toda la información que tengas? De pedírtela oficialmente, me refiero, no mientras estoy removiendo crema de castañas.

—¿Es crema de castañas? Con razón huele tan bien. No tengo ningún problema en hacer una declaración oficial con la información que tengo hasta ahora, siempre que pueda seguir investigando mi caso, que no es ámbito de actuación policial.

—Eso podemos arreglarlo. Hablas de cárcel. ¿Tanto dinero es? ¿Por una pensión de jubilación?

—Una pensión de jubilación de un alto mando del ejército de aviación cobrada de forma fraudulenta durante más de treinta años. Treinta y tres, para ser exactos. Don Marcelo, el legítimo receptor de la jubilación, murió en mil novecientos ochenta y cinco según la información que tengo. Es fiable, proviene del propio enterrador. Incluyendo los intereses, casi tres millones de euros. Y a eso añádele recargos y sanciones, que supondrán doblar esa cantidad o más.

—¡Olé! —exclamó Rafa—. Pues esto me da una nueva óptica de la muerte de esta mujer. A lo mejor no lo cerramos tan pronto.

—¿Aunque no sea de interés político?

—Ahí está el juego malabar de mi trabajo. Mi responsabilidad y lo que me piden mis jefes es proporcionar seguridad a todos los ciudadanos, no puedo dedicarme solo a lo que les importa a los políticos ni gastar todo el presupuesto disponible para seguridad ciudadana en perseguir mendigos y rateros inofensivos de poca monta. Mi objetivo es muy distinto, pero hay que tener contento a todo el mundo. O, al menos, no tener a nadie en contra. Hablando de políticos, –continuó Rafa– sabía de las pensiones de los militares franquistas, pero pensé que con la democracia eso había desaparecido. Hace muchos años.

–Ha ido desapareciendo porque casi todos están muertos. Supongo que era más fácil esperar a que la naturaleza hiciera su trabajo y murieran de viejos que ponerse a quitarles pensiones a ancianos militares y molestar a un ejército que, en aquella época, no estaba para bromas. Acuérdate de que el golpe de Estado de Tejero fue en el ochenta y dos. Hace mucho, pero en realidad no es tanto. A los políticos de la Transición lo último que les interesaba era echar más leña al fuego. Lo que hicieron fue reconocer el derecho a recibir una pensión a los militares del ejército republicano y a sus viudas. Con eso, los ciudadanos quedaron contentos y las pensiones de los altos cargos del ejército ganador pasaron desapercibidas. No eran tantos, así que las arcas públicas no sufrieron demasiado.

–Salvo en este caso, que algún listo no dejó que se solucionara por ley de vida y continuó aprovechando la situación. ¿Habrá más casos así por España?

–Espero que sí. Tengo que ganarme la vida –respondí con una carcajada.

–Interesante trabajo el tuyo. ¿Qué decides? ¿Haces una declaración oficial?

–¿Habría alguna posibilidad de ver la nota de despedida de Sofía? –me atreví a preguntar.

–Habrá. Verla, nada más. Pásate el lunes por la comisaría. ¿Sobre las diez está bien? Te espero.

–Perfecto, Rafa. Muchas gracias.

—Lo mismo digo. La gente aún tiene miedo a hablar con la policía. Excepto las vecinas de tu madre —se burló Rafa—. Si nos hubiera interesado la marca de detergente que usaba la fallecida no habríamos tardado un minuto en conseguirla. Todas querían invitar a los agentes a un trozo de bizcocho o a unas pastas. Los pobres volvieron casi agobiados de tantas atenciones y tanta información inútil. Todas están convencidas de que fue un accidente; la versión mayoritaria es que se subió a la encimera para limpiar la parte de arriba de los cristales de la ventana y se cayó. La nota manuscrita que llevaba prendida en la falda dirigida al portero del edificio, lo consideraron todas ellas un detalle accesorio.

—Sí, son así. Es una comunidad de gente mayor. Cuando yo era pequeña, vivían muchas familias con niños, pero los hijos se han ido y los padres se han quedado solos. Aún no ha empezado a producirse la renovación generacional del edificio.

—Muchas gracias por ofrecerte a declarar. No me gustaría cerrar un caso como suicidio y dejar a un asesino suelto.

—Igual no hay asesino. Puede seguir siendo suicidio.

—Es lo más probable. Pero vamos a comprobarlo y a hacer las cosas bien. Hay una mujer muerta, tenemos que asegurarnos de que nadie la ayudó a morir.

Rafa me estaba cayendo genial. Además de por la utilidad en el caso, aunque fuera a cambio de muchas horas de burocracia y de juzgado si la investigación concluía en un final violento y poco deseado, el tipo era listo, educado, y la cena que estaba preparando tenía una pinta deliciosa. Me estaba llenando la segunda copa de vino cuando Jorge y Geni aparecieron por la puerta seguidos de Dragón.

—Fuera, Dragón, fuera. En la cocina no —gritó Geni mientras Jorge bloqueaba el paso al perro—. Gracia —dijo dirigiéndose a mí—, tu marido es encantador. ¡Qué suerte has tenido!

—Espero que él también haya tenido suerte conmigo —repliqué un poco molesta.

—Por supuesto que sí, ¡qué cosas dices! ¿Cómo vas, Rafa? Esto ya parece a punto. ¿Te ha aburrido mucho, Gracia?

—No, qué va, al contrario. Tu marido es un gran conversador, se me ha pasado el tiempo volando.

—Me da miedo preguntar de qué hablabais vosotros dos. Cuando se juntan dos raritos ya se sabe, ¿a que sí, Jorge? Gracia —continuó Geni— era una niña borde y solitaria en el colegio, aunque supongo que ya lo sabes. Solo le interesaba ganar partidos de tenis y pasaba los fines de semana jugando en el club. Llevaba gafas de pasta, no se maquillaba y era un poco arrogante. Solo era amable con su pandilla. Si no pertenecías a su círculo casi no te hablaba. Debe ser cosa de la genética porque su hermana Bárbara era todavía peor. Pero más mona. No te ofendas, Gracia.

—Algo había oído —asintió mi marido con una sonrisa burlona—. Sigue igual solo que ahora se maquilla, no lleva gafas y una lesión en el codo le impide jugar al tenis.

—Todos hemos pasado por la adolescencia, Geni. Todos hemos tenido nuestras cosas —intervino Rafa.

—Claro que no, Rafa, ¡qué tontería! Jorge no tiene nada que ver con vosotros dos —remató Geni, dejándonos a todos sin palabras. Por suerte, no teníamos ganas de sentirnos ofendidos.

—Aunque no sea de gran anfitrión, ¿me ayudáis a trinchar el pavo que está en el horno y a llevar la cena a la mesa? —preguntó Rafa cambiando de tema.

—Encantados —respondimos los dos al unísono.

—Te estás haciendo querer, Rafa. Mi mujer es feliz cuando le dan confianza en la cocina —le explicó Jorge—. Gracia disfruta cuando puede remover salsas, abrir neveras y preguntar cómo se preparan todos los platos.

—Pues este es su sitio. A mí me ocurre igual —intervino Geni diciendo por fin algo coherente—. Las niñas ya han cenado. Voy a subir a ponerles una película en su cuarto y así

253

podemos cenar nosotros tranquilos. Rafa —continuó, dirigiéndose a su marido—, corta un poco de pavo para Dragón porque si no le damos algo más que el pienso se va a volver loco. El olor de la carne asada le pierde.

La cena transcurrió sin sobresaltos, con una ráfaga constante de preguntas por parte de Geni y salpicada de temas interesantes traídos o defendidos por Rafa para mitigar el interrogatorio.

Eran más de las dos de la madrugada cuando, contentos de no haber llevado el coche, pedimos un taxi para volver y prometimos hacer la siguiente en nuestra casa. Habría que ponerse las pilas. La cena de Acción de Gracias que nos habían preparado había resultado exquisita.

15

Me dirigí a la comisaría a primera hora con toda la documentación del caso.

Era un lugar bullicioso, lleno de gente en la zona pública y de policías uniformados en la zona privada, delante de unos ordenadores, que me esperaba menos modernos teniendo en cuenta los recortes de presupuesto público durante los años de la crisis. Era un edificio bonito, algo anticuado y lleno de luz. Los agentes me parecieron muy jóvenes y se notaba en sus mesas. Para decorarlas tenían desde pequeños cactus a portarretratos de metacrilato con fotos de niños y hasta algún muñeco con dedicatoria. Nunca había estado en la parte privada de una comisaría. Era una oficina gubernamental como cualquier otra, pero con los oficinistas vestidos de uniforme.

Rafa me recibió con traje y corbata en su rol de jefe de la comisaría. Se desenvolvía como un líder nato en su ambiente, de los que no necesitan imponer para trasmitir seguridad. Los inspectores, oficiales y agentes de policía parecían apreciarle.

Me tomarían declaración él y un inspector. Después de escuchar el resultado de mis investigaciones, decidirían si debían cerrar la muerte de Sofía como un suicidio o abrir una nueva línea de investigación. Entendí que el hecho de que el comisario estuviera presente en la declaración era una deferencia hacia mí.

Tardamos casi tres horas en aclarar todos los detalles. Era la segunda vez que la policía me tomaba declaración. La primera había sido en casa de mi tío, el día de su muerte en circunstancias un poco excepcionales. Mi tío vivía con un amigo desde hacía más de cuarenta años y a poca gente se le escapaba que eran un matrimonio en toda regla excepto por los papeles que en aquella época las leyes les negaban. Con algo más de sesenta años apareció muerto en el baño con un atuendo de látex, que dejaba poco a la imaginación, y un látigo de cuero y terciopelo en la mano, de los que venden en cualquier *sex shop*. El trombo en la cabeza le sorprendió mientras se preparaba para disfrutar una tarde íntima con el que fue el amor de su vida. En cualquier caso, a la policía le pareció lo bastante extraño para querer garantizar con el resto de la familia que Víctor, su novio, marido, pareja o como se llamara entonces, mi tío, a fin de cuentas, decía la verdad.

Con tan poca experiencia en asuntos policiales, opté por contar la verdad desnuda sin omitir ningún detalle por incómodo que fuera. Les conté la historia que había inventado para acercarme a Lucas Ramilo y a Pepe sobre el falso centro de ocio juvenil para el que unos supuestos clientes querían comprar la casa de Marcelo Pravia y que me había hecho pasar por una periodista de *El Norte de Castilla* al hablar con Rodrigo, el enterrador, para sonsacarle información. Tampoco les oculté que había usurpado la identidad de la secretaria de un despacho para obtener información privada de los clientes de una notaría. Opté por contar los hechos reales en bruto sin intentar que las cosas parecieran más bonitas de lo que eran.

No hubo ningún comentario por su parte. La declaración se mantuvo en términos de absoluto respeto profesional a mis investigaciones y, aunque capté algún gesto entre Rafa y el inspector cuando les conté mis conversaciones con Rodrigo, el enterrador, no me di por aludida y ellos tuvieron suficiente tacto como para no decir nada. No pronunciaron una palabra hasta que les hablé de la nevera de laboratorio con la combinación activada, que Berta Llorente tenía en su consulta. En ese punto, me interrumpieron. Que estuviera dentro de un armario con llave, al lado de la nevera de las bebidas que servía a los clientes y retirado de su vista, no les tranquilizó.

—No es suficiente para un registro oficial, Rafa —dijo el inspector.

Me sorprendió que no le llamara «señor», pero supuse que, como en otros muchos detalles, las películas americanas no tienen nada que ver con lo que ocurre fuera de Estados Unidos.

—Podemos pedirle que nos permita entrar en su despacho y ver los armarios, cosa que hará si no tiene nada que ocultar, pero que la pondrá en guardia si no es trigo limpio. Gracia, necesitamos algo más —dijo Rafa.

—¿Algo más como qué? Nos fuimos, no tengo nada más.

—Me dices que habéis quedado para hacer una... ¿cómo la has llamado? Limpieza espiritual en casa de tu madre.

—Sí. Va a ver qué quiere el supuesto fantasma de Sofía para que la deje en paz y siga su camino.

—¿Tu madre cree que el espíritu de Sofía está en su casa? Me parece complicado que lo finja con credibilidad. Si Berta no tiene nada que ocultar, más allá de sus artes de engañifa, lo único que puede a ocurrir es que se dé cuenta, se ofenda y se vaya. En cambio, si está metida en algo turbio, no sé si tu madre va a ser rival para ella. Podría ser arriesgado. La cantidad de dinero de la que hablas y las consecuencias para el defraudador son un motivo de consideración. Sobre todo, si hay algo más que un suicidio —sentenció Rafa.

—No he valorado la opción de que Berta tuviera ningún interés en esto, más allá de mantener a Carmina de cliente. La ve todos los días y las tarifas de Berta no son baratas. No la he considerado un peligro potencial, ¿qué puede tener ella que ver con la pensión de don Marcelo? De todas formas, yo estaré en la sesión y Sarah también, que no quiere perdérselo. Por eso he metido a mi madre. Por cierto, no la subestimes.

—¿A quién no debo subestimar? ¿A Berta Llorente? —preguntó Rafa.

—A Berta no sé, pero a mi madre seguro que no. Cuando le dije a la vidente que mi madre sentía la presencia de Sofía no era cierto, pero desde que se lo he contado, se ha autosugestionado y cada día la siente más. En cualquier caso, es capaz de complicarle la conversación a Berta y a cualquiera hasta la más absoluta confusión. Hay veces que incluso a mí me cuesta hilar la información tal como la cuenta ella.

—No quiero subestimar a tu madre, pero es mi deber protegerla y hay más flecos de los que me permiten cerrar un caso con tranquilidad. Ordenando los hechos podemos afirmar que el suicidio de Sofía tiene todos los ingredientes de un suicidio. La nota de la falda es difícil de falsificar, colocar y hacerlo de forma que sea creíble con el carácter de la fallecida, tal como todos la describís. Por otro lado, hay dos datos que no encajan. Uno, que tenemos indicios suficientes para pensar que en el ámbito cercano a Sofía puede haber un defraudador de suficiente entidad como para acabar en la cárcel y que eso es un motivo para quitar a alguien de en medio. Es más que factible, por el ritmo de gastos de la familia en comparación con sus ingresos, que se estén beneficiando de ese fraude, aunque también puede ser dinero familiar y que no tengan nada que ver con el cobro de la pensión del tal Marcelo Pravia. Eso es fácil de comprobar. El segundo hecho es que Berta Llorente, vidente y guía espiritual de la hermana de la fallecida, tiene una nevera de laboratorio activada en su consulta, oculta a la vista de los clientes, en el mismo lugar en el que guarda las bebidas que les ofrece.

—Un resumen ordenado y claro —asentí.

¿Cómo habría acabado Rafa con Geni? Supuse que los cincuenta kilos que le sobraban le reducían bastante las posibilidades de elegir. Quizá Geni tuviera valores que catorce años de colegio juntas no me habían permitido descubrir. O había cambiado. O Rafa y Geni se habían enamorado. No había sido esa la sensación que me produjeron cuando cenamos con ellos. Me pareció un matrimonio bien avenido y poco enamorado, unido más por los intereses comunes que por la pasión, como tantos otros, que funcionaban con la fórmula de «toda la vida juntos» y se sentían más o menos satisfechos.

—¿Cuándo será la visita de Berta? —dijo Rafa sacándome de mis frívolas reflexiones.

—Mañana a las doce. Mi madre ha invitado a Carmina a casa, pero no le ha contado que Berta también estará allí.

—No me dejas mucho tiempo. ¿Es prudente invitar a Carmina? Aunque comentas que está, ¿cómo has dicho tú? «más para allá que para acá», no podemos descartar a nadie de la lista. Las personas tan impredecibles como la que describes son eso, impredecibles. ¿Qué pretendes sacar de este montaje?

—¿La verdad? No tengo ni idea. Busqué una excusa para ir a ver a Berta que tuviera que ver con la muerte de la Impugnada y de esa visita surgió esta sesión. En el peor de los casos, solo perdíamos una mañana y ganábamos una anécdota.

—¿Y tiene que ser mañana? —advirtió Rafa.

—Ya habíamos quedado. ¿Quieres que lo posponga?

—No. Lo que me gustaría es estar presente de alguna forma.

—Supongo que no te refieres a la típica escena final propia de Jessica Fletcher en *Se ha escrito un crimen*, donde el culpable confiesa mientras la policía lo graba todo desde el cuarto de al lado e interviene en el último momento.

—Buen intento, pero no. Más bien en plan «me aseguro de que no pasa nada».

—¿Qué va a pasar, Rafa? ¿Berta va a drogar a mi madre delante de Sarah y de mí? No te he dicho que Sarah es farmacéutica.

—Sé quién es tu amiga, la conozco de vista, de oídas y de ficha —replicó Rafa—. Hay poco más de treinta farmacias en el centro, ochenta y cuatro en total. Siempre estamos pendiente de ellas. Las farmacias tienen revisiones periódicas y trato preferente en caso de alarma. Son un objetivo muy goloso para yonquis desesperados, camellos de poca monta y chiflados con ideas felices.

—Entonces, ¿qué quieres que haga con la sesión de mañana?

—Mantén la cita. Voy a pensar cómo podemos proporcionaros protección policial. Esta tarde te llamo y te digo algo al respecto.

Nos despedimos y salí de la comisaría después de otra hora con el inspector para revisar la declaración, firmarla, dar mis datos y demás papeleo necesario para que la policía tuviera una base sobre la que intervenir.

Volví al despacho preocupada, valorando la posibilidad de que la cita con Berta pudiera suponer algún peligro, aunque no acababa de visualizar qué era lo que podía suceder. Solo se me ocurrían imágenes de Berta abalanzándose sobre mi madre con una jeringuilla mortal y otras escenas que me resultaban muy poco probables por mucho que la propia policía se mostrara cautelosa.

En un supermercado cercano compré una ensalada preparada, para compensar los excesos del día anterior, varias bandejas de fruta y dos *packs* de yogures.

Después de dar cuenta de mi comida, me preparé un *Linizio Lungo* y llamé a la residencia de ancianos. Eran ya las cuatro de la tarde.

—Buenas tardes. Me gustaría hablar con Pepe Ramilo.

Confiaba en que no fuera la hermana Esperanza la que había atendido el teléfono. No había reconocido la voz.

—¿De parte de quién?

—Gracia San Sebastián.

—Pepe no se encuentra en la residencia.

—¿No se encuentra? –pregunté sorprendida.

—No. Ha salido –me explicó una monja que, por la amabilidad con la que me daba la información, no era la hermana Esperanza.

—Muchas gracias, hermana, le llamo al móvil. Por un momento me había asustado.

—Es natural. No se preocupe, Pepe está como un roble. De todas formas, le dejaré recado de que ha llamado.

Esperaba que Pepe no estuviera con Ernesto, compartiendo la escena con Lucas en La Tapilla Sixtina del pasado sábado y acabando con mis opciones de recabar más información de ninguno de los dos.

Iba a llamar al móvil de Pepe cuando sonó el mío. No conocía el número.

—¿Sí?

—¿Gracia San Sebastián?

—Sí, soy yo.

—La llamo de la consulta de Berta Llorente. Es relativo a la cita que tienen mañana. Llamaba para confirmarla.

—Se la confirmo; mañana a las doce.

—No tengo constancia del pago.

—No he hecho ningún pago –respondí.

—¿Berta no le explicó que las visitas a domicilio se pagan por adelantado?

Recordé que el día que fuimos a la consulta, Berta nos instó a hablar con su ayudante para ultimar los detalles, pero con lo desagradable que me resultó el fin de la conversación con ella, salí a toda prisa y no había vuelto a acordarme.

—Si quiere puede acercarse esta tarde o hacer una transferencia y enviarme el justificante por correo electrónico.

—¿Qué importe es? ¿Admite tarjetas?

—Son trescientos veinte euros. Admitimos tarjeta, efectivo y pago por transferencia, lo que le sea más cómodo.

—Me acercaré sobre las cinco —accedí mientras intentaba calcular las ganancias de Berta.

¿Cuántos clientes tendría Berta Llorente? La buena noticia era que declaraba los ingresos a juzgar por los medios de pago admitidos. Trescientos veinte euros por una visita a domicilio para limpiar la casa de un espíritu. ¿Cuántos encargos de ese precio tendría al mes? Muchos, a juzgar por lo bien que iba el negocio además de otros servicios especiales que adivinaba se incluían en su oferta, como contactar con maridos, padres y madres muertos, quitar males de ojo o recuperar amores perdidos. Buena elección profesional la de Berta, que requería mucha habilidad y poca formación reglada. Ni siquiera se requerían idiomas.

Después de saldar las cuentas en la consulta de Berta Llorente sin sacar ningún provecho de la visita, volví al despacho y llamé al móvil de Pepe. No esperaba nada concreto de la llamada, pero a veces el éxito era cuestión de aparecer en el sitio adecuado, en el momento preciso, y me consolé pensando que para lograrlo era necesario intentarlo muchas veces.

—¿Dígame? —respondió la voz de Pepe.

—Pepe, soy Gracia. Gracia San Sebastián.

—¡Gracia! Qué alegría que me llames. ¿Qué tal estás? ¿Cómo está tu madre? Hoy he hablado mucho de vosotras.

—¿Y eso? —pregunté alerta. Esperaba que no hubiera sido con Ernesto.

—Porque he estado con Regina, la amiga de tu madre —explicó exultante.

—Qué bueno, Pepe —reí aliviada—. ¿Una cita?

—Hemos ido a tomar el aperitivo y a comer. Lo hemos pasado muy bien. Es toda una señora.

—Ya veo que le ha impresionado. Me alegro mucho por usted. Si está con ella, no quiero interrumpir.

—No, ya no estamos juntos. Nos hemos despedido en el portal de su casa. Esta tarde vienen su hijo y sus nietos, que viven en Barcelona, y se van a quedar con ella unos días. Regina quería terminar de prepararlo todo. Nos hemos citado para después del puente, cuando su familia se haya ido.

—Muy buena noticia, Pepe. Así que habrá una segunda vez.

—Si Dios quiere la habrá ¡sí que la habrá! —La ilusión de la voz de Pepe atravesaba el teléfono.

—Entonces, ¿está usted por el centro?

—Sí. Estoy dudando si ir a Casa Lucas, perdón, a La Tapilla, o volver al asilo. Está anocheciendo y, cuando está muy oscuro, tengo miedo de tropezarme en el camino entre la parada del autobús y la residencia.

—Si le apetece, tomamos un café, me cuenta lo de Regina y luego le llevo en coche.

—No, mujer. ¿Cómo me vas a subir hasta allí?

—Son cinco minutos. No me cuesta nada. Eso sí, me tiene que acompañar hasta mi garaje.

—Claro que sí, andar se me da muy bien —aceptó Pepe.

Ya sentados en las blanquísimas mesas de un local llamado La Doble Vida observé a Pepe radiante. Hasta se permitió pedir una copa de cava para celebrarlo.

—¡Qué bien lo he pasado, Gracia! Te agradezco mucho que me llevaras el otro día a comer a casa de tu madre. Regina es una mujer de bandera. Es guapa, lista y divertida. Una gran señora.

—Le veo muy ilusionado. A ver si se nos va a enamorar.

—Enamorarse a mi edad es difícil, pero si fuera de alguien sería de ella.

Dudé si iba a sacar algo en claro de Pepe ese día porque no parecía tener pensamientos más que para su cita con Regina, así que dejé que se explayara. Durante más de una hora estuvo alabando sus virtudes y contándome los detalles más nimios de la comida. Hasta el marisco lo comía Regina con elegancia, a los ojos de Pepe.

263

—Estuve el otro día en la casa de sus abuelos, Pepe—. Cambié de tema cuando ya lo vi más tranquilo y desahogado por haber compartido la alegría por su maravillosa cita con alguien.

—¿Y eso? —preguntó sorprendido.

—Estuve con Ernesto, el sobrino de Sofía.

—¿Ernesto quiere vender la casa?

—No ha tenido nada que ver con eso. El proyecto que me habían encargado ha cambiado y mis clientes le ven muchas más posibilidades a un local moderno en la zona del campus universitario. No le he dicho nada a usted porque ya supe que la casa era ahora propiedad de Ernesto y no quise molestarle. A Ernesto ni siquiera le he contado nada al respecto.

La explicación salió de mi boca tan fluida como falsa. Trataba de reducir las posibilidades de que Pepe llegara a comentarlo con Ernesto.

—Mejor. No sé si me hubiera gustado ver la casa donde crecí convertida en un negocio. Ya bastante duro es que Lucas no vaya a vivir allí. Siendo positivos, lo prefiero así que como lo teníamos antes de que muriera Sofía. Yo me quedo con la casa del bar y, cuando me muera, será para mi hijo Lucas. Ernesto se queda con la casa de mis abuelos. Son los únicos representantes de la nueva generación.

—¿La casa no era medio suya? ¿Cómo es que ahora es toda de Ernesto?

—Hemos hecho una permuta. Si no lo hacemos así, él habría tenido la mitad de la casa de mis abuelos y la mitad del edificio donde está el bar. Y yo la otra mitad de las dos casas. Así cada uno tenemos una y mi Lucas heredará el inmueble completo donde está la Tapilla. Si no, ya sabes, todo son líos. Lo mejor para que no haya problemas es que cada uno tenga lo suyo. Es lo que yo quería.

—Es lo más práctico. Y la casa de sus abuelos no sale de la familia —arriesgué—. Quiero decir, que nos comentaba Ernesto que era la herencia de su abuela.

—Más o menos. En realidad, sí, es así —rectificó Pepe vacilante.

—¿Su tía es la abuela de Ernesto?

—Adoptiva. Es la abuela adoptiva. Supongo que no importa hablar de ello. Ernesto ya lo sabe.

—¿Y los padres de Ernesto? Los adoptivos quiero decir.

—Mi primo Marcelo. Pobre. Murió.

—¿Marcelo?

—Sí, Marcelo, como su padre. Murió muy joven. Con apenas cuarenta años. Fue una desgracia.

—¿Ernesto era su hijo?

—Sí. Adoptivo —insistió Pepe. Para él, la diferencia parecía importante—. Tenía dos añitos de aquella. Lo adoptaron nada más nacer. Entonces el tema de la adopción era distinto. Era más fácil, pero era un estigma para el niño. No tenían la misma consideración social que los hijos propios, así que la familia ocultaba al niño y al mundo la adopción. Los hacían pasar por hijos biológicos. De aquella, la ley diferenciaba entre los hijos legítimos e ilegítimos, los biológicos y los adoptivos, los hermanos y los medio hermanos. No era como ahora que todos son hijos, sin más etiquetas. Es más justo.

—¿Y qué ocurrió cuando murió el padre de Ernesto? El adoptivo. Su primo.

—La madre, la mujer de mi primo Marcelo, no quiso hacerse cargo.

—¡Qué terrible, Pepe! ¿Después de dos años con el niño? ¡Qué duro!

—Eran otros tiempos. Otra forma de pensar. La sociedad era mucho más cruel. Se vivía por el «qué dirán». Valladolid era una ciudad pequeña, como Oviedo, muy apegada a las tradiciones. Esto que te cuento no se entiende bien en estos tiempos que corren, pero en aquella época las cosas eran de otra manera.

—¿Y qué fue de ella? De la mujer de su primo, quiero decir.

—Se fue. No era de allí. No pertenecía a aquel ambiente y no encajó. Nadie la ayudó a integrarse. Verse sola allí con un niño la superó. Aislada, viuda, con un bebé y con poco dinero porque mi tía, su suegra, se negaba a ayudarla. Ella era canaria, de La Gomera, y, cuando conoció a mi primo, vivía con su familia en Tenerife, en el Puerto de la Cruz. Los padres se habían mudado aprovechando que empezaba el *boom* hotelero en las islas, buscando trabajo. Mi primo estuvo allí de viaje, la conoció y se enamoró. Ella trabajaba en el hotel donde él se hospedó. Era una chica muy guapa. Muy alegre. Sin dinero y sin formación, pero muy bonita y divertida. Tenía salero. Mis tíos se disgustaron mucho. No era lo que habían planificado para su hijo. El día de la boda, mi tía y su marido parecía que iban de entierro. Eran tan diferentes las familias que la situación era tensa. Se casaron en Valladolid porque el padre de ella no podía pagar la boda. La pagó mi tía y, a cambio, eligió el lugar. Casi no vino nadie de la familia de ella y a los que vinieron les hicieron sentir que estaban fuera de lugar. La mujer de mi primo estaba triste y, aun así, enamorada. Todos pensamos que la aceptarían cuando llegaran los nietos, pero los nietos no llegaron porque la enfermedad de mi primo Marcelo lo impidió y la relación entre suegros y nuera fue de mal en peor. Mi tía Chelo era una mujer muy dominante, todo un carácter. Eso les afectó a ellos también. Se casaron muy ilusionados, pero luego las cosas cambiaron.

—¿Dejó al niño y se fue?

—Sí, así es. Nunca más volvimos a saber de ella.

—Y al niño lo devolvieron a la familia de origen —afirmé más que pregunté—. Dicen que la madre de Ernesto murió en el parto. Era hermana de Sofía y Carmina.

—Eso dicen. Ellas también eran de Valladolid. Somos parientes: su abuela y mi abuelo eran primos segundos. Para que acogieran al niño de vuelta, mi cuñado utilizó sus influencias. Le consiguió una plaza a Sofía en un colegio de aquí y les compraron la casa en el edificio donde vive tu madre. Así el problema desapareció.

—No entiendo. ¿Por qué es Ernesto el heredero de su tía? Si desapareció de su vida cuando aún era muy pequeño.

—Porque cuando uno se hace mayor ve las cosas de otra manera. Después de morir mi primo Marcelo, devolver al niño a su familia biológica les pareció la mejor solución. Se libraron de una cuñada indeseada y de un nieto que no llevaba su sangre. Hasta le quitaron el apellido familiar y el niño dejó de llamarse Ernesto Pravia para llamarse Ernesto Blanco. Mi primo Marcelo debió de revolverse en su tumba. Estaba ilusionadísimo con su niño. Unos años más tarde, mi otro primo, Lucas, también murió.

—¿Lucas?

—Sí, como mi padre y mi abuelo, el padre de mi tía. Mi primo ya no era un Ramilo, era un Pravia. Lucas Pravia. ¡Qué tontería! Antiguamente lo de preservar el apellido también era importante.

—¿Y qué sucedió?

—Lucas murió sin que le diera tiempo a tener hijos y a mis tíos les empezaron a pesar los años, la soledad y la conciencia, así que vinieron para acá, a buscar lo único que había podido ser suyo: Ernesto. Le dieron regalos, caprichos y mimos, pero nunca le dijeron la verdad. Hasta ahora que no ha habido más remedio.

—¿Cómo se lo ha tomado? —pregunté.

—No lo sé. Es un chico tan callado que parece que lleva el peso del mundo sobre los hombros, ¿no te parece?

—Puede que lo lleve. O, al menos, que él se sienta así. Cada uno se siente como se siente y no siempre es proporcional a lo que ocurre. Todos hablan de él como si fuera un niño, incluido usted, Pepe, pero está cerca de cumplir los cincuenta.

—Tienes razón. No hay mayor carga para una persona que la falta de raíces. Sin cimientos nada es sólido.

—Mire, a mí me gusta pensar que uno puede salir adelante a pesar de sus circunstancias. Si uno no lleva las raíces de origen, puede arraigar en otro sitio y crecer fuerte. Ahora Ernesto ya sabe quién es.

—No sé qué será peor —murmuró Pepe.

—¿Por qué lo dice?

—Hay verdades tan feas que siempre hacen daño. Algunas hacen incluso más cuando se saben a destiempo y a Ernesto su verdad le viene en una dosis demasiado grande. Como tú dices, nadie le ve como un hombre adulto. Ni siquiera él mismo. No siempre los orígenes son fáciles de superar.

Sus reservas me hicieron pensar que no lo decía solo por la adopción y la devolución. A fin de cuentas, Ernesto no tenía recuerdos de esa etapa de su vida y se había criado con su familia biológica. Que tu madre muera en el parto es una tragedia, pero no es algo insuperable. Tuve una idea y pregunté a bocajarro:

—¿Quiénes eran sus padres, Pepe? Los de Ernesto. Dígame la verdad. No me suelte el cuento de la hermana muerta.

—No soy yo quien debe contarlo, Gracia. Es cosa de ellos.

Después de dejar a Pepe en la residencia, me encaminé de vuelta al centro, mientras reflexionaba sobre lo poco que se plantean los ancianos por qué nos interesan sus historias, con tal de que escuchemos lo que les preocupa en ese momento o de lo que ocurrió en su pasado. Las ganas de hablar y compartir sus recuerdos derriban todas sus barreras. Cuando estaba entrando al garaje, sonó el manos libres de mi coche. Era Rafa.

—Rafa, creo que sé cuál es el secreto de la familia de Sofía. Es descabellado, pero creo que sé quiénes son los padres de Ernesto. El problema es que sigo sin encontrar otro motivo para el suicidio o para el asesinato que el miedo a que el fraude se destape. Estoy segura de que el defraudador está entre ellos. Estoy cerrando el círculo a su alrededor.

—Pero, chica, ¿qué has estado haciendo desde que saliste de la comisaría?

—Tomar un café con Pepe Ramilo.

—No parece peligroso.

—No lo es. También le he pagado trescientos veinte euros por adelantado a la secretaria de Berta Llorente por la sesión de limpieza espiritual.

—¿Cuánto has dicho? —preguntó Rafa.

—Trescientos veinte.

—¡Vaya dineral! En negro, claro.

—No, admite tarjeta o transferencia, así que lo declara.

—Al menos, paga impuestos. Nada que decir salvo que es muy caro. ¿Te compensa meter esos gastos en tu caso?

—No todos los días. De todas formas, prefiero no pensarlo mucho. Esto ya es más que un caso. Se ha convertido en algo casi personal.

—Te llamaba por la sesión con Berta mañana.

—No me hagas cancelarla ahora que la he pagado.

—Ni mucho menos. Al contrario. Escucha bien. Quiero que le digas a tu madre que mañana por la mañana va a estar un fontanero en su casa arreglando el desagüe del fregadero porque se ha roto una tubería, se ha inundado la cocina y ha calado hasta el techo de la vecina. También quiero que cuando llegue Berta, la encuentre discutiendo con el suso-dicho fontanero porque ella le insistió en que no empezara si no podía terminar antes de las doce y, lejos de terminar a su hora, lo tendrá todo empantanado. ¿Crees que podrá? A partir de ahí, que le siga el juego al fontanero. Es importante.

—Descuida. Lo hará bien. No sabes cómo se molesta con fontaneros, electricistas y pintores cuando llegan tarde, no terminan en el tiempo que dicen o pretenden cobrar más del presupuesto acordado. Se meterá en el papel.

—Estamos confiando mucho en la capacidad de tu madre.

—Hazme caso. Lo hará bien. La conozco.

—Eso espero. Nos vemos mañana.

—¿Nos vemos? ¿Dónde? —pregunté, pero Rafa ya había colgado.

16

El martes me desperté mucho antes de que sonara el despertador, expectante ante la perspectiva de la sesión que teníamos por delante. Me sentía preparada para enfrentarme a muchas situaciones diferentes, pero nunca había pensado que una de ellas fuera una velada espiritista con una vidente profesional. Tenía mucha curiosidad por ver a Berta en acción. Jorge seguía durmiendo a mi lado, sumido en un sueño plácido y profundo. La luz que entraba por las rendijas de la persiana era muy tenue así que deduje que, o bien el amanecer estaba perezoso, o bien iba a hacer un día de perros. Esperaba que fuera lo primero.

A las diez estaba en casa de mi madre con un café en la mano, sentada con ella y con Tania en la mesa de la cocina. Notaba más cosquilleo en el estómago de lo que a una ex tiburón de las finanzas le hubiera gustado reconocer. Tania había decidido que no iba a estar presente y que, en cuanto llegara Berta, iba a aprovechar para salir a hacer la compra. Decía que invocar a los muertos traía mala suerte y que ella, de mala suerte, iba sobrada. Se lo agradecí. Cuantas menos personas en la casa, menos probabilidades de meter la pata. Mi madre, en cambio, estaba tranquila. Como cualquier otro día. Se había puesto guapa, incluso se había pintado los ojos. Estaba impecable. Como era ella: arreglada hasta para cazar fantasmas. Aunque los fantasmas fueran de pega.

Ensayamos menos de lo que me hubiera gustado a mí y mucho más de lo que le gustó a ella, que no dejaba de repetirme que ya iría improvisando sobre la marcha.

A las once sonó el timbre.

—Es el fontanero, Adela, dice que lo esperamos —anunció Tania.

—Qué pronto viene. Dile que pase. Es de la policía —reveló mi madre sin pudor.

Cuando vi a Rafa embutido en un mono azul y con una gorra del mismo tono en la que se leía Fontanería Ceferino, me debatí entre la admiración y la risa. Dice la sabiduría popular, a la que no sabría qué fiabilidad darle, que el traje no hace al monje, pero Rafa parecía cualquier cosa menos un comisario. Cualquier cosa no, lo que parecía era un fontanero, pero no de los que te envía el seguro del hogar cuando tu tubería estropea la pintura del vecino, sino uno recién salido de las páginas de *Pepe Gotera y Otilio*. Supuse que eso significaba que la caracterización era un éxito.

—¿Rafa? ¡No esperaba verte aquí! —balbuceé agradecida a la vez que contenía la risa que luchaba por salir—. Mamá, ¿te acuerdas? Te hablé de Rafa, el marido de Geni. Mi compañera de clase en el colegio.

—Claro que sí. ¡Una niña imposible de olvidar! —afirmó mi madre que había recordado ya a Eugenia la Chismes y mi brecha en la cabeza.

—Rafa es el comisario de la comisaría del centro —terminé con la presentación—. No pensé que fueras a venir tú —dije dirigiéndome a él.

—No había otra opción. Era muy difícil asignar este encargo de un día para otro y está fuera de convenio. Mi tío es fontanero. Es el dueño de la empresa —dijo señalándose la gorra—, y yo entiendo bastante de fontanería. Más de un verano de mi juventud me tocó ir a ayudarle. Si no sale nada del encuentro con Berta, nadie tiene que enterarse de que la policía ha estado aquí y, si descubrimos algo importante, será muy fácil explicar mi intervención. Además, te confieso que, si le ocurre algo malo a tu madre, Geni me mata.

—¿Y eso? —pregunté.

—Porque te admira muchísimo. Para ella eres un referente desde que erais niñas. Yo tenía mucha curiosidad por conocerte, porque Geni me ha hablado mucho de ti, de cuando erais pequeñas y de lo bien que te portabas cuando, en clase de gimnasia, las demás se metían con ella por no ser capaz de saltar el potro y tú la defendías. Lo pasaba muy mal porque las niñas la llamaban gorda.

—¡No me acordaba! Eran tres niñas, unas abusonas, que la tomaron con ella en segundo y aprovechaban cualquier circunstancia para insultarla. Las monjas no hacían nada por evitarlo. En aquella época los profesores ignoraban los casos de *bullying*. Cosas de niños, decían. ¡Hace tanto tiempo!

—Geni no lo ha olvidado y está orgullosísima de que seáis amigas, aunque hayáis estado separadas por las circunstancias. Se siente muy feliz con tu vuelta y con que hayáis retomado la relación. El otro día, cuando vinisteis a cenar a casa, estaba encantada. Te aprecia mucho.

—Me vas a sonrojar —dije evitando la reciprocidad a una declaración que no esperaba y que me hizo sentir una momentánea mezcla de acercamiento a Geni, de la que no recordaba haber sido amiga, solo compañeras de clase.

¿Geni pensaba eso de mí? No era momento de culpas. Ya pensaría en ello más tarde. Si Geni llevaba treinta años cayéndome mal por algo sería y, si me había equivocado, buscaría la oportunidad para solucionarlo. Podría seguir equivocada otras tres horas sin que se hundiera el mundo.

—Bueno, a trabajar —nos exhortó Rafa—. Enséñame la casa. ¿Dónde la vais a recibir?

Media hora después, Rafa conocía la casa y había desmontado el fregadero de la cocina, Sarah bebía la absurda infusión que mi madre le preparaba cada vez que iba a su casa —porque, según ella, «a todos los argentinos les gustaba el mate»—, y habíamos acordado la discusión que Rafa y mi madre tenían que representar delante de Berta. Solo quedaba esperar.

Dos carteros comerciales después y la vecina del quinto que iba al Carrefour y se ofreció a traer a mi madre lo que necesitara, llegó Berta. Puntual, demostrando una vez más su profesionalidad. Llevaba un iPad en la mano, un gran bolso cargado de cosas y un blusón colorido, que le llegaba hasta la mitad de la pernera de los vaqueros. Tampoco esta vez traía túnica ni turbante ni bola de cristal.

Le abrimos la puerta Sarah y yo mientras oíamos a mi madre discutir con Rafa en la cocina. Habían empezado su escena, tal como habíamos planificado.

—Hola, Berta, muchas gracias por venir —saludé, pensando en los trescientos veinte euros que había pagado por la sesión la tarde anterior—. Perdónanos por este jaleo. Se ha roto la tubería del fregadero y se ha inundado la cocina. El fontanero ya debía haber terminado, pero no tiene pinta de acabar pronto. Mi madre está de los nervios.

—Ya la oigo —me respondió sin mostrar suspicacia. ¿Por qué iba a inquietarse por un fontanero? — Va a tener que calmarse porque los espíritus huyen de los momentos de excitación máxima, salvo que la provoquen ellos mismos.

—Si no se calma, le preparamos una tila —apuntó Sarah, dando a Berta una oportunidad de desplegar las malas artes de intoxicación de clientes que presuponíamos en ella.

La discusión entre Rafa y mi madre en la cocina se oía cada vez más acalorada. Me acerqué a ver qué sucedía mientras Berta y Sarah bajaban las persianas del resto de la casa y echaban las caídas, que descansaban a los lados de las ventanas enmarcando los visillos. Intuí que la penumbra era el mejor ambiente para lo que íbamos a hacer. Me recordaba el montaje previo de los escenarios de los teatros.

En la cocina me encontré a mi madre fuera de sí, más que excedida en su papel, y a Rafa atónito ante su actuación. Estaba volcando en él todas las frustraciones acumuladas con fontaneros, pintores, empapeladores, acuchilladores y demás ramas de los arreglos domésticos que habían dejado las cosas hechas tarde y mal. No era una cuestión de falta de profesionalidad del gremio, sino que mi madre siempre escogía al más barato en vez de al más profesional. Es decir, el que se podía permitir ser así de barato porque no lo iba a arreglar como era debido. Por la cocina, baños y paredes de la casa de mi madre se habían sucedido a lo largo de los años más de una veintena de hijos y sobrinos de alguien que conocía a alguien que la conocía a ella. Todos cortados por el mismo patrón. El del pobre niño, de más de treinta años, que «lo habían vuelto a echar del trabajo número cien después de una semana» porque «es que no acaba de encajar en ningún sitio» o «es que tiene mala suerte». Lo que mi madre no tenía en cuenta es que, al pobrecito de turno, lo habían echado del trabajo por aparecer dos horas tarde ya el primer día o por no presentarse porque el día anterior se había corrido una juerga, o por insultar a un cliente y enviarlo de palabra a algún sitio poco grato. Ese día le tocó a Rafa pagar los errores de esos vagos metidos a chapuzas en la época de las vacas gordas y los de mi madre al contratarlos. Había concentrado toda su ira en una situación que, por ser inventada, estaba exenta de riesgos. Excepto para el asombrado comisario que estaba recibiendo semejante chaparrón verbal.

Después de disculparme con Rafa, en cuyos labios pude leer: «vaya con tu madre», la saqué de la cocina y la acompañé al salón.

—Usted debe de ser Berta. Muchas gracias por venir. No sabe cuánta falta me hace su ayuda —dijo mi madre espetándole dos besos, sentidos, de corazón, no de esos que van al aire—. Perdone la espera, ¿le parece a usted razonable que se rompa la tubería del fregadero y este fontanero, que tenía para media hora, lleve más de tres y me esté desmontando hasta la encimera de la cocina? ¡Que es de granito! Si me la rompe, lo mato. Y quiere volver mañana porque hoy tiene otro cliente. Este no se va de aquí hasta que no me lo deje todo perfecto, limpio y funcionando. ¡Como que me llamo Adela! Es que no tienen vergüenza —sentenció, hecha un basilisco.

Me reí recordando que Rafa tenía miedo de que no resultara creíble.

—Lo de los arreglos en casa siempre trae dolores de cabeza —asintió Berta—. Venga y siéntese, Adela, que tenemos una tarea muy importante que hacer. Vamos a averiguar qué le ocurre a Sofía, que yo sé que usted lo único que quiere es ayudarla a que descanse en paz y, si viene a verla a usted, es que hay algo que no se lo permite. Vamos a hacer todo lo que podamos por su amiga, por Sofía —dijo Berta con una voz que sonaba a bálsamo y ese fue el efecto que tuvo. Berta era muy buena en lo suyo.

Contemplé cómo, en un momento, a mi madre se le llenaban los ojos de lágrimas al acordarse de la Impugnada. No hay mejor actor que el que vive en el papel, el que abandona su personalidad y se mete en la del personaje que interpreta. Mi madre vivía en el mundo de las emociones, era de naturaleza pasional y por eso era capaz de pasar de un estado a otro solo con imaginárselo. Lo recreaba en su mente y, como nos ocurre a todos, el sentimiento que le producían las situaciones imaginarias era real. Se entristecía al pensar en la muerte de su amiga y en las cuentas tan grandes que tendría por saldar para terminar lanzándose al patio desde un sexto piso. Ya se había olvidado de la indignación que sentía contra el gremio de reparaciones y reformas del hogar.

—Tenemos que ayudar a la pobre Sofía. ¿Cómo pudo hacer algo así? ¿Cómo no va a estar vagando por aquí después de lo que ha hecho? —dijo mi madre entre lágrimas.

Dejé a Berta a cargo de todo el procedimiento con la tranquilidad de que Sarah la vigilaba y fui a la cocina a preparar una tila para mi madre. Volví, infusión en mano, con instrucciones estrictas de Rafa de no permitir que mi madre la probara. Bajo ningún concepto.

En cuanto se la puse delante, a pesar de lo que habíamos insistido el día anterior, mi madre dio un buen sorbo a la tila. Como no podía ser de otra manera, se quemó los labios. No me preocupé. La taza había pasado de mis manos a las suyas sin posibilidad alguna de acercamiento por parte de Berta que estaba a más de dos metros, «detectando» actividad espiritual con su iPad.

—Adela, ¿siente usted que está aquí Sofía? —preguntó Berta.

—Noto su presencia, pero es más leve que otras veces —respondió mi madre, no supe si convencida o no.

—Vamos a movernos por la casa para encontrar el lugar donde más cerca sienta usted la presencia y allí nos instalaremos para invocarla. Mi sensor nos ayudará —dijo refiriéndose al iPad.

—Eso que ve usted ahí en la pantallita del aparato, ¿qué es? —preguntó mi madre con la curiosidad de un niño—. Yo tengo uno igual, pero solo tiene *e-mail* e internet.

—Es un sensor de actividad espiritual. Detecta la presencia de algún ente, pero no puede identificarlo. Podría ser Sofía u otra persona. Por eso necesito que se concentre usted en localizar a Sofía.

—Es sensacional a dónde han llegado las aplicaciones para dispositivos móviles —comentó Sarah.

—Entendemos que aquí solo está Sofía, Adela, así que el sensor será muy útil, pero lo primordial será lo que usted sienta —prosiguió Berta ignorando a Sarah.

—También está mi marido. A veces lo noto a mi alrededor, sobre todo por las noches —le respondió mi madre con tanta rotundidad que me hizo dudar de si estaría hablando en serio.

—Usted me guía —la animó Berta.

Recorrimos la casa en penumbra, habitación por habitación, excepto la cocina, donde Berta le pidió al Rafa fontanero que no hiciera ruido hasta que le avisáramos.

—Entonces puedo ir a tomar el bocadillo abajo y luego ya, si eso, subo —ofreció Rafa.

—Ni se le ocurra —dijo mi madre—. Usted se queda aquí hasta que me haya arreglado el desastre que ha montado.

Por muy metida que estuviera mi madre en el papel que representaba no se había olvidado de lo que hacíamos allí y le proporcionó a Rafa la excusa para seguir en la casa sin trabajar y sin despertar ninguna sospecha.

Rafa se quedó en la cocina, después de prometer que no daría un martillazo más hasta que no termináramos.

El ambiente que generaba Berta era de tensión sutil y sobrecogedora, sin aspavientos, sin circo y sin parafernalia que convirtiera la escena en teatro. Lo hacía con su voz, con sus movimientos y, sobre todo, con una sencillez que le daba credibilidad. Todas estábamos esperando que Sofía apareciera en cualquier esquina, aun sabiendo que no era posible. Era como uno de esos narradores geniales, que solo con su tono, sus gestos y las palabras adecuadas conseguían generar en su audiencia la atención y el suspense necesario para olvidar todo lo que había alrededor. Te metía de lleno en el ambiente. Pude vislumbrar lo que Berta llegaba a conseguir con personas predispuestas y sugestionables.

Después de peinar la casa, llegamos de nuevo al salón. Las cuatro nos quedamos en silencio en el centro de la sala llena de muebles, en la semioscuridad que proporcionaban las tupidas caídas de terciopelo. Transcurrieron unos segundos muy largos. El salón resultaba imponente, mucho más grande de lo que era en realidad. Los muebles antiguos, herencia de mi abuela, casi fantasmales. El poco polvo que había en el salón, siempre impoluto, resaltaba al trasluz de los escasos rayos de sol que se colaban a través de las rendijas de la persiana y las cortinas. Era impactante observar cómo podía cambiar una habitación, según lo que estuviera sucediendo en ella.

—Está aquí —dijo mi madre de repente dirigiéndose al sofá de terciopelo rosa que solo se usaba para las visitas de postín.

Me reí para mis adentros porque mi madre no permitiría una reunión, para ella social, en un sitio distinto al salón por muy enganchada que estuviera a la aventura espiritista.

Sofía —dijo mi madre—, quiero ayudarte. Te presento a Berta, que ha venido para hacérnoslo más fácil. Sabe mucho de esto. Dime lo que necesitas.

—Está aquí Adela, está aquí. Usted es el canal, hable con ella —la animó Berta.

—¿Qué te ocurre, Sofía? Cuéntamelo. No te juzgo. Tus razones tendrías para hacer lo que hiciste. Solo quiero ayudarte. Ojalá hubiera podido hacerlo en vida. A lo mejor seguirías con nosotros —dijo mi madre con los ojos llorosos.

—Lo está haciendo muy bien Adela, siga así —animaba Berta.

—Estoy muy nerviosa, Berta, muy nerviosa. —A mi madre le temblaba la voz.

—Beba un poco de tila, Adela, beba, que estamos a punto de conseguirlo. Ahora Sofía está más activa.

Berta cogió la infusión de la mesa, ya templada, y se la ofreció a mi madre que, como un alma cándida, la cogió. Confié en que se atendría al plan y no bebería, pero cuando vi que se la acercaba a la boca no quise arriesgar. No sabía cuál era el peligro o si existía alguno, pero no iba a comprobarlo. Fingí tropezar y caí sobre mi madre bastante más fuerte de lo que era mi intención. Aulló de dolor. Le había dado en el hombro donde llevaba la prótesis que trajo como *souvenir* de su viaje a Egipto. La buena noticia era que la infusión se había derramado sobre la alfombra. Su alfombra favorita, para ser más concretos: una persa «auténtica» como ella decía. Se la había traído, allá por los años setenta, su tío, emigrante en aquellos tiempos en el lado contrario del globo al que, en la posguerra, emigraba la gente con más sueños y escaseces que opciones en su tierra. Mi madre me miraba como si quisiera estrangularme con la cara convertida en una mueca de dolor.

—Pero ¿qué haces? ¡Ay! ¡Qué daño me has hecho! —se quejó con lágrimas en los ojos y esta vez no eran por la Impugnada.

—Lo siento, me he tropezado con la mierda de alfombra esta —me disculpé.

—De mierda nada, ¿eh? Que es una persa auténtica, que me trajo mi tío de Teherán... —continuó soltando una perorata alabando las bondades de la alfombra. Quizá no le dolía tanto el hombro.

—Que sí, mamá, ya sabemos lo buena que es la alfombra. ¿Tú estás bien?

—Me duele —se volvió a quejar agarrándose el hombro.

—Ven, Adela, vamos a darte un masaje, a ver si te alivio —se ofreció Sarah.

—¿Tú sabes dar masajes? —pregunté sorprendida con la nueva habilidad de mi amiga.

—Igual que sabe todo el mundo. Cuando estaba de Erasmus en Italia hice un curso de una semana de quiromasaje... —empezó a explicar Sarah.

—Vamos a perder a Sofía si no reconectamos pronto —interrumpió Berta—. Adela, ¿se encuentra bien para seguir?

—Claro que sí. Pobre Sofía. Con lo bien que íbamos —se lamentó mi madre, desencajada y sin soltarse el hombro.

Recogí la taza de la alfombra y la llevé a la cocina. Se la entregué a Rafa, que seguía allí, con la puerta abierta, escuchando atentamente la escena que se estaba desarrollando en el salón. Me hizo un gesto con el pulgar hacia arriba, al más puro estilo de un emperador romano. Me figuré que me felicitaba por evitar que mi madre bebiera la tila y llevarle la taza para analizar. Cuando regresé al salón las encontré otra vez metidas en faena. Mi madre hablaba con Sofía, mientras seguía sujetándose el hombro con aspecto de sentir mucho dolor.

—¿Qué te ocurre, Sofía? ¿Qué necesitas?

—Siga Adela, siga, tiene a Sofía en disposición de hablar ya. ¿Qué le dice? —la alentó Berta.

—Yo te ayudo, Sofía, como tú me ayudaste a mí cuando murió Luis. Nunca lo olvidaré. Has sido una persona maravillosa con todos los que te rodeamos, con tu hermana, con tu sobrino, conmigo, con todos. A pesar de lo que has hecho, sé que Dios te va a perdonar —continuó mi madre con su perorata que se estaba volviendo cada vez más casposa y santurrona—. ¿Qué te preocupa? ¿Carmina? ¿Ernesto? ¿Los dos? ¿Te preocupan los dos? Creo que le preocupan los dos —continuó dirigiéndose a nosotras.

—Pregúntele por qué. Ella está aquí por algo concreto. Pregúntele qué le ha quedado pendiente. Está en su mayor nivel de actividad. Está preparada para contárselo —sonó la voz de Berta que, con la penumbra del salón y el sonido cada vez más penetrante que salía del iPad, nos condujo a un nivel de tensión máximo. El método de Berta era bueno, el cliente era el canal, lo sugestionaba para oír la voz del difunto y así conseguía que el espíritu le dijera al cliente lo que este quería oír. No había decepciones.

—¿Qué quieres que haga? ¿Cómo puedo cuidar de ellos? —volvió a preguntar mi madre al aire—. Carmina está bien, Sofía, no te preocupes. No está sola. Estará bien.

Nos quedamos en silencio. Solo se oía de fondo el sonido rítmico y monótono de la gente en la calle y el penetrante sonido del iPad que parecía que iba a estallar en una especie de trance hipnótico. Mi madre aparentaba estar tan concentrada que ninguna de nosotras se atrevía a hablar. Miré a Berta de reojo y me pareció igual de expectante que nosotras.

Desde la puerta de la sala un profundo sollozo nos sobresaltó. Fue tan intenso como inesperado. Nos volvimos alarmadas y allí vimos a Carmina, sostenida por Rafa casi en volandas. Parecía desvalida, tan delgada, con los ojos llenos de lágrimas y una expresión de congoja que me alertó.

—Sofía, perdóname. Perdóname —empezó a gimotear.

Nadie dijo nada. Solo Rafa parecía haber vuelto a recuperar el porte que tenía en la comisaría, a pesar del mono azul y la gorra con la publicidad de la fontanería familiar.

—Perdóname. Perdóname, hermana mía —decía Carmina sin parar.

—¿Que te perdone por qué, Carmina? A ti ¿por qué? —preguntó mi madre haciéndose oír por encima del sonido *in crescendo* que salía de la *tablet* de Berta.

—No pensé que te ibas a morir. Ay, Sofía, perdóname. Al infierno. Voy a ir al infierno —seguía Carmina con su recital.

—Ya está bien, Carmina —exhortó Berta con voz marcial.

—Quédese quieta donde está y cállese —ordenó Rafa a Berta con una autoridad que dejó a la vidente paralizada.

—¿Por qué dices eso, Carmina? —insistió mi madre.

—Porque yo la maté —confesó Carmina—. Yo maté a mi hermana —gritó con un desgarro inesperado.

—No digas tonterías Carmina, ¿cómo vas a matarla tú? —dijo mi madre, con la mano todavía en el hombro dolorido y la voz desencajada.

—No sabes lo que dices, Carmina. Cállate —volvió Berta al ataque.

Rafa consideró que era el momento de identificarse ante Berta, que tomó asiento en uno de los sillones del salón cuando supo quién era, y ante Carmina, que no reaccionó. Le hubiera dado igual que Rafa dijera que era el comisario o Napoleón resucitado.

—Fui yo. Yo la maté. —Carmina repetía lo mismo una y otra vez.

Entre Rafa y yo sentamos a Carmina en el sofá y mi madre se sentó a su lado, sujetándola con cariño. Rafa la flanqueó por el otro lado y yo me encajé en el brazo del sofá junto a mi madre, así que Sarah fue a sentarse en el sillón libre, al lado de Berta.

—¿Qué fue lo que hiciste, Carmina? Tú no mataste a Sofía —dijo mi madre con la misma voz tranquilizadora con la que nos acunaba de niñas.

—Sí que lo hice, Adela. Yo la maté —reiteró Carmina empecinada mientras Rafa le hacía señales a mi madre para que continuara y Berta parecía cada vez más hundida y descompuesta en el sillón.

—Cuéntamelo todo, Carmina. Desde el principio. Suéltalo todo —le pidió mi madre dulce y cariñosa mientras la mecía con su brazo sano ya liberado—. ¿Tiraste a Sofía por el balcón? Porque así fue como murió y tú no hiciste eso —continuó mi madre poniendo un poco de cordura en la absurda escena que estábamos viviendo.

—No, eso no. Yo no la tiré. Yo la envenené y ella se tiró por mi culpa —respondió Carmina levantando los ojos hacia los de mi madre, buscando una comprensión que pareció encontrar.

Rafa, Sarah y yo nos miramos atónitos, mientras Berta se llevaba las manos a la cabeza en un gesto que, en ese momento, no fuimos capaces de descifrar, pero que hizo saltar nuestras alarmas internas al recordar la nevera de laboratorio en su consulta. Rafa se levantó, colocó una silla al lado de Berta y se sentó, cerrándole el paso hacia la puerta y fijando su atención en ella.

—Cuando Sofía quiso renunciar a la pensión de Ernesto, le dije que no podíamos prescindir de esa cantidad de dinero, pero ella se empeñó en que debíamos dejar de cobrarla. Y, Sofía, eras tan cabezota —decía Carmina sin que supiéramos bien si se dirigía a mi madre, al espíritu de su hermana o a sí misma–. Sofía decía que nos iban a pillar. Todo empezó cuando leyó una noticia en *La Nueva España* que hablaba de la persona más anciana del país y ella calculó que don Ino sería mucho mayor. Nos dijo que, en cualquier momento, alguien se daría cuenta, investigarían y descubrirían que Don Ino había muerto hace más de treinta años. Incluso ideó un plan para dejar de cobrar la pensión sin despertar sospechas porque decía que, si nos pillaban, nos quitarían todo lo que teníamos y, a lo mejor, hasta nos metían en la cárcel. Pero Antonio no quería, Sofía, Antonio necesitaba el dinero, ya sabes que nunca ha tenido suerte con los trabajos, y Ernesto es igualito que él, no se les da bien. ¿De qué iban a vivir? Tu pensión no era suficiente. Y ¿si nos quitaban la casa, Sofía? ¿Qué íbamos a hacer? Y ¿qué le íbamos a decir a Ernesto? Él necesita dinero para sus cosas. No podías hacer eso, no podías –gimoteaba Carmina.

–¿Por qué cobraban esa pensión, Carmina? –me arrepentí nada más salir la pregunta de mi boca, ante el temor de que Carmina volviera a su ser y no quisiera continuar. Mi preocupación no se hizo real, Carmina había entrado en una especie de trance y no paraba de hablar.

–Por lo que le hicieron a Ernesto. Era lo justo. Ernesto la merecía. Y Antonio también, que tuvo que salir corriendo de Valladolid en plena noche para que mi padre no lo matara. Tan joven que era. Casi un niño. Y nosotras también la merecíamos después de todo lo que sufrimos.

–Claro, Carmina, claro. Entonces, ¿qué hiciste? –mi madre seguía sin saber a qué se refería Carmina y animándola a proseguir.

–Yo solo quería que se olvidara del tema. No quería hacerle daño a mi hermana.

–No le hiciste daño, Carmina, ¿cómo ibas a hacerle tu daño a Sofía? Ella no murió envenenada.

–Que sí, Adela, que sí. Se mató porque la envenené–. Carmina se aferraba a su verdad como una niña a una muñeca nueva–. Yo le di el tóxico. Al principio, solo quería que se encontrara un poco mal y se concentrara en otra cosa, que dejara la pensión en paz. Pero no funcionaba. Seguía empecinada y le fui subiendo la dosis. ¿Por qué iban a descubrir lo de la pensión si nadie había reclamado en tantos años? Berta me dijo que el tónico no le iba a hacer daño, que iba a ser una cosa pasajera, suficiente para que se concentrara en su salud y dejara lo de la pensión de lado.

—Pero ¿qué le diste? ¡Ay, Dios, Carmina! —dijo mi madre, que empezaba a perder la compostura ante la impensada confesión.

—Unas gotitas del tónico de Berta. Se las ponía en la ensalada y en las verduras. ¿Te acuerdas, Adela, que mi hermana lo aliñaba todo con limón? Decía que el vinagre era veneno, no le gustaba nada. El tónico olía a limón, le echaba un poco a su comida y ella no notaba nada. Como no tenía buen paladar y seguía inamovible con la idea de renunciar a la pensión empecé a ponérselo en todas las comidas y en la medicina que tomaba para el riego. Tuve cuidado de hacerlo cuando abrió una botella nueva y le eché un frasco entero. Notó el aroma al limón, pero pensó que habían cambiado la composición para darle mejor sabor.

—¡Ay, Señor! Carmina, ¿cómo hiciste eso? ¿Qué eran esas gotas?

Mi madre miraba a Carmina con horror y pena, como si no supiera bien qué sensación escoger.

—El tónico iluminador de Berta —insistía Carmina.

Berta continuaba callada.

—¿Qué era, Berta? —preguntó Sarah.

—No sé de qué está hablando. Yo no le di nada a esta señora —respondió Berta Llorente recuperando la compostura.

—Que sí, Berta, que sí me lo diste. Me lo diste tú. Acuérdate. —Carmina la señalaba casi histérica.

—Yo no le di nada —repitió Berta—. Esta señora está en *shock* y no sabe lo que dice.

—Me lo diste tú —repetía Carmina dirigiéndose a Berta—. So-fía se dio cuenta, lo encontró y por eso se tiró al patio.

—Que no, mujer, ¿cómo se iba a tirar por eso? —dijo mi ma-dre sin entender nada.

—Porque lo decía en la carta —respondió Carmina.

—¿En qué carta? —preguntamos a la vez Rafa y yo.

—En la que me llegó por correo tres días después de que mu-riera.

A cada edad sus propios métodos. Correos. Así de fácil fue para La Impugnada dejar una nota de suicidio y evitar que la policía tuviera acceso a ella. ¿Qué podía ser más fácil que una carta certificada recibida unos días después?

17

Querida hermana:

Nada me apena más en el mundo que dejaros solos, pero no veo otra salida. Quiero que sepas que te perdono. No te culpo de nada. Tenías grandes motivos para querer matarme. Me ha costado toda una vida aceptar lo que sentías por ellos, ese sentimiento tan profundo que te ha llevado al borde de la locura. Pero ahora, al final de mis días, puedo comprenderte. Sé que lo que me has hecho es para protegerlos a ellos, para proteger a tu hijo y a tu gran amor, el más prohibido que existe: el amor por tu propio hermano. Nosotros, tu propia familia, te arrebatamos el fruto de esa pasión y Dios te lo devolvió, se apiadó de ti, para que no murieras de pena. Dios fue más justo y misericordioso contigo que nosotros. Yo fui la culpable. Convencí a papá. Le instigué para deshacernos de tu hijo y preservar nuestro buen nombre, cuando yo aún soñaba con casarme y formar una familia. Creía entonces y quise creer después que para el niño sería mejor, que crecería en un buen hogar y no llevaría el estigma de ser hijo del incesto o, en el mejor de los casos, de una madre soltera. Poco sabía lo que iba a cambiar la mentalidad de la gente en tan pocos años. Esas cosas ya no le importan a nadie. Mamá no quería entregar a Ernesto, pero al vernos a papá y a mí tan convencidos, también os abandonó. Me parecía que lo que habíais hecho era imperdonable y que ese bebé que iba a salir de ti sería la encarnación del mal. El trofeo del diablo. ¡Qué joven y qué tonta era! ¡Creía estar en posesión de la verdad absoluta! Ahora sé que no hay mayor crueldad que separar a una madre de su hijo. Yo ya no quiero continuar. Me contento con la vida que he vivido. He tenido la suerte de pasarla a tu lado, mi Carmina, eterna niña enamorada, y de Ernesto, al que no supimos dejar crecer y volar. He hecho muchas cosas mal. He querido imponeros mi forma de ver la vida, sin pensar que vosotros sois distintos, que os estaba matando al cortaros las alas. Ernesto lleva un artista dentro que siempre me dio miedo que sacara. No quería que fuera como tú. No quería que sufriera como sufriste tú. ¿Y tú? Tú eres una princesa de cristal que merecías un amor de cuento de hadas, un bebé como un querubín, como el que tuviste, y una vida de ensueño. Yo no lo permití.

Antonio me odia, lo veo en sus ojos. Me mataría si tuviera el valor de hacerlo. Pero Antonio no es valiente. Es un niño encerrado en una imagen de hombre duro. Está de vuelta de todo, como están aquellos a los que no les han permitido ir a ninguna parte. Noto el odio en su mirada, me culpa de lo mucho que ha sufrido. Era aún un niño cuando papá lo echó de casa por lo que hicisteis. Se ha vuelto tan frío y desconfiado que me angustia pensar que Dios me haga pagar el mal que le hemos hecho a él también. Tú eres la única persona que aún le conmueve. Tenéis una oportunidad de tener una vida juntos. Os quedáis los tres. Solo espero que no sea demasiado tarde para vosotros.

En la caja fuerte del banco, con los recuerdos de mamá y las joyas de doña Chelo, hay un sobre con toda la documentación de la pensión de don Ino. En esos papeles solo figuro yo. Lo dejo todo arreglado, pero es importante que le entregues esta carta a Antonio y sigáis mis instrucciones.

La pensión está domiciliada en la cuenta de ING. Yo era la única titular y ya no queda dinero en ella. Todo lo que había lo encontraréis en la caja fuerte, junto con el resto de la documentación. Cuando llegue el siguiente ingreso de la pensión quiero que lo devolváis, que vayáis con él a la Seguridad Social y que denunciéis el error. Cuando investiguen, descubrirán el fraude y debéis negar cualquier conocimiento sobre él. No os preocupéis por el futuro, perderéis la pensión, pero no ocurrirá nada más. Me he encargado de que no queden bienes a mi nombre. Todo *está al tuyo y la herencia de Ernesto está a salvo. Viene directamente de doña Chelo y de don Ino. Son bienes que no tienen nada que ver con el fraude y a Ernesto no pueden culparle. No queda dinero en efectivo en las cuentas. Está repartido entre la caja fuerte y el fideicomiso de Ernesto. Pepe lo va a administrar hasta que muera. En sus manos estará bien. Siempre ha cuidado de nosotros. Cuando Pepe falte os quedaréis solos. Tenéis suficiente dinero para vivir sin apuros. Espero que Antonio y Ernesto sean sensatos. Nuestra casa está a tu nombre desde hace años y Ernesto es el propietario de la casa de doña Chelo. Así lo he acordado con Pepe. Él sabe lo que hay que hacer. Confía en él.*

Anima a Ernesto a volver a pintar. ¿Te acuerdas lo bien que lo hacía cuando estaba en el colegio? Aún están sus retratos en el trastero. Pídele a Antonio que intente perdonarme, a ver si con su perdón Dios se compadece de mí, y tú, hermana mía, no pierdas un minuto en llorarme y ve con ellos. Esto que voy a hacer, pagar con lo que me queda de vida, te lo debo y no compensa todo el mal que os hice.

Reza por mí, hermana, que Dios se apiade de mis faltas y mis errores.

Tu hermana para siempre,
Sofía.

—¿Qué les va a pasar? —me preguntó Bárbara, sentada en una de las sillas afrancesadas del pequeño, blanco y coqueto local de Ma Petite Pâtisserie, en La Florida, una de las zonas nuevas de la ciudad, donde se disponía a dar cuenta de un delicioso pastel de limón con merengue italiano tostado.

Bárbara ya no tenía náuseas. Estaba empezando el segundo trimestre de embarazo, al que por algo llaman el trimestre dulce y, aunque ella decía que ya se le notaba la tripa, estaba más delgada que nunca, después de tres meses de ascos y vómitos. También estaba más guapa, las ojeras habían desaparecido y la sonrisa había vuelto a su blanquísima cara.

—No lo sé, Bárbara. Esa carta no debería salir a la luz. Solo traerá más dolor a los que no tuvieron culpa de nada. Espero que el juez de instrucción haga lo que tenga que hacer y que evite que la historia de esta familia se convierta en un espectáculo mediático.

—¿Meterán a Carmina y a Antonio en la cárcel? A fin de cuentas, eran cómplices del fraude según la carta. Lo sabían desde el principio.

—No creo. Es un fraude a la Seguridad Social y ellos no son los defraudadores. No figuran en ningún sitio, todo estaba a nombre de La Impugnada. Otra cosa es que la encierren por intento de asesinato, pero por fraude no.

—¿Todavía no se sabe lo que le dio Carmina?

—Se lo llevaron para analizar. No sé nada más. Ella entregó todo a la policía, el bote que le quedaba de los que le había suministrado Berta y la carta. Allí mismo, subimos con ella a buscarlo a su casa. No sé qué pensar. Parece un hada bondadosa y, a la vez, es capaz de intentar matar, de forma lenta y premeditada, a su hermana, que cuidó de ellos durante más de cuarenta años.

—Y que le destrozó la vida —puntualizó Bárbara—. Ayudó a que le quitaran a su hijo y se lo dieran a unos desconocidos que después le negaron un hogar. No es de extrañar que se haya vuelto loca. ¿Y los demás?

—Antonio se empequeñeció como si quisiera desaparecer en cuanto Rafa se identificó en su puerta. Ernesto no reaccionó. No sabía quiénes eran sus verdaderos padres. Él creía lo que le habían contado desde pequeño: que su madre había muerto en el parto.

—¿De verdad lo creía? ¿No le parecía raro no ver fotos de su madre?

—Cada uno cree lo que quiere creer. Hasta las cosas más inverosímiles.

—Para un día que pasa algo emocionante en casa de mamá, me lo pierdo. ¿Qué ocurrió después? —preguntó Bárbara.

—No sé de qué hablarían cuando se quedaron solos. Tampoco sé qué declaró Carmina en la comisaría. Espero que Rafa me llame para contármelo, aunque no tiene por qué. Ya ha sido muy amable.

—Te cae bien.

—¿Quién? ¿Carmina? No sé, no sabría qué decirte. Más bien no. Tengo sentimientos encontrados.

—Carmina te da lástima, a pesar de lo que ha hecho. Me refería a Rafa.

—Tienes razón en ambas cosas. Carmina me da pena y me espanta a la vez. Rafa me cae muy bien. Me parece un gran profesional y un tío muy honesto.

—Os estáis haciendo amigos.

—Podría ser.

—¿Y sabes lo que eso significa?

—¿Qué significa? Ilumíname.

—Que vas a tener que llevarte bien con Geni. Y que me voy a reír mucho de ti —se mofó mi hermana.

—Quizá Geni sea mucho mejor que la persona superficial y cotilla que yo pensaba que era. Y no te rías tanto, que Marcos va a necesitar canguro —respondí algo ofendida.

—¿Podrás hacerlo? ¿Podrás cuidar de él?

—¿Sabes qué? —le dije ignorando la misma pregunta que me hacía a mí misma desde que sabía de la llegada de Marcos—. Creo que es buen momento para que se lo digas a mamá. Después de la impresión que se llevó con lo de la Impugnada y su familia, que Marcos no tenga padre le va a parecer una tontería comparado con la maravillosa noticia de tener un nuevo nieto al que proteger y mimar. Desde que sabe lo que le hicieron a Ernesto, reflexiona mucho sobre lo que significa la familia. Lo del incesto la ha dejado atónita y la atrocidad de que a un niño lo abandonara primero su familia y luego su familia adoptiva, le ha conmovido el corazón.

De Carmina y la Impugnada ni habla, solo murmura lo mucho que engañan las apariencias.

—No sé si Ernesto va a ser capaz de superarlo. Es un *shock* para cualquiera y, para una persona de carácter débil como él, la excusa perfecta para vegetar aún más de lo que lo hacía. Qué vida más triste, sin ilusiones y sin nada por lo que pelear. —La Bárbara rigurosa y estricta había vuelto a su ser.

—Siempre hay esperanza. ¿Sabes que se ha ido? Ya no está con sus tíos. Con sus padres, quiero decir. Se ha mudado a la casa que ha heredado. Se lo ha contado a Sarah. Y mamá le envía comida. Con lo gordo que está, como se la coma toda va a parecer un muñeco de nieve.

—Supongo que está cocinando Tania bajo su dirección porque ella casi no puede mover el hombro. La que has liado, por cierto. Menudo empujón le diste.

—Gracias por intentar hacerme sentir culpable. Intentaba salvarle la vida. Ya me siento fatal porque tengan que volver a operarla. Iba a ofrecerme a acompañarte a contarle lo del bebé, pero ya no lo tengo claro.

—Era broma. No te sientas mal, las prótesis a veces se mueven incluso sin tocarlas. Fue un accidente. Además, tenías un buen motivo para hacer lo que hiciste. Respecto a lo de tu sobrino, había pensado acercarme esta noche a casa de mamá y contárselo. Es el momento adecuado. Prefiero ir sola. Ya te llamará ella después con la noticia. Le va a costar un rato asimilarlo, pero reaccionará bien. Tendrá un gran motivo para recuperarse cuanto antes del hombro porque estará deseando cogerlo en brazos.

—Hablando de eso, ¿qué tal con Teo? No lo has mencionado.

—¿Con Teo? —Hizo una pausa—. Bien. ¿Por qué lo preguntas? ¿Qué tiene que ver con lo que estamos hablando?

Ni siquiera el embarazo evitaba que mi hermana se pusiera a la defensiva ante cualquier pregunta sobre su vida personal.

Con dos cafés y una porción de *red velvet* en el estómago, bajé caminando el largo trecho que me separaba del centro, dispuesta a no enfrentarme a mi siguiente caso hasta la semana siguiente. El día anterior había dedicado toda la tarde a enviar el papeleo con los resultados de la investigación. La que se refería al fraude y al defraudador. A Sofía Álvarez Fernández. Al resto de la familia solo la nombraba de forma contextual. Lo más probable era que abrieran diligencias contra Sofía y contra su patrimonio. Al estar muerta y sin bienes propios, la cosa se quedaría ahí. No supondría más gasto para las arcas del Estado y con eso se cerraría la investigación. La Seguridad Social ganaba, yo ganaba. A ellos los dejaba fuera del caso. No formaban parte del trabajo que me habían encargado. Lo que ocurriera con la policía estaba fuera de mi control. Como no me atrevía a llamar a Rafa para preguntarle por la investigación, llamé a Geni.

—Hola, ¡qué bien que me llames! —me respondió al primer tono.

—Vaya, qué buen recibimiento, Geni, así da gusto.

—¿Has hablado con Rafa por ese asunto que os traéis? Sé que es un bombazo, pero Rafa no suelta prenda.

—No sé nada de él.

—Me dijo que iba a llamarte hoy.

—Ya llamará —le respondí disimulando el entusiasmo que me producía su afirmación—. Quería preguntarte si os apetecía cenar con nosotros el fin de semana.

Para justificar la invitación ante Jorge y Sarah, apelé a las normas sociales, según las cuales las invitaciones se devolverían, pero lo cierto era que, durante la cena en su casa, Geni me había resultado mucho más simpática y amable de lo que la recordaba.

—Claro que nos apetece. Creo que no tenemos nada. Lo consulto con Rafa y te confirmo, pero estaremos encantados de ir.

—Traeros a las niñas. Tenemos consolas y un par de amiguitos para ellas. Son más o menos de la misma edad. Lo pasarán bien.

—¿Amiguitos? ¿Los niños de Sarah? No se ha casado, ¿verdad? Del padre de los niños, ¿no se sabe nada? ¿Irá con algún novio? —preguntó Geni, que no podía evitar ser quien era.

—No a todo —corté el interrogatorio.

—Hija, eres la misma de siempre, una tumba. No hay quien te saque nada.

—Pregúntale a Rafa y llámame para confirmar.

Corté la conversación antes de arrepentirme de la invitación. Al menos sabía que Rafa tenía pensado llamarme. Estaba en ascuas por satisfacer mi curiosidad. Mi labor había terminado. Sabía que habían citado a Berta a declarar y que el propio Rafa se había llevado a Carmina para tomarle declaración formal. Por la tarde, Carmina había vuelto a casa, acompañada por dos agentes encantadores, según les había dicho a las vecinas, que la habían tratado muy bien y le habían dicho que no se preocupara por nada. Esas fueron las conclusiones que sacó Carmina de su visita a la comisaría. Volvió como una niña a la que hubieran llevado por primera vez al parque de atracciones.

Con mi caso cerrado y sin ganas de seleccionar el siguiente, no me apetecía hacer nada. Aún estaba analizando las revelaciones del día anterior y me quedaban piezas por encajar. Eran las once, muy pronto para forzar un encuentro casual con alguien relacionado con el caso, así que fui a ver a Pepe. Me alegraba que él no fuera el defraudador. Aunque Pepe estaba al tanto del fraude desde el inicio, no lo había hecho por codicia, ni siquiera en beneficio propio. Lo había encubierto para ayudar a una familia rota y resarcir el daño causado a un inocente. Como él mismo me había dicho, consideraba que la obligación de la familia era reparar los daños causados por cualquiera de sus miembros y por eso asumió esa desagradable carga.

Aparqué en la explanada de tierra, llena de barro de la lluvia del día anterior y me dirigí hacia el timbre. Después de tres intentos abrió la hermana Esperanza. No empezábamos bien.

—Buenos días, hermana Esperanza —saludé lo más amable que pude.

—¿Qué desea? —respondió con su cara de troll y sin visos de reconocerme.

—Venía a ver a José Ramón Ramilo.

—¿Tenía usted cita?

—No. Avíselo. Querrá recibirme.

—No puede ser. No es horario de visitas.

—Lo sé, pero no me hace falta entrar, con que usted lo avise para que salga es suficiente.

—Deben llamar con antelación para hacer visitas.

—Lo tendré en cuenta la próxima vez.

La hermana Esperanza se dio la vuelta y me tuvo más de veinte minutos de pie en la puerta hasta que volvió. Sin Pepe.

—José Ramilo está en su habitación. Descansando.

—¿Y eso? ¿No se encuentra bien?

—No lo sé. No lo he visto. Me ha dicho la hermana de planta que está descansando. Es toda la información que puedo darle.

—Son más de las once. No voy a irme sin comprobar que está bien.

—¿Es usted familiar autorizado?

—No.

—Pues tengo que pedirle que se vaya.

La respuesta de la hermana Esperanza y la creciente preocupación por Pepe sacaron lo peor de mí. En ese momento, me dio igual que semejante señora fuera una monja, una vendedora de aspiradores o un teleñeco.

—Voy a subir a verlo. Déjeme pasar.

—No puede ser. Nadie que no sea un familiar puede subir a las habitaciones.

—No le estoy pidiendo permiso. Le estoy diciendo que voy a entrar y voy a subir a ver a Pepe.

—Y yo la estoy informando de que no se permite el acceso a la zona privada de los residentes.

—Le digo esto, hermana, con todo el dolor de mi corazón, pero voy a entrar. Se aparte usted o no se aparte.

Avancé con gesto poco amable y la hermana Esperanza se apartó, con la cara lívida de rabia y su casi inexistente labio inferior temblando. Sabía que no eran formas de tratar a una monja, aunque no entendía bien por qué tenía esa absurda creencia que las situaba en un plano distinto al resto de los mortales. A veces las situaciones requieren olvidar los buenos modales y aquella, en concreto, me pareció grave.

De camino a las habitaciones me encontré con la hermana Inmaculada, que me acompañó a ver cómo estaba Pepe. Ella no le había visto en el desayuno, no había bajado al comedor porque estaba ocupada organizando los preparativos de la fiesta de Navidad. Al oír que el anciano aún no se había levantado se preocupó tanto o más que yo.

—¡Qué raro! Todas las mañanas, a las siete y media, Pepe está duchado y arreglado. Es de los primeros en desayunar —dijo.

La hermana de la planta nos acompañó hasta la habitación asegurándonos que Pepe estaba bien, que solo estaba un poco alicaído. Cuando entramos, lo encontramos sentado en la única butaca de la estancia.

Nunca había estado en una habitación de una residencia de ancianos. Era una estancia luminosa, sin adornos, casi hospitalaria. Aséptica, espaciosa, lista para el paso de sillas de ruedas y en un excelente estado, pero no pude evitar sentir que si hubiera una sala de espera de la muerte se parecería mucho a las habitaciones del asilo. Pepe no compartía habitación en ese momento, aunque había otra cama al lado de la suya esperando por el siguiente inquilino. Supuse que el anterior habría muerto. El cabecero estaba preparado para los cuidados básicos de los residentes enfermos: timbres de aviso, enchufes de monitores y demás artilugios básicos para atender a las personas con necesidades respiratorias o de medicación intravenosa.

—Ay, Gracia —dijo Pepe, levantándose, con los ojos licuados y aspecto sombrío—. No te esperaba aquí. Mira cómo me encuentras. Hecho un guiñapo.

—¿Qué le pasa, Pepe? ¿Se encuentra mal? —preguntó la hermana Inmaculada con un gesto cariñoso.

Qué diferentes podían ser dos personas, aunque vivieran en la misma casa y compartieran oficio y vocación. Si la comparaba con la hermana Esperanza, era como admirar la belleza de los Campos Elíseos dando un precioso paseo por la gran avenida que formaban o hacerlo por las alcantarillas.

—Me encuentro bien, hermana —dijo Pepe en un sollozo—. No se preocupe por mí. Es que he recibido una noticia muy mala y no me apetecía levantarme.

—¿Algún familiar? —se interesó la hermana Inmaculada.

—Sí, hermana, puede decirse que es de un familiar.

—Ya lo siento, Pepe. ¿Puedo hacer algo por usted? Ya sabe que si quiere podemos decir una misa en la capilla.

—No hace falta. No se preocupe. Muchas gracias. Lamento mucho haberla asustado.

Cuando la hermana Inmaculada salió de la habitación, me senté en el borde de la cama, aún deshecha y muy revuelta, revelando una mala noche de su ocupante.

—¿Quiere que lo deje solo mientras se asea y se viste?

—¿Para qué? —dijo Pepe, con los ojos encharcados de lágrimas.

—¿Qué le pasa, hombre? ¿Qué es eso tan grave que ha ocurrido?

—Que me van a llevar preso. Y yo a la cárcel no quiero volver, Gracia. Ya sé lo que es eso. No quiero ir allí, prefiero morirme.

—¿Estuvo usted en la cárcel?

—Sí, de joven, en el 61, seis meses, por repartir propaganda socialista.

—Pero hombre, eso eran otros tiempos. A ver, cálmese y explíquese: ¿por qué va a ir usted a la cárcel? ¿A quién ha matado? —pregunté con sorna, a ver si conseguía relajarlo un poco.

—No, eso sí que no —me respondió gimoteando como un niño—. Eso nunca, Gracia. La vida humana es lo más grande y solo puede quitarla Dios. Pero soy cómplice de un lío tremendo.

—Pepe, por favor, explíquese —le pedí, adivinando cuál era el drama que acongojaba a Pepe.

—Ahora tiene que pasarme esto a mí. Cuando iba todo tan bien con Regina. Con una mujer a la que no hubiera soñado acceder en mi vida. ¿Qué va a pensar de mí? No va a querer volver a verme —lloriqueó Pepe ignorando mi pregunta.

—Pepe, se está portando usted como un crío. Cuénteme qué ocurre de una vez, que seguro que lo podemos arreglar.

Mi rapapolvo de maestra de primaria pareció surtir efecto y Pepe se rehízo.

—Tú lo sabes todo, Gracia. Sé que estabas allí. Me lo dijo Antonio.

—Allí, ¿dónde? —pregunté sin querer meter la pata o darle más información de la debida.

—En casa de tu madre. Cuando Carmina confesó y el pobre Ernesto se enteró de todo.

—¿Y eso que tiene que ver con usted?

—Que soy cómplice, Gracia. Soy cómplice del delito.

—¿Cómplice de qué? ¿Le dio usted las gotas a Sofía?

—¿Qué gotas?

—Nada. Olvídelo. ¿De qué es usted cómplice?

—De la pensión.

—Vamos a ver, Pepe, ¿ha cobrado usted la pensión de don Marcelo?

—No, no he visto ni un duro. Bueno, ni un euro tampoco. Pero le ayudé a él a organizarlo.

—¿A él? Sería a ella.

—No. A él. A don Ino. A don Marcelo como tú le llamas. La idea fue de él y de mi tía.

—¿No fue de Sofía?

—No. Fue de ellos. Se les ocurrió para compensar a Ernesto por lo que le habían hecho.

—¿Y qué más hizo usted?

—¿Qué más? ¿Te parece poco? Soy cómplice activo de un delito. Yo arreglé todos los papeles con los contactos que me dio don Ino para que su muerte no constara en ningún registro oficial y Sofía pudiera seguir cobrando la pensión cada mes.

—¿En el año 85 se refiere usted? ¿Y por eso va a ir a la cárcel? Pues vaya vistiéndose y calmándose que no le va a pasar nada.

—Lo que hice es un delito.

—Es un delito discutible porque usted no ha sacado ningún beneficio y, en cualquier caso, estaría ya más que prescrito. Hagamos un trato: si usted no cuenta que ayudó a cumplir la voluntad de Don Marcelo, yo tampoco voy a hacerlo. Nadie va a enterarse, así que, hágame el favor, vístase y vamos a dar un paseo por el Naranco aprovechando que no llueve. Por la carretera, que el campo está embarrado de la lluvia de ayer.

—¿Has traído a *Gecko*? —preguntó con ojos esperanzados.

—No, lo siento, hoy no. He venido a verle de forma impulsiva. Lo espero abajo.

—¿Estás segura de que no voy a ir a la cárcel?

—Segurísima. Como mucho irá a declarar a comisaría. Y no se preocupe, que el comisario es amigo mío.

Podría haberle explicado que yo era la investigadora contratada para descubrir el fraude que él había ayudado a cometer. Se hubiera quedado más tranquilo sabiendo que me tenía de su lado, pero no lo creí conveniente. Desvelar mi profesión real, no me ayudaría en un futuro.

Veinte minutos después, un Pepe muy distinto salía por la puerta de la residencia, oliendo a *aftershave* Brummel. Aquel aroma me trajo una imagen entrañable de un frasco azul inagotable en el baño de mis padres. Pepe se enfrentó a los restos de la helada sin abrigo, con una americana gruesa y chaleco de punto, pañuelo en el bolsillo y una gorra de cuadros puesta sobre la calva. Le había cambiado la cara.

—Desde hace un tiempo se me enfría mucho la cabeza. Es la edad —me explicó.

—Está usted muy elegante. Y huele fenomenal.

—Llevo años utilizando el mismo *aftershave*.

—Ya imagino —concedí divertida.

Volví al centro con la cara congelada, después de un paseo de más de dos horas entre árboles y casas desperdigadas, en el que habíamos llegado hasta Ules, un pueblo minúsculo, de poco más de doscientos habitantes, que se resistía a ser colonizado por la ciudad. De camino, habíamos admirado las iglesias prerrománicas, que siempre conseguían impresionarme, no por su tamaño, ni por sus adornos, de los que carecían, sino más bien por su sencilla y pequeña solidez que había aguantado el paso de los siglos en medio del verde intenso de la montaña sin haber perdido un ápice de su prestancia, integradas en su entorno como si la propia naturaleza las hubiera puesto allí. Dimos la vuelta después de tomar un café en el bar del pueblo y de que Pepe me contara los detalles de cómo y por qué don Marcelo había conseguido dejar a su nieto adoptivo, en forma de seguridad económica, la aceptación que no le habían dado ninguna de sus dos familias, ni la biológica ni la adoptiva. Pepe no sabía nada de lo que había hecho Carmina. Ni siquiera conocía a Berta

Llorente, más que por los anuncios de la radio. Me despedí de Pepe en la puerta del asilo pasada la una de la tarde. Nada más aparcar el coche en el garaje, me fui directa al Carta de Ajuste con la intención de encontrar a Ernesto. No hubo suerte. De allí, me fui a comprobar cómo le iba a mi madre con los calmantes. Me encontré a Evaristo, el portero, que iba de retirada a su descanso de mediodía.

—Evaristo, ¿cómo se encuentra?

—Muy bien. Vaya lío ayer en casa de Adela. Cuánta gente.

—¿Por qué lo dice?

Me preocupó que la capacidad de exageración y de transmisión de noticias del portero expandiera cualquier información impredecible por el vecindario.

—Porque vino Berta Llorente. ¡Y el comisario de policía!

—No se haga líos. Dicho así parece algo que no es.

Confiaba en que Evaristo no hubiera visto a Rafa vestido de fontanero, sino con su ropa de calle.

—El comisario, la vidente, Carmina. Vaya grupo. Hay algo extraño en la muerte de la Impugnada.

—No, Evaristo, nada de eso. El comisario vino a visitarme a mí, a título personal. Por otro lado, Carmina me insistió tanto en que conociéramos a Berta y en lo maravillosa que es, que no quisimos hacerle el feo. Ya bastante disgusto tiene la pobre con la muerte de la hermana. No nos costaba nada complacerla.

—¿El comisario no vino a ver a Berta?

—El comisario vino a verme a mí. Es el marido de una amiga —continué, cortando la certera suposición de Evaristo.

—Pues Berta salía blanca de casa de tu madre. Y Carmina con el comisario.

Evaristo era astuto y obstinado y, ante semejante bombazo en términos de cotilleo vecinal, no iba a rendirse tan fácilmente.

—Ya sabe usted que Carmina se impresiona mucho cuando habla de su hermana. Mi madre y ella estuvieron recordando a Sofía y a mi padre, y cogieron una tremenda llantina. Carmina se mareó un poco y mi amigo Rafa, el comisario, la acompañó —expliqué edulcorando un poco la realidad.

—Y, a Berta, ¿qué le ocurría a Berta? —pregunto Evaristo escéptico.

—Nada. Hizo su sesión y se fue. Es muy profesional, por cierto.

—Ah, ¿sí?

—Ya me entiende, Evaristo, dentro de lo suyo. Al menos, no es de las que montan un circo esotérico.

—Tuvieron una mañana entretenida.

—Entretenida sí. Sin más —afirmé con una rotundidad que esperé que resultara creíble, a sabiendas de que se iba a especular mucho en el vecindario a cuenta de lo que habría sucedido en casa de mi madre.

Evaristo vaciló, pero dudé de que hubiera mordido el anzuelo.

Esperaba, por el bien de Ernesto, que Carmina no contara más de lo debido y que nadie se enterara de lo que realmente había ocurrido.

Cuando llegué a la casa, mi madre no estaba. Los calmantes estaban cumpliendo su función.

Como no se me ocurría a quién más acudir en busca de información, me fui al despacho. Abrí el envase de alitas de pollo del McDonald's que había comprado antes de subir. Estaban grasientas por fuera, pero confiaba en hacerlas más saludables quitándoles la piel.

Sonó el teléfono nada más morder la primera. Era Sarah. Respondí sin pudor masticando una alita. Debía de ser urgente porque habíamos hablado hacía pocas horas cuando me había contado lo de Ernesto.

—¿Estás comiendo? —me preguntó ante mi «diga» medio atragantado.

—Sí, lo siento. Me has pillado con la boca llena. No quería que colgaras.

—¿Qué comes?

—Alitas del McDonald's.

—¿Mucho trabajo?

—No. Al contrario. He tenido una mañana improductiva buscando las piezas que me faltan para terminar de componer la historia de la Impugnada y Marcelo Pravia y averiguar lo que ocurrirá a partir de ahora, pero todos mis intentos han sido infructuosos. No me apetece empezar el siguiente caso.

—¿No te ha llamado Rafa?

—No. He llamado yo a Geni. Me ha dicho que me va a llamar Rafa. Por cierto, luego me confirma lo de la cena.

—Quién te ha visto y quién te ve. Ahora invitas a cenar a Geni «la Chismes» a tu casa. Y yo soy aún peor porque acepto ir. Tú, al menos, tienes un claro interés en tener contacto con Rafa Miralles.

—No seas mala que no tienes con quién dejar a los niños el sábado y así no os quedáis los tres solos en casa. Es cierto que me interesa el contacto de Rafa, pero no es solo por eso.

—No te tengo más en ascuas. A mí sí que me ha llamado.

—¿Quién?

—Rafa, Gracia. Me ha llamado Rafa.

—¿Para qué?

—Para preguntarme tres cosas: si vendo aceites esenciales, si Berta o su asistente son clientas mías y si sabía las consecuencias de la ingestión de la combinación de aceite esencial de melisa y datura.

—¿Y qué le has dicho?

—Pues por este orden que sí, que no, y que sí, pero sobre esto último quería confirmar un dato con un colega y he quedado en que le llamaba luego.

—¿Para qué quiere saberlo?

—No me lo ha dicho y no le he preguntado. No me ha parecido oportuno. Me llamaba en calidad de comisario porque soy la farmacéutica más cercana al domicilio de Berta. No me llamaba por ser amiga tuya, aunque supongo que ha influido. Solo te digo una cosa: el aceite esencial de melisa huele y sabe a limón. ¿Te acuerdas de lo que dijo Carmina? Que Sofía solo aliñaba la ensalada con limón y por eso le ponía el tóxico en la ensalada.

—¿Eso es tóxico? A mí me suena a remedio casero para dormir bien, como la valeriana.

—La infusión se usa para eso. Los aceites no se suelen ingerir, son irritantes, demasiada pureza, pero es difícil morirse por tomarlos. Es imposible a menos que tomes un litro de un tirón. El problema no es la melisa, aunque no sea bueno tomarla así, lo preocupante son los restos que han encontrado de datura. Se llama también semilla del diablo.

El caso de don Marcelo y la Impugnada me estaba proporcionando un curso acelerado sobre drogas raras.

—¿Qué es eso de la semilla del diablo? —pregunté—. Me suena a otra cosa. A peli de terror. Niño maligno poseído o algo así.

—Es una planta alucinógena. Muy tóxica. Venenosa y letal según la dosis.

—¡Caray! ¿Eso es lo que había en el bote de Carmina? ¿Se vende esa mierda en España? —pregunté.

—Se puede conseguir en todo el mundo. En América es más fácil porque crece silvestre en el campo. La concentración del preparado que Carmina le dio a la Impugnada era baja, el resto era melisa. Incluso en dosis bajas, provoca unos síntomas terribles, desde alteración cardíaca severa a delirios graves. Lo que no se sabe es cuánto le daría Carmina a La Impugnada ni durante cuánto tiempo se lo estuvo administrando.

—O sea, que es cierto que Carmina estaba envenenando a su hermana a sangre fría. Ahora va a ser difícil saber si la Impugnada se mató para protegerla o porque se volvió loca como consecuencia de la droga.

—Por lo que dice en la carta —dijo Sarah—, la Impugnada era muy consciente de lo que hacía.

—La Impugnada era lista. Si estaba sintiendo malestar o síntomas raros y descubrió que Carmina era la que se lo causaba al poner algo sospechoso en la comida, no debió de resultarle difícil llegar a la conclusión de que la estaba envenenando. Su propia hermana la estaba matando poco a poco. Supongo que decidió protegerla, como siempre había hecho o había pretendido hacer: solucionándolo de forma drástica. No había cambiado tanto desde que decidió con su padre quitarle el bebé a Carmina y echar a su hermano adolescente de casa. No le temblaba el pulso ni para los demás ni para ella misma. También hay que tener en cuenta que ella sabía que, si las pillaban, incluso en caso de que hubieran podido librarse de la cárcel, iban a embargarles todo lo que tenían. Así al menos, Carmina y Ernesto siguen viviendo como antes. En estas circunstancias el suicidio sí es acorde con su carácter. Se sacrificó como un samurái. Ya viste la carta. Ni siquiera culpa a Carmina. Espero que no la metan en la cárcel.

—No sé cómo van a hacerlo sin poder analizar el cuerpo. La incineraron. Ya no es posible una segunda autopsia.

—Y no hay que olvidar que Carmina no la mató —afirmé convencida—. Sería asesinato, pero en grado de tentativa. Como mucho, homicidio involuntario si consiguen convencer al juez de que la Impugnada se suicidó por el efecto alucinógeno de las drogas que Carmina le suministró. Aun así, no creo que la condenaran.

—¿Por qué piensas eso?

—Porque Carmina no está bien. Vive en otro mundo y ve las cosas de una forma distinta a los demás. Una vez dejó que pusieran en riesgo a su hijo, no lo protegió y todo salió mal. Si consideraba que renunciar a la pensión era volver a ponerlo en peligro, no lo consintió. En su mente tendrá sentido. Lo que sufrió habrá acrecentado su locura.

305

—¿Y un juez entenderá eso? —dudó Sarah.

—No encontrará ni un testigo que asegure que Carmina era una persona normal. Y no creo que pase ningún examen psicológico. Tuvo un hijo con su hermano pequeño, que solo tenía trece años. Algo ya iba mal.

—Puede ser. Da miedo. Las personas como Carmina suelen aferrarse a una idea y llevarla hasta el final. Para ellas, las pasiones son más intensas que para los demás.

—Lo malo es que una vez que se cruza esa línea se puede volver a cruzar —reflexioné desde mi lado del teléfono.

—¿Has enviado ya el informe a la Seguridad Social?

—Sí. Ayer dediqué la tarde a terminarlo y a última hora lo envié.

—¿Qué ocurrirá con la herencia de Ernesto?

—Lo más probable es que pueda conservarla. Dejarán de cobrar la pensión de forma inmediata, pero no creo que abran proceso contra los bienes y, si lo abren, hay muchas posibilidades de que lo vuelvan a cerrar.

—¿No has incluido el contenido de la carta en tu informe?

—No —confesé—. No forma parte del caso.

No me arrepentía. La investigación sobre el suicidio de la Impugnada excedía mi encargo y no habría sido una información bienvenida, le habría complicado el caso al inspector que recibiera mi expediente. No era fácil de explicar ni útil para él. Tampoco tenía claro que Rafa me lo hubiera permitido, era una prueba de un caso abierto. A mí me iban a pagar por comprobar y demostrar si Marcelo Pravia estaba vivo o muerto y, en caso de estar muerto, por demostrar quién estaba haciendo uso fraudulento de la prestación estatal. Y eso era lo que había hecho.

—Si Carmina es un peligro para la seguridad pública —continué diciendo—, es asunto de la policía, no de la Seguridad Social. Yo he hecho todo lo que estaba en mi mano. La Policía ha sido protagonista en primera persona. Es inquietante pensar en la vida de esta familia. ¿Cómo será la vida de Ernesto después de enterarse de esto?

—No mucho peor que antes. Es una historia escabrosa. Al principio de su vida, nadie quiso cuidar de él y darle su amor incondicional. Se avergonzaron de él. Después, a modo de compensación, lo sobreprotegieron. Cuando le tocó hacerse adulto, no le consideraron capaz y le trataron como a un tonto. Ha llegado el momento de que se enfrente a la vida. Le toca asumir que es fruto de un incesto, que su madre es una asesina en potencia y su tía, la que le crio, una suicida. Y todos ellos, unos estafadores.

—Es una bomba de relojería —reconocí—. En mi opinión, es mejor para él conocer la verdad. A fin de cuentas, el padre era un niño, la madre tiene un retraso mental. Esto le ha dado un motivo para salir de ahí. Estará mejor solo.

—Espero que él pueda verlo igual que tú. Te dejo. ¿Me cuentas cuando sepas algo de Rafa? —se despidió Sarah cortando las divagaciones.

Eran más de las diez de la noche cuando me llamó Rafa.

No iban a abrir un caso contra Berta. La infusión por la que mi madre debía volver a operarse del hombro solo contenía tila. Berta no había puesto nada en la taza. El tóxico que Carmina confesó haberle dado a su hermana era, como ya sabía por Sarah, aceite esencial de melisa con un pequeño porcentaje de semilla del diablo, pero no podían probar que se lo había suministrado Berta ni determinar cuánto había llegado a ingerir Sofía. Era la palabra de Carmina, una desequilibrada, contra la de Berta.

El forense mantenía la muerte por traumatismo generalizado de La Impugnada ya que era imposible hacer una nueva autopsia. Sofía descansaba en una urna en su columbario, reducida a cenizas. Habían hecho un registro en casa de Berta, pero habían llegado tarde. La nevera estaba allí. Abierta y sin nada en su interior. Encontraron muchos envases vacíos en el punto limpio, hasta donde habían seguido a Azucena, la secretaria de Berta y algo más, según las sospechas de Rafa. Todos los envases tenían restos de concentrados y aceites de plantas aromáticas. Ninguna droga. Nada ilegal. Lo ilegal era suministrarlos a los clientes sin su consentimiento. Nada se podía probar del uso que les daba y no había denuncias contra ella. Ni siquiera había motivo: los aceites que encontraron no tenían efecto alucinógeno. De lo único que se podía hacer ya se había encargado Rafa. Al día siguiente se publicaría un artículo en el periódico local: «Conocida vidente, B.Ll., investigada por un presunto suministro no autorizado de sustancias tóxicas a sus clientes», con una foto del portal donde tenía el consultorio. Un día más tarde, saldría la rectificación y las disculpas, pero el daño estaría hecho. Berta se había negado a colaborar con la policía. Que enviara a su secretaria, su compañera, su cómplice o lo que fuera, a deshacerse de los botes que guardaba en la nevera, no ayudaba. Quizá no pudiera hacerse nada más, pero después de ese golpe a su credibilidad, tendría más cuidado en el futuro. Esperaba que el artículo causara mucho daño en su negocio.

—Entonces, ¿a Berta no se le puede imputar nada de nada?

—Poco. Las pruebas se limitan a unos botes de aceites esenciales vacíos que se venden en cualquier farmacia o herbolario, que no contienen restos de nada ilegal, y la declaración de Carmina. Ella no es un testigo fiable en ningún juicio. Aunque el juez considerara su testimonio, no fue Berta quien le dio la droga a Sofía, sino la propia Carmina.

—¿No es un poco raro que hayan llevado los envases a un punto limpio?

—Sí. Sospecho que han pretendido despistarnos y lo han conseguido. Tengo el pálpito de que nos han enviado a perseguir el alfil para tener tiempo de ocultar al rey. Lo que te aseguro. Gracia, es que más le vale no salirse ni un milímetro del camino porque, si lo hace, estaré allí para cazarla. Me lo guardo como algo personal.

—Si yo estuviera en su lugar, me iría de aquí.

—Veremos. Si lo hacen, pondré a mi colega responsable de la zona sobre aviso.

—¿Qué va a pasar con Carmina?

—Hemos entregado el expediente completo a la jueza de instrucción, pero no sé si llegará a juicio. La muerte de Sofía se cierra como suicidio. Aunque lleguen a juzgarla por tentativa de asesinato, dada su edad, su estado mental y lo embrollado del caso, hay muchas posibilidades de que no la condenen. Esto es más una alerta de futuro. Si alguien cercano a ella empieza a tener síntomas poco comunes o muere en circunstancias no identificables actuaremos de inmediato. Prefiero pensar que no va a suponer un peligro para nadie. Ya tiene lo que ha querido siempre.

—No del todo. Ernesto se ha ido de casa, se ha mudado a la casa que ha heredado y, por lo que le ha dicho a Sarah, no quiere saber nada de sus padres.

—Es lo que hay. Al menos, de momento. Nos vemos el sábado.

Caminé hacia casa en plena helada. Había llegado el invierno. Decidí invitar a Jorge a una mariscada el domingo frente al mar. Un mar oscuro, fuerte, batido, tan revuelto por dentro como nosotros. Esperaba encontrarle en casa, agotado pero liberado ya de sus asuntos laborales. Teníamos que hablar de nuestro futuro, pero eso sería otro día.

Agradecimientos

A mi editora, Mathilde, que confió en esta historia desde el primer día y se dejó la piel por sacarla adelante.

A Alicia, mi agente, por confiar en que una escritora novel sería capaz de llegar lejos.

A David, mi marido, que me animó a embarcarme en la aventura de escribir y depositó toda su confianza en mí.

A Alejandro, mi hijo, que trajo con él la inspiración y la fuerza.

A David y Alberto, mis hijos afines, que llenaron de ilusión y entusiasmo este proyecto.

A mis lectores beta, por ser parte imprescindible de esta historia: Asier, Cristian, Cristina, David, Eva, Miguel A., Miguel A.G., María José, María, Soraya y Vero.

A José María Guelbenzu, por enseñarme una pequeña parte de todo lo que sabe del arte de escribir y por ser mi referente en cada línea que escribo.

A Roberto Martínez Guzmán, por sus indicaciones y su desinteresada contribución a hacer este libro mejor.

Al jurado del Torrente Ballester, por disfrutar con la novela y elegirla ganadora.

Y a ti, lector, que eres el gran motivo de esta historia. Si quieres saber más acerca de mí o de Gracia San Sebastián, si tienes algo que contarme o quieres aportar algo a futuras historias, aquí me tienes:

Info@analenarivera.com

www.analenarivera.com

www.facebook.es/analenarivera

@AnaRiveraMuniz

https://www.instagram.com/analenarivera/

https://www.linkedin.com/in/anariveramuniz/